听李迪讲

中国警察故事

李迪 / 著

群众出版社·北京

图书在版编目（CIP）数据

听李迪讲中国警察故事/李迪著. —北京：群众出版社，2016.11
ISBN 978-7-5014-5575-1

Ⅰ.①听… Ⅱ.①李… Ⅲ.①纪实文学—中国—当代 Ⅳ.①I25

中国版本图书馆 CIP 数据核字（2016）第 225893 号

听李迪讲中国警察故事

李 迪 著

出版发行：群众出版社
地　　址：北京市丰台区方庄芳星园三区 15 号楼
邮政编码：100078
经　　销：新华书店
印　　刷：北京普瑞德印刷厂
版　　次：2016 年 11 月第 1 版
印　　次：2016 年 11 月第 1 次
印　　张：11.875
开　　本：880 毫米×1230 毫米　1/32
字　　数：255 千字
书　　号：ISBN 978-7-5014-5575-1
定　　价：39.00 元
网　　址：www.qzcbs.com
电子邮箱：qzcbs@sohu.com
营销中心电话：010-83903254
读者服务部电话（门市）：010-83903257
警官读者俱乐部电话（网购、邮购）：010-83903253
文艺分社电话：010-83901330　　010-83903973

本社图书出现印装质量问题，由本社负责退换
版权所有　侵权必究

目 录

自序 我无法不去写他们

湖州警察的故事

  王所长摆摊儿 / 3

  马警官喊话 / 14

  老郭开茶馆 / 27

绍兴枫桥民警的故事

  百姓叫他章警官 / 39

  敲起锣来唱大戏 / 49

宁波警察的故事

  战车里响起欢乐颂 / 63

徐州警察的故事

　　你可知道，那草帽在何方 / 89
　　画面无声 / 119
　　便衣陈森 / 126

扬州片儿警陈先岩的故事

　　小陆子 / 135
　　牡丹和芍药 / 146
　　丢人现眼 / 154
　　你丢我赔 / 160
　　一张放火图 / 168
　　过招破烂王 / 176
　　吃打虫药拉金条 / 182
　　这帮家伙 / 187

无锡警察的故事

　　妙光塔下一金鹏 / 195
　　玉碎及其他 / 221
　　三个怪老头儿 / 240
　　好像一只蝴蝶飞进我的窗口 / 250

丹东看守所的故事

等你到天亮 / 265

风中的红雨伞 / 279

穿蓝马甲的女人 / 284

最后一片落叶 / 304

警官王快乐的故事

请仙容易送仙难 / 321

要脑袋给你一个 / 324

一脚一只羊 / 327

储存感情 / 330

一鼓作气再而衰 / 333

小城刑警探案故事

种瓜得豆 / 339

水落尸出 / 344

你可听见阿妹叫阿哥 / 349

跋　李迪为什么能？/ 355

自序

我无法不去写他们

李 迪

黄的叶,红的叶,又到深秋。

这几年,我六下无锡,采访了一百多位民警,分享他们的激情燃烧,感受他们的身心疲惫。我们的公安民警,天天有牺牲,时时在流血。他们也有老母亲,他们也有心上人,他们也有生死情,他们也有离别恨。可是,当人民需要,当警铃响起,他们冲锋在前,他们义无反顾,面对歹徒的尖刀,迎着罪恶的子弹。他们是百姓安宁的保护神,他们是和平年代最可爱的人!特警徐佩荣临危不惧空手夺刀使人质脱险;狙击手曾泉十年磨一枪,关键时刻命中罪犯,子弹穿过了一条街;社区民警顾志刚说起他帮扶的困难户周阿姨最终去世了,事情已经过去好几年,他还是边说边哭,泪流满面……

每晚,送走被采访的民警,看着他们的背影消失在夜色中,想到他们劳累了一天,明天还要投入紧张的工作,我难过,我流泪。谁能理解他们的委屈与伤痛?

在这样的地方,面对这样的人,我无法不去写他们!他们的青春是飞扬的旗,他们的奉献是壮丽的诗。就这样,我写出长篇报告文学《铁军·亲人》;写出百篇小小说集《警官王快乐》。

这几年，我三下扬州，深入采访社区民警陈先岩。比起特警刑警，社区民警是另一道风景。没有轰轰烈烈，尽是鸡毛蒜皮。然而，最生活，最百姓，最基层，最地气。陈先岩扎根社区十六年，他跑，他叫，他哭，他笑，他抓耳挠腮，他热肠古道，把矛盾化解在基层，把温暖送进千家万户，在婆婆妈妈中开创了一片新天地。公安部授予他"一级英模"，国务院授予他"全国先进工作者"；他当选了第十届、第十一届全国人大代表，并被推举为主席团成员；在进入分局领导班子任副政委后，他又自愿重返社区当民警，再次扎根百姓中。我被他感动，我与他长谈。多少艰辛，多少坎坷，多少酸甜苦辣，多少忍辱负重，英雄流血又流泪……

他说，就算我浑身是铁，又能打几颗钉？我给你讲讲身边善良的百姓吧，就从小陆子讲起，他管我叫师父，说他是我西天取经路上收编的孙猴子……

在这样的地方，面对这样的人，我无法不去写他们！花开岸边一朵朵，让我说一说。就这样，身入，心入，情入，我写出长篇报告文学《社区民警是怎样炼成的——陈先岩的故事》。我的老战友、中国作家协会副主席高洪波赋诗：

> 社区民警怎炼成？
> 遍地鸡毛拾取中。
> 大爱云飞天行远，
> 孺子牛耕地生情。
> 警徽灼灼初心暖，
> 平安声声热泪迸。
> 百味杂陈说往事，
> "三入"作家笔力雄。

自序 我无法不去写他们

今年,我四下徐州,走进公安,深入警营。在这里,警徽闪亮,豪情似火,局长陈辉率万名铁军,践行"人民至上"的铿锵誓言,守护平安,造福百姓。我先后采访了上百位民警,那些人,那些事,那些感动,那些难忘,幻化成激越昂扬的乐章,让我沉浸在或铁骨铮铮或柔情似水的交响曲中,不能自已,热泪盈眶——

刑警封东磊,一年破案近千起,被誉为"重案终结者"。我慕名前往,想不到是戴着眼镜的书生模样;便衣陈森,人称"火眼金睛",数不清的逃犯成了他手下败将。我去采访的时候,与他擦肩而过,人家说那就是他啊,你以为是卖鸡蛋的小老头儿呢;居民董阿姨来派出所找张楠,民警说,楠姐开会去了,您有什么事?董阿姨说,这姑娘人漂亮心又好,我想给她介绍对象。一屋子人哈哈大笑,谢谢阿姨,不用了,楠姐的女儿都两岁了!啊,她都有孩子啦?社区好多人想给她找对象呢!你看,警花张楠多招人喜欢。那时候,她脸圆圆的,正是大爷大妈心仪的类型。所里的小伙儿说,楠姐,你笑起来像花一样。张楠问什么花?葵花!啊,我脸有那么大吗?可是,社区民警三年,她成了葵花籽;还是社区民警,张小玲爱说爱笑,玲儿响叮当。大爷大妈都把她当闺女。哎,也有当孙女的。那天刘奶奶走迷糊了,正急成个老窝瓜,来了一巡警,问家里有什么人,她赶紧掏出一张卡片,这是我孙女!巡警接过一看,是警民联系卡,闹半天您是警属啊!遂拨通电话,张警官,快来接你奶奶回家!小玲笑成牡丹花,哎,我这就坐火箭来!从大姑娘到孩儿妈,干了二十多年社区民警,小玲当过多少人家的孙女?槐树开花数不清。她说,老百姓的要求真不高,在他们有事的时候,你能坐下来听他们说说,他们就记你的好。在百姓眼里,社区民警就是党和政府。得,咱也别躲闪,担当起来,像歌里唱的,"用我的心倾听你的忧伤欢乐"。你说,大爷大妈能不疼她吗?闺女,瞧你那一脸汗,快来歇歇!哎,来啦!小玲自带板凳扎进老人堆。她爱跟老人聊天,爱看老人脸上的笑像下进锅里的挂面四散开来。她不能看人哭,人家一哭她眼泪也下来了……

　　在这样的地方,面对这样的人,我无法不去写他们!他们是最亲的人,他们是最美的歌。就这样,我写出报告文学《面朝太湖春暖花开》,列入了中国作家协会"2016:中国报告"中短篇文学专项工程。

　　今年,中秋节,我从北京来到鸭绿江畔,走进丹东、东港、凤城看守所,与坚守岗位的民警共度佳节,给他们送去了我出版的六种新书。高洪波为此又赋诗:"每逢佳节倍思亲,再下丹东送精品。一书映月洒晶莹,更显迪兄公安心。"

　　圆月当空,江水浩荡。

　　我和值班民警品茗赏月吃甜饼,好像回到家一样。

　　今年,我六十八岁。我感到自己依然年轻。

　　心随明月江中走,我当真又回到年轻的时光——

　　那是1969年,知青上山下乡年。我从北京师大一附中高中毕业,来到云南西双版纳农场。一年后,在茅草房里,在煤油灯下,写出了反映知青生活的处女作,小说《后代》。并且,自己出版了——一个字一个字地刻蜡版,用老式滚筒油印机一张张印刷,再用钉书器装订成册。这本散发着油墨清香的"地下出版物"不胫而走,居然走到了省城昆明,被云南人民出版社、《边疆文艺》(时称《文艺战讯》)和昆明军区部队文艺丛书三家同时选中,请我去昆明修改。在那个年代,请工农兵作者进城修改作品是很时髦的行为艺术。在昆期间,我参加了省里的一次创作座谈会。会上,诸位装神弄鬼大谈"三突出"创作原则。我在发言中说,《后代》的主角始终没有出场,同样达到了发表水平。语出,会场静如死。结果,出版社不但撤了稿,还给农场发了函,说我在会上攻击江青的"三突出",是现行反革命。农场准备了批斗会,黑云压城城欲摧。闻讯后,我连夜逃亡,投奔亲人解放军。那是怎样的夜晚啊,无处落脚,连鸡毛店也不敢住,在长途车站的墙脚下缩成一小团儿。月冷,风寒,虫鸣。每句人声都让我心惊,每个黑影都让我肉跳。

第二天一早，我上了头班车。为了不让人发现，不但在脸上抹了泥，还假装睡觉用衣服蒙住头。躲在衣服里，大睁着眼，大支着耳。危机四伏，险象环生。逃亡的经历终生难忘，成为我后来写惊险小说的真实体验。天无绝人之路，部队收留了我，让我在十四军42师宣传队搞创作。边境无边的密林，部队剿匪的故事，成了我丰富的创作源泉。《遥远的槟榔寨》、《野蜂出没的山谷》、《这里是恐怖的森林》、《第三条毒蛇》、《黑林鼓声》、《代号叫蜘蛛》、《豹子哈奇》、《枪从背后打来》等一批中长篇小说，就是在这期间完成并陆续出版的。从书名可以看出，都是惊险样式。

　　没有十年的云南生活，没有星夜沿南腊河的生死逃亡，就不会有这样一批惊险题材的创作。其中，《野蜂出没的山谷》、《豹子哈奇》荣获国家奖；《这里是恐怖的森林》开创了《解放军报》小说连载之先河，且此后军报再也没有连载过小说；《黑林鼓声》等四部小说拍成了电影。再后来，我写的《千里走双骑》、《那时候我们青春浪漫》等长篇小说，吃的仍是云南生活的老底子。

　　1978年，我离开部队回京，在人民文学出版社现代部当编辑。

　　告别边疆，回到首都，坐在朝内大街166号，"惊险题材"一直萦绕心头，挥之不去。随着生活场景转换，我的目光逐渐聚焦都市的车水马龙。高楼大厦背后的罪恶与较量，成为我写作的新追求。而这个追求，自然而然地落在公安战线。

　　犯罪与侦破是惊险题材的富矿。

　　我渴望在创作转移期，能有机会深入公安生活。

　　我不想也不能关在屋里瞎编乱造。

　　这个机会终于来了！

　　1983年春，在一次偶然相遇中，北京市公安局办公室主任刘尚煜得知我的心愿，热情介绍我到市局七处去深入生活。我一去就是半年。七处，位于北京城南偏僻之地，地名吓人，叫半步桥。这里是预审处也是看守所，被枪毙的犯人就从这里直接拉到刑场。是死是活，只差半步。在笼罩恐惧与神秘的小院，在低矮昏暗散发故纸霉气的档案室，一份死囚卷宗让我的心收紧！一个女人凄楚哀怨的声音自卷中传出，呜咽地向我讲述了一个爱恨交加的故事。爱她的人以死向欺辱她的人复仇，她为爱她的人拒不吐实宁愿赴死！我用笔还原了预审室的惊心动魄，写出中篇推理小说《傍晚敲门的女人》，发表在1984年第四期《啄木鸟》，成为中国推理小说的代表作。同年，开创了中国推理小说走向世界之先河。法国翻译家帕特丽夏和苏联汉学家谢曼诺夫为翻译这部作品专程来到中国。他们问我，在真实的案件中，小说的主人公欧阳云是自杀的吗？我只能点点头。我不愿意说出事情的真相，因为那太残酷。

从此，我开始了惊险样式的公安题材创作。其间因赴日本留学而中断，回国后很快又接上了。陆续写出《预审员笔记》、《＜悲怆＞的最后一个乐章》、《发廊女花儿》、《血色兰花》等中长篇小说。其中，《＜悲怆＞的最后一个乐章》出版后改编成电视剧，在央视一套黄金时间播出。李雪健出演警察男一号。转眼三十年过去了，今年夏天，在电影《老阿姨》首映式上，我们见了面并共进晚餐。雪健说，那是我扮演的第一个警察形象。

我写作惊险样式的公安题材，从一开始就给自己设定了标准，不写猜猜看谁是真凶的捉迷藏。那是死胡同。在七处生活期间，一天早上，我亲眼看见二十多个年轻犯人被绑赴刑场，一色的光头。当他们被拽上囚车的时候，我听到身后发出一声长叹。我回过头去，看见发出这声长叹的是一位满头白发的老警察。跟着，他轻声说出一句让我至今难忘的话："也不知道昨晚上给没给他们吃肉！"我的眼泪当时就下来了。为了这满头白发的老警察，也为了这些马上就要死去的年轻人，我想，我的公安题材，要写出案件背后的生命呼喊，要写出爱恨交加的悲情世界，要写出有血有肉的主人公在没有路的地方找到路。或生，或死。警察如此，罪犯亦然。我认为，在现实生活中，每个人都曾经或正在面临

自序 我无法不去写他们

无路可走的境地，都曾经或正在演绎自己真实版的"惊险题材"。重温过往，拷问良知。要么，你是警察；要么，你是罪犯；要么，你目击了案件；要么，你坐在法院旁听。总之，你无法躲避，你无法选择，你在没有路的地方找到路，或化险为夷，或陷入绝境。

我追求自己的追求。从布局谋篇，到语言表达。

无论是《傍晚敲门的女人》，还是《＜悲怆＞的最后一个乐章》，一开篇，就让凶手到案。我给自己出难题。结局已然明了，读者还想读吗？我以精心的布局，让读者从明白到糊涂再到明白。而这最终的明白，是惊心动魄的泣血人性，是森村诚一笔下那从高高的悬崖随风飘落的草帽……

随着作品数量的增加，我的语言表达也发生了变化。从最初刻意追求多形容多定语的欧式长句，到学习古龙的短句，学习汪曾祺的"词贵浅显，浅中见才"和风趣幽默，学习网民的网言网语，学习日常收集到的老百姓生动贴切的大白话；在写作中，边写边读，带感情，入角色，不顺口，坚决改。一定，生活化，口语化，形象化，生动化；注重短句，注重乐感；做减法，拼命减去多余的哪怕一个字，从而形成自己的语言风格。

布局谋篇，语言表达，说的都是写作技巧。

离开生活，写作技巧就成了沙器。

圆月当空，江水浩荡。中秋之夜与丹东看守所民警品茗赏月吃甜饼，不由得回忆起2010年以来，我七次来所深入生活的日子——

破旧、漏雨、阴暗、潮湿；二十多个号里关着五百多男女；吃喝拉撒睡，冲进鼻子的全是人味儿而人味儿是不能闻的；善恶交锋，美丑对决，生死碰撞，爱恨纠缠；眼泪成河，悔悟断肠，惨景不忍，悲剧撕心。文学的永恒主题，在这里展现得淋漓尽致！

没日没夜的工作，我看到警察一脸疲惫；不知死活的命运，我看到罪犯满眼忧伤。我想，我是来深入生活的，是来学习的，包括向罪犯学习。那好，那就不要给人家添累。我请求戴所长，能不能让我跟犯人住一起？戴所说不行！我说没事！戴所听着顺耳，事情就这么定了。我在看守所住了下来，隔壁是留所服刑的犯人。我每天跟他们共用脸池、便所，放风时一起晒太阳；我接连跟他们过了三个春节，他们再也不把我当外人。王东说，李老，能给我要根烟抽抽吗？我说能！就叫警察送烟来。烟一点上，他泪就下来，我，我就是想孩子啊！他才六岁！我在这儿等死，他妈又跟人跑了。孩子这会儿在哪儿呀？他吃什么喝什么呀！呜呜呜，呜呜呜，一个老爷们儿哭得没了样儿。我倾听，我落泪；陈远在绑赴刑场前紧紧握着管教民警的手，说谢谢你两年来的照顾，我欠你太多没法儿还，就到那边儿求阎王爷保佑你；中善临刑前把自己仅有的三百多块钱，转送同号犯人给孩子交学费……

有时候，跟犯人谈话到了深夜，我一个人缩着脖子回小屋。居高临下的武警哨兵会突然亮起探照灯。我急忙喊，别开枪，我是好人！守卫的武警跟公安是两个部门，哨兵不认识我。后来，时间长了，他们也认识了这个常常勾腰走夜路的老头儿。还是亮起探照灯，不是照我，而是照亮前方的路。

住在看守所，在押人员向我敞开心，警察更把我当兄长。称呼从李作家李老师变成老李。老李，我今晚值班你来吧，咱俩聊个够。从穿上警服美得照镜子不敢相信，一直说到风雨十年亲手绑过三十多个死刑犯。说到难过处红了眼圈儿，待遇太低，压力太大。谈话谈到半夜，就出真心话。痛快完了一看表，到巡视时间了，走！大衣一披，巡视道上出现一个完全不同的他！

"俺家那五百口子谁也不能出事！有病看病，没病过好。都是人！就是到了要走的那天，也不能让他带着怨恨离开这个世界。"这是戴所常挂嘴边的话。他打破常规，让判了死刑的犯人跟他从未见过面的孩子相见，父子俩生离死别拉都拉不开。

女犯人王梅想念她收养了七年的流浪狗，副所长王晶硬是开车几十里把小狗接来养在看守所里。王梅号啕哭喊着,菩萨啊菩萨。

魏红召为犯人西宝的复婚愿望苦口婆心说服女方,最终约好女方如同意就在释放那天早上准时来接。为了这个约定,两个大男人在寒风中不屈不挠,终于等到了"幸福的黄手帕"……

这就是生活。这就是丹东看守所的生活。

不论是警察还是罪犯,都是活生生的人。他们笑在一起,哭在一起。他们的泪水,有声的,无声的,都流进我的心里。在这样的地方,面对这样的人,我无法不去写他们!悲伤他们的悲伤,欢乐他们的欢乐。

我突然感到,只有写出看守所的真实生活,才对得起他们!

我推翻了创作小说的计划,写起报告文学。

就这样,长篇报告文学《丹东看守所的故事》问世了。群众出版社出版后,一版再版。获了奖,改编成电视剧上星播出。

生活与创作是一对双胞胎。

真实的生活使一切杜撰苍白。

从此,我的创作由小说转向报告文学,努力写出真实而精彩的中国警察故事。

于是,在2016年,我的警察年,就有了这本奉献给读者的书。

感谢生活!

湖州警察的故事

王所长摆摊儿

一

王所长，湖州市公安局龙泉派出所所长王永年，馒头圆脸，高鼻子大眼。本来，他是个挺喜兴的人，这些日子却脸拉成驴。为啥？辖区城乡结合，人口十几万。拆迁户，农转非，鸡飞狗跳乱麻麻。他带领几十号弟兄，没黑没白，忙得两眼儿绿。上班加班值夜班，二十四小时备勤。刚说眯一会儿，电话就响了。接警，出警，一晚上起来十七八次，脑瓜子直接撞在门框上。都累成个茄子了，局里开展百姓满意度测评，一网不捞鱼，二网不捞鱼，三网捞了他们个小尾巴尾巴鱼！王永年想不通，张口闭口"搞勿清爽"。

然而,今天早上,他被找上门来的老百姓臭骂一顿,一下子就清爽了。

派出所对面的小区里住着一家人,男人打工,女人下岗,儿子在超市卖东西。本来日子就紧巴,想不到两天之内,家里的三辆电瓶车都被偷了。女人气疯了,跑到派出所门口骂,你们这些吃干饭的,不管老百姓死活!我们买辆车要攒一年钱!边骂边哭。不一会儿,男人也来助阵。妇骂夫随,喊出性侵专用词。值班民警请他们进来报案,男人大眼珠子掉出来,管蛋用!你那个车说不定还是贼送的。民警苦笑笑,你们不报案,要么找找我们领导?男人说,找就找,不怕他青面獠牙!就跟民警进了院。王所长早已听见,迎出来说,你看我是青面獠牙吗?男人看了看说,面青,牙还不獠!王所长说,你别气,有话好好说。男人说,我家两天丢了三辆车,能不气吗?他抬眼看见墙上挂着一排奖状,更来气了,这是办假证的给你们做的吧?还不赶快摘下来!王所长馒头圆脸苦成瓜。男人又说,有本事你到街上摆个摊儿,听听老百姓说什么!你们还好意思叫我报案?实话跟你讲,我的车是头一天丢的,我还真来报案了。我当时就跟登记的说,根本不指望你们破案,我是怕贼骑着我的车撞死人跑了,你们再以车找人冤死我!想不到报案第二天,又丢了两辆车!王所长说对不起,我们马上立案。男人说,瞎子点灯白费蜡!咱们闹点儿实在的,你的车能不能先借我骑几天,等我凑钱买了车再还你。王所长刚要点头,民警急忙拦住,所长,使不得,要是传出去,来借车的老百姓能排二里地!王所长一听就傻了。男人反倒笑起来,这回知道为什么不说你们好了吧？你们心里装着多少老百姓呢？说完，手一甩，走了。

他走了，王所长却魂不守舍，端起茶往鼻孔送。瞧这顿骂挨的！是哪儿出毛病啦？自己当所长十几年，大车轱辘压旧辙，经验老去啦！年初弄个思路，写个计划，领导看一看，行啊行，就这么做。到了年终，报个总结，领导听一听，好啊好，功德圆满。年年如此，年年顺溜。所长好不好，领导说了算，所以奖状挂一墙。嘿，想不到老百姓说这是办假证的给做的！

郁闷良久，王所长的心沉了下来，自己也是穷苦人出身，在基层干了二十多年，说老实话，对底下的情况很清楚。表面莺歌燕舞，其实不然。干群紧张，穷人仇富，百姓仇官。当官的呢，有的自己不干净，也怕老百姓。上边儿让他走访群众，他不去，就盯着基层干部。基层干部"蔬菜大战僵尸"正上瘾，就拿假话瞎应付，说走访了 N 多家，群众情绪稳定安居乐业。他还想再做点儿指示，那边儿早把电话挂了。为啥？"又一波僵尸来了！"这就是社会发展到现阶段普遍存在的现象。所以，中央提出群众路线教育，正是火候。再看看我们公安吧，每个民警都会说，我们的宗旨是全心全意为人民服务，行动起来却是领导叫干什么就干什么。任务一个接一个，省厅下到市局，市局下到分局，分局下到派出所，完不成就走人。自己这个当所长的，满脑瓜子装的都是领导，哪儿还有地方装老百姓？你说你破了多少案，你说你累成个茄子，老百姓不认可。他晒的鞋丢了，他孩子的户口还没落，他住的地方一年着了三次火，他不安定，他不幸福，所以他骂你吃干饭。就算你抓到了贼，没把被偷的钱追回来，老百姓照样不买你的账！当官不为民作主，不如回家种红薯。其实，老百姓也不用你作什么主。在单位被头儿管,在家里被老婆管,在小区还用你这个民警作主?不用!老百姓想要的是理解,是沟通,是你能帮他一把。

王所长一下子清爽了,好像重新醒了一回。他觉得自己应该走到老百姓当中,问问他们,听听他们。

怎么走?怎么问?

他想起那个男人说的话,有本事你到街上摆个摊儿,听听老百姓说什么!

哎哟喂,这哪儿是骂我呀,这是神仙下凡点化我啊!

对,我就摆个摊儿!

二

就这样,王所长摆起了摊儿。

他选了一个问题多的社区,在广场上拉起一条横幅,上写:"龙泉派出所王永年所长服务日"。

"服务日"这三个字,让他没少跟床板儿叫劲儿,接待日?来访日?值班日?征求意见日?接连想了几个晚上,直想得脑瓜子进水。突然,眼前一亮,我们的宗旨是什么?为人民服务。对,就叫服务日!为群众服务,听百姓进言。

横幅是大红布做的,横幅下摆了一溜桌子,也铺上大红布。大红布好啊,红火,热情,喜兴!王所长跟做买卖的一样,在桌子上依次摆上治安宣传材料、警民联系卡、报警器、灭火器、防盗窗、假币、伪劣防盗门、小偷作案工具。五花八门,眼花缭乱。

老百姓一看,哇噻,所长摆摊儿,大姑娘上轿头一回。呼啦啦!都围上来看热闹。王所长馒头圆脸乐开了花儿。他举起一根液压钳，大声吆喝着，快来瞧，快来看，看小偷怎么撬锁，看小偷怎么偷车？老百姓你拥我挤，大眼瞪小眼。王所长用液压钳夹住一把 U 形车锁，轻轻一合，嘎巴一声，车锁立马断成两截。哎哟嗬！老百姓惊叫起来，妈妈耶，比吃黄瓜还脆！王所长说，所以呀，车子一定要存进车棚里，千万别怕麻烦！还有呢，安防盗门不能图便宜，空心铝合金的不防盗！说着，他又演示小偷如何轻松穿越伪劣防盗门，老百姓再次大呼小叫，妈妈耶，赶上崂山道士啦！

　　看看人越聚越多，王所长趁热打铁，嗓门儿直逼帕瓦罗蒂，走过的路过的千万别错过，王永年欢迎大家提意见、提要求！想骂的也行，响响亮亮骂起来！这样一喊，哪儿还有人骂？你一言，我一语，提的提意见，说的说要求。小区没有车棚咋办？记下来马上安。什么样儿的防盗门最安全？拿样品给你看。灭火器不懂咋使唤？我这就操练起来大家闪一闪！有个老汉挤上来吼，我在三轮车上放了一台电焊机，转眼就没了，报了案也没下文！王所长赶紧问，丢多长时间啦？老汉说，十年啦！王所长大嘴一咧，啊？丢的时间也太长了！我只能给您道个歉。这事儿让您生了十年气，对不起！老汉说，所长都道歉了，我从第十一年起就不生气了！有个年轻女人挤上来叫，我家以前闹过贼，是顺着窗外下水管爬进来的。这几天我老公不在家，我一个人睡觉好害怕！你们警察能不能到我家这边儿多转转？王所长当场就对社区民警说，你们现在就去她家看看，往下水管上抹点儿黄油要不就缠上铁丝网；晚上巡逻在她家附近多转转，电筒照一照！民警说，所长放心，保证做好！王所长又说，社区警务室要换个亮点儿的大灯泡，一晚上都亮着。灯亮着，老百姓就放心。我们派出所要成为老百姓心中的灯！话音没落，掌声一片。

哦，久违的，百姓的掌声。

这时，一位戴眼镜的老工程师挤上来说，小区公园的水边上建了个亭子，里边的凳子很危险，座儿高，靠背矮。小孩子会摔下去，老年人也不安全。我给市长热线打电话，也没动静！老工程师说着来了气，两手直抖。王所长赶忙给他倒了一杯水，老人家，您喝点儿水，消消气。老工程师说，我知道这不是你们派出所的事，可我憋在心里难受。王所长说，您提得好，不能等人掉水里了再着急。这是我们的事！

事后，王所长跑到亭子里一看，鼻子也歪了，这不诚心害人嘛！他风风火火地去找人来修。想不到，大懒支小懒，小懒说气儿短，推来推去竟然推到了文物局。人家问，哪个朝代的？什么亭？王所长气得半死，脑残亭！放下电话，脸拉成驴。什么东西，老百姓要办点儿事怎么这么难！我今天非要在铁板上钻出个眼儿来！就在这时，建设局有人打电话给他，说辖区拆迁想请派出所帮忙维持秩序。王所长说，正好，我有个事儿你们先给办了吧。对方一听，什么？修亭子？这事不归我们管。王所长说，噢，你们不是文物局啊，对不起，我打错电话了！说完就把电话挂了。过了一会儿，对方醒了酒，又把电话打过来，王所长，好商量，甭管归谁，这活儿我们一会儿就派人去干！

结果，靠背加高了，凳子安全了，老工程师高兴了。

这时候，王所长看到人群中有一双眼睛正默默地注视着自己。

三

　　这是一位退休的英语女教师。她在王所长的摊儿前已经站了很久，眼里全是话。王所长发现，真有疑难杂症的人，因为寒了心，不会轻易开口。特别是上了年纪的知识女性，更有一双透视眼，她要看你是动真格的，还是作秀。

　　王所长主动问，大姐，您有什么需要我帮助的吗？女教师拿眼看看他，没吱声。王所长又说，我看出您心里有事，您说说，也许我能办。女教师摇摇头，你办不了。王所长被点着了火儿，大姐，您的事只要合理合法，就交给我王永年！女教师犹豫再三，这才说出来。原来，她离婚多年，一直跟女儿过。后来，女儿考取了复旦大学，毕业后留在上海工作，户口也落在了上海。女儿想把她的户口也迁过来，急需一张母女关系证明。这件事涉及湖州当地好几个派出所，因为查不到底档，这个推那个，那个推这个，都快两年了，母女关系至今还是个传说。王所长说，大姐，您别急，这事我来办！回所后，他马上叫内勤查档，内勤查来查去，也说没有。王所长使劲儿敲着桌子，你再往下追！看看问题出在哪儿？内勤追啊追，一直追到一个派出所，线索就断了。王所长跟这个所的教导员很熟，他说，兄弟，这件事你无论如何要为老百姓作主。我给你写个保证书，出了事我担着！最终，这个派出所开出了证明，让母女俩相依黄浦江畔。当她们特意回到湖州感谢王所长时，王所长却借故躲了，只留下一句话，不好意思，让你们久等了！

　　还有一位大姐，也是在摊儿前光看不出声。王所长迎上去再三问询，她忽然说，我过不下去了！王所长吓了一跳，急忙带她回所谈。她说，我儿子从前蛮好，有工作，也找了女朋友。可不知道怎么染上了毒，家里的钱都让他花光了。我们老两口儿退休前在工会工作，能有什么钱？拿不出钱，他就说要弄死我们。我们送他去戒毒，人家不收。叫你们派出所把他抓起来吧，又不忍心。再说，亲戚朋友也会说我们没人性。万一他死在里边，就成了我一生的痛。王所长，求你帮帮我们吧！王所长叹了口气，你们送去戒毒为什么不收？老人也叹了口气，唉，咱们小地方没有戒毒所，只有大地方有。我们跑去联系，人家说公安送来的才收。王所长说，大姐，您别急，我帮您想想办法。第二天，他就打电话给戒毒所，对方还是说，只有公安送来他们才收。王所长问，自愿戒毒就不收吗？回答说，不好收！王所长脸拉成驴。怪不得老百姓有意见！他马上召开所委会，经过认真研究，决定由派出所出面，叫家属写一个自愿送子戒毒书，再叫孩子写一个自愿戒毒书，然后，派一个民警，陪同父母一起送孩子去戒毒所。戒毒所一看是警察送来的就收下了。老两口儿去了心病，眼泪流得哗哗的。王所长知道他们放心不下孩子。他也放心不下。打这以后，他逮住机会就去戒毒所，给孩子送上小温暖。孩子也争气，寒来暑往，戒毒成功。一家人重获幸福，小区也终结了一个治安隐患。

　　王所长还接待过一位大姐，让他哭笑不得。这老太太以前在图书馆工作，安静惯了。她说，楼上住户把房子租给了一家外地人，这家人有小孩儿，又跑又叫，还扔皮球，嘭！嘭！吵得她睡不好。王所长就安排社区民警去做楼上的工作，晚上十点以后不要发出声响。楼上住户很配合。想不到，过了两天，老太太又找来了，说不行，她现在八点就要睡。民警又跟楼上讲好，八点以后别出声。再过了两天，老太太还说不行，她现在白天也要睡，也不能有声音。这就不好办了，那是一家子大活人啊！王所长还是和风细雨，好吧，我让民警去跟房东商量，不要租给这家外地人了。老太太说好啊好啊！王所长又说，可是，我也要跟您讲清楚，房东不能让房子闲着啊，回头再找个人住，没准儿是个业余歌手，为了上春晚他夜半歌声也说不定。老太太一听脸又歪了。王所长说，这样吧，我听说您儿子有钱，让他把房子租下来不住人，事情就彻底解决了。老太太咬咬牙说，行，我豁出去了！然后，民警又去找房东，求爷爷告奶奶，总算把楼上清空了，老太太这才国泰民安。想不到，她一高兴，逢人就夸王所长，夸就夸吧，夸完了还找补一句，你们谁家嫌楼上吵，就去找他，他能帮你们赶走！结果，好几个老太太都来到摊儿前会王所长。王所长赶紧叫民警跟老太太说，您千万不能这样广播，这样广播我吃不消啊！老太太这才收了声。可是，按下葫芦浮起瓢，那家外地人又哭着喊着找到摊儿前，说至今也没地方落脚。王所长又赶紧帮忙找房子，让民警把中介公司、搬家公司都发动起来，终于找到一处一楼的房子。外地人高高兴兴住进去，说我也早就吃不消了，这老太太动不动就上楼来砸门。现在我安静多了，再也没人咚咚咚！

得，两满意。

你看，这摊儿摆得多热闹。更热闹的还在后边儿呢！

四

这天，王所长正在小区外摆摊儿，忽听到小区里有人喊，打架啦！打架啦！他丢下摊儿跑过去，直跑得呼哧带喘一身汗。

一看,谁跟谁打?两家邻居!一边儿是年轻女人,细皮嫩肉;另一边儿是老头儿,七老八十。王所长上前把他们拉开,问他们为什么要打?原来,祸起一只小京叭。为了这摇头摆尾的小东西,双方早已纠结多日。女的呢,对狗狗喜欢得不得了,一天到晚抱在胸口,脸对脸亲个没够。老头儿呢,有一个外孙,也宝贝得了不得,含在嘴里怕化了,顶在头上怕摔着。外孙上一年级时,被这狗咬过一口,女的连连道歉,打针费,营养费,要多少给多少。可是老头儿不想要钱,他心疼外孙。从此后,每天上学下学,他都要陪护外孙,生怕再来一口。这天出门,他刚好看见这只狗,就骂了一句,你怎么到现在还不死啊!女的很生气,后果很严重,当下花容变色,说就算我们咬了你,我赔了多少钱啊,两千块呀,你有完没完?老头儿说,你那破钱算什么?我外孙被你这疯狗咬了说不定也会疯!女的说,你说谁哪?谁是疯狗啊?你外孙没疯你先疯了?老头儿说,你说我疯我就疯给你看,我今天非要把这狗弄死不可!说着就要抄家伙。女的岂能容忍,直接上了肢体。结果,相骂无好言,相打无好拳。她把老头儿的耳朵咬了,老头儿把她鼻子搐出血。幸亏王所长及时赶到,两人才放过脸上的其他部位。

王所长拉架过后,又楼上楼下跑了七八趟,做双方的调解工作。大道理,小道理,掰开了,揉碎了,嘴都说肿了,谁也不让步。主要矛盾就是狗。老头儿说除非她把狗弄掉。女的说没有法律不许我养狗。狗狗呢,也很委屈,大眼无辜对王所长,这回我谁也没咬啊,是他们自己打起来的。王所长抓耳挠腮,不知如何是好。这时,有人悄悄告诉他,说这女的有个男朋友,两人马上就要结婚了。王所长喜出望外,说老天爷你真可怜我这馒头脸！他笑眯眯地登门拜访准新郎。终于，水到渠成春暖花开，女的同意把小可爱先寄养到男朋友家，反正她也快搬过去了。好了，这下，铃铛解下，死结松开，一老一小在调解协议上签了字，握手言和。因为都受了伤，又争着赔偿对方。老头儿对女的说，我要多赔你，你鼻子受了伤，你狗狗要走了。女的说，不不不，您的耳朵……

看到这个场面，王所长也动了容。

两家合好了，楼道平静了，小区和顺了。老百姓说，多亏王所长摆摊儿，这样难的事，他都给办好了！

五

独木不成林，树多绿荫荫。如今，在王所长的带动下，所里把摆摊儿形成制度，每个周四，全所上下都出摊儿，叫"民警周四服务日"。商场、菜场、学校、工厂、居民区，哪儿人多，就往哪儿摆。公安局长金伯中抓住典型，在湖州全局推广开来，起了个更响亮的名字，叫"警务广场"；提出的口号是，让民意领跑警务，让警务保障民生。

王所长说，金杯银杯不如老百姓的口碑。人的价值是什么？就是得到人家的一个认可，一句赞扬。我当了十几年所长，到了这个年纪，已经不把工作看成职业，而是看成终身爱好。所以，再苦，再累，我开心，我喜欢。我什么都不想要，只要辖区老百姓说，王所长是好的，就够了！

马警官喊话

一

马警官,浙江省湖州市公安局罗师庄社区民警马长林,五十三岁。他相貌平常,往人堆里一扎就找不着了,如地上的庄稼林中的树。落脚当初,破车棚里,一张桌子一张床。庄里没人认识他,走出车棚,就像空气。直到有一天,他喊起话来,闹出响动。

那时候,罗师庄很乱,地处郊区,开发伊始,一觉醒来,土地变工地,农民成市民。外地打工者蜂拥而至。一网撒下去,捞上来的口音都不对。有数字统计,全庄两万多人,外地人占了一万八!这些人来自二十个省份,口音五花八门。就拿"吃饭"两个字来说,听着都吓人,掐碗,切活,干翻。都说人多好干活儿,岂知人多事儿也多。

于是,治安出了问题,盗窃、抢劫、打架、动刀。当地人晚上不敢出门,早早洗洗睡了;白天也把孩子拽紧,小心外地人拐了你!

再于是,从警十六年的马长林,临危受命,卷铺盖进庄。他枯坐车棚,鼻头儿拧成蒜,谁也不认识,如何开展工作?挨家走访吧,两万多人,累死没关系,时间受不了;召集开会吧,穷得叮当响。当地开会讲究发误工费,行情每人五十块。有那个钱,早请戏班子唱了,还开什么会!马长林正闹心,忽听门外一声吆喝,啤酒瓶子废塑料的卖!旧衣裳旧鞋旧书报的卖!好么,真炸,老远就听见了。收破烂的与时俱进用上电喇叭啦!马长林顿开茅塞,这不是最佳营销方案吗?我还发什么呆?

就这样,马长林也买来一个手提电喇叭,外配一个扩音机。喇叭拿在手里,扩音机拴在腰上。试试声音,喂,喂,震得山响。好使!没想到,刚一出门,收破烂的就堵上来,哎,这片儿破烂我包啦,你要收到杭州收去!

得,碰上"破霸"啦。马长林笑了笑,你没看见我穿警服吗?

收破烂的说,你捡个警服穿上就是爷啦?有本事穿太空服,两脚不着地,飞!

马长林说,那多浪费火箭啊!说完,自顾往前走。收破烂的梗着脖子紧跟。

马长林来到菜市场,只见买的卖的人挤人。他乐了,一开喇叭,喊起来——

村民们，我是刚来的社区民警，我叫马长林！我住在村头那个车棚里。你们有什么事，就来找我马长林！

这一喊，不得了，买的不买了，卖的不卖了，大人孩子，大眼小眼，齐刷刷，全都追他了。收破烂的一看，啊？撞上李鬼啦，脖子一软，扭头就跑。

马长林接着喊——

村民们，我叫马长林，是罗师庄的社区民警！我提醒大家，人多的地方要保管好自己的财物！家长带好孩子，老人留神脚下！出门检查水电煤气，晚上睡觉关好门窗！

菜市场里一阵叽叽喳喳。有的说，真开眼！有的说，这呆子！还有的说，当心他耍起疯来砍人！更有一个黑小子直接跳到他面前，操起一口川音，你在这儿鬼叫些啥子？快着点儿滚！

后来，马长林听说，这黑小子外号叫小黑，自称"罗师庄庄主"，手下川兄川弟一百多号，打打杀杀，大事不犯，小事不断。

马长林笑了笑，没有理他，仍旧边走边喊。马路上，工地里，小区中，哪儿人多他往哪儿钻。脚上打了泡，嘴里失了声，没关系，死不了！往后，就这样天天出去喊，直到老百姓都认识我，直到我为老百姓帮上忙——

村民们，我是刚来的社区民警，我叫马长林！我住在村头那个车棚里。你们有什么事，就来找我马长林！

想不到，第二天一早，就有人来敲门。

二

敲门的是当地一个姓潘的村民。他说，马警官，我昨天在菜场听见你喊话了，你能帮帮我的忙吗？

马长林说，好啊，你有什么事？

潘村民突然结巴起来，我们家，杨，杨，杨……要生了！

啊，羊要生了？要找兽医？

不，不，不是羊，是人！

噢，你老婆要生了？

不，不，不是我老婆，是杨，杨……

到底是人还是羊，你都把我急死了。别说了，快带我去！

两人急忙赶到潘家。原来是潘家出租房里住的一个外地女孩儿要生。女孩儿姓杨，二十出头，没结婚就怀上了孩子。

马长林问，这是谁干的好事？

潘村民结巴道，是……是她男朋友……

马长林又问，他人呢？

嗨，别提啦，因为偷东西被抓起来了。这女孩儿不敢跟家里人说，又没钱上医院，就要在出租房里生，我害怕出事……

潘村民话没说完，一个胖女人叫唤着冲过来，姑娘的羊水都破了，说话就要生，大老爷们儿快闪一边去！

马长林一看，脸都吓扭了，好家伙，胖女人手里拎着一把剪子，肩上搭了一块毛巾，就要进屋去接生。马长林伸手拦住，人命关天，你别胡来！说完，拿手机就给妇产医院打电话，我是民警马长林，我女儿快要生了，来不及上医院了，请你们快点儿来！地点在罗师庄……

不多时，救护车哇啦哇啦赶到，医生护士抢着下了车。再不多时，出租房里传出了惊天动地的哭声。女医生走出来，抹着汗对马长林说，恭喜你，母女平安！

马长林也抹着汗说，有女万事足。

女医生笑了，你还真会说！这话我要记下来，说给重男轻女的听。今天真危险，晚一步都不行！马警官，你再忙，也不能连女儿的命都不顾了！

潘村民忍不住抢话，不是马……是杨……

马长林一把拽住他，笑着对女医生说，大夫，太感谢你们啦！你们先请回，我这边儿忙完了，就去医院交费！

女医生们走了。马长林一看，接生婆还站在门口，哎，你怎么还在这儿啊？

接生婆说，马警官，你，你真是个好人。我等在这儿，就是想跟你说这句话。

马长林笑了，谢谢啦！刚才我有点儿急，说话不客气，请原谅！

接生婆也笑了，看您说的！唉，我也是看这孩子可怜才来的。有钱谁不去医院啊。

马长林说，说的是。大姐，我想求你个事儿。

接生婆说，什么求不求的，你说！

马长林朝屋里一指，你有经验，我想求你帮忙照料几天，行吗？一切花费由我付。

接生婆说，嗨，我还当什么事儿！马警官，你是为了谁啊？你放心，这里交给我好了，不用你的钱！

第二天一早，马长林买好早点送过去，只见潘村民已经把鸡汤、红糖煮鸡蛋都做好了，接生婆也给女婴洗了澡。他鼻子一酸，差点儿掉了泪。

因为事发突然，大人小孩儿什么穿的用的都没有，马长林放下早点，又急忙赶到妇幼商店。想不到，在门口碰上了接生的女医生。女医生把两大包妇幼用品递给他，马警官，有女万事足。这算是我的一点儿爱心。

马长林抓抓脑壳，这怎么好意思？

女医生一脸坏笑，接着忽悠！我全都知道啦，那女孩儿属羊不属马！

马长林一下子愣住了，谁说的？

女医生说，全罗师庄的人都知道，就你蒙在鼓里。庄里的外地人感动得一塌糊涂，说要凑钱给你盖个警务室，不让你再住车棚了！

马长林傻笑笑，还是好人多。

女医生说，马警官天下第一好！

接下来，马长林跟女孩儿商量，要不要请她父母来伺候。女孩儿死活不干，说家里要是知道了，非气死不可。没办法，马长林只好去找男方的家人。好不容易在德清找到他母亲，老人说，我只知道儿子进了班房，想不到他还造了这个孽，真让我丢不起人！马长林说，现在不是丢人，是救人！您儿子在里边知道了也会感激您。将来他改好了出来，您一家子有老有小多幸福啊！老人一听，眼泪淌得哗哗的，边哭边说，再难也要认下这没过门儿的儿媳妇。她跟着马长林来到湖州，才住了两天，就想把大人孩子带回德清，说我们穷人哪儿有钱在外面坐月子啊！马长林想想也好。他给老人装了五百块钱，又帮着买了车票，说往后有什么困难，就给我打电话。

一家老小走后，马长林还不放心，打电话告诉德清的朋友常去看看。

后来，好消息不断传来，母女平安健康，老人的儿子因为表现得好减了刑,就要回家了。老人感激不尽,特意托亲戚来罗师庄谢马长林,说您对我们外地人像亲人一样!

马长林哈哈一笑,说我儿子也在外地工作,将心比心!

这时,潘村民走进来,悄声对马长林耳语,我打听到了,小黑现在就在家。

三

马长林脱下警服,换上老百姓的衣服。一出门,赶上瓢泼大雨。到了小黑家,湿得像从水里刚捞上来。

小黑一看马长林找上门了,心里敲起小鼓,忙说,那天在菜场,我看你拿个破喇叭哇哇吼,还以为你是个瓜老汉儿,就喊你滚。现在我晓得你是个警察,良心还好,外来人生娃儿你都操心,跟医生说是你女儿!我错喽。

马长林笑成个弥勒,小黑,我今天不是警察,也不说那天的事。我听你的弟兄们讲,你心好仗义,我来跟你交个朋友。要说呢,你跟我儿子差不多大,你们母子从四川来湖州打工不容易,听说到现在也没找到个正经工作。我过来看看,能不能帮帮你们?

小黑一听,低下头。

这时,潘村民扛着东西来了,有生活用品,有米、油,还有两条肉。离老远就喊,小黑,快来接一下,这是马警官给你的!小黑愣住了。因为家里生活困难,他妈妈经常去菜场捡人家不要的肉皮,拿回来当好的吃。

马长林说,小黑,今天我没什么事,大家一起吃个饭。来,把肉切了,把饭煮上!

不一会儿，几个人香香地吃上了。马长林边吃边说，小黑，我打算给你找一份工作，怎么样？

小黑说，谁敢要我？

马长林说，我试试。

小黑说，咱们打个赌！

马长林问，赌什么？

小黑笑了，你输了就请我的弟兄们吃个饭。

马长林说，好！

小黑说，马警官，你这牛皮吹大了，我能叫来一百多人，你请得起吗？

马长林说，你怎么知道我会输？要是你输了怎么办？

小黑说，要是我输了，你喊我做啥子就做啥子。

马长林把饭一放，要的就是你这句话！没别的，我就让你学好！你带着一帮弟兄再疯下去，早晚会出事！

小黑说，我看你还是准备好一百多人的饭吧！

第二天，马长林找到他认识的电器厂厂长，求他收下小黑。

厂长说，这可不行。小黑哪个不认识？罗师庄的老大，对吧？你引狼入厂，不是要我老命吗？

马长林说，说实话，小黑就是人长得黑点儿，他心不坏。就是因为没个正经工作才瞎混。这样好不好，你先收下，如果他在厂里犯了事，就找我老马。天大的事我来担！你让他试试，就当是我儿子，行不？

马长林苦苦哀求，眼泪都下来了。

厂长说，老哥你别哭啊，我答应了。

马长林得寸进尺，他还有个妈妈，很能吃苦，你也收下吧，干点儿什么都行。娘儿俩一起上下班,有个伴儿不说,还能帮你盯着。

厂长说,你卖葱还搭蒜?

马长林说,葱蒜不分家。炖肉烧鱼,少一样也不行!

厂长说,我服你了!

第二天,马长林领小黑来厂里报到。厂长说,小黑,为了你,马警官跟我哭了一场!

小黑一听,掉了泪,说往后看我的吧!

后来,小黑不但干活儿一级棒,在马长林组织社区义务巡逻队的时候,他登高一呼,把百十号弟兄们全都带了进来,维护治安,照料孤寡。小区人都说,"黑社会"从良啦!

马长林呢,照样,每天天一亮,就拿上他的"组合音响",哪儿热闹往哪儿扎。小区大,人口多,万里长征才走出第一步。

这天,他正喊话,忽听身后有人问,你当真是警察吗?

四

发问的是罗师庄老汉胡怀宝。马长林喊话,他追着看热闹,心说这警察蛮新鲜。就问,你当真是警察吗?

马长林说,假了包换。

胡老汉笑笑,你当真是警察,我倒有一个事想找找你。

马长林站下脚说,您有什么事,请讲。

胡老汉说,这个地方现在太乱,我们当地人晚上都不敢出门。你来了,能给我们解决吗?

马长林说,这正是我要解决的。你们当地人家家都把房子租给外来人住,您是不是啊?

胡老汉迟疑了一会儿,点点头说,是的,我出租了十七间。

马长林说,哇噻,大房东啊!您正是我要依靠的对象。

胡老汉瞪大眼珠儿,你依靠我?

马长林从包里拿出个本子,您看,我这儿有个登记本,我现在发给您。您家里有多少房客,是男是女,哪里的人,有没有身份证,手机号多少,这些您都登记下来交给我。

胡老汉问,登记这个干什么?

马长林说,就是为了解决您刚才说的。您不是想要安全吗?您不是想晚上能出门走走吗?那咱们就从登记外来人口入手。罗师庄所以乱,跟外来人口剧增又缺乏管理有很大关系。您登记了,我就能查到这个人有没有犯过错误,有没有吃过官司,是好人还是坏人。

胡老汉摇摇头,哎,我家里没住坏人,不需要登记。

马长林笑着说,坏人谁写在脸上?只要您一登记,就能发现问题。不信您试试?

胡老汉将信将疑,收下登记本。

马长林叮嘱他,万一发现了问题,您千万别出声,赶快到车棚来找我。

胡老汉笑起来,真事似的。你们警察看谁都像坏人。

回到家,胡老汉端起茶来又放下。心想,试试也好,说不准哪块云里带雨。正好有个姓李的房客该交房租了,就从他这儿起,连收房租带登记。

胡老汉来到出租房,敲门进屋,却见床上躺了三四个人,身上都刺了画儿。胡老汉看呆了。租房的时候,说只住一个,一下子冒出这么多!

他对躺在床上的人说，该交房租了。

床上的人说，你找我们老大去！

胡老汉看看姓李的不在，跟这些"虫"说不上话，就走了。晚上，又去了，姓李的正好在。胡老汉说要房租，姓李的说明天给你！胡老汉又说，房租明天给可以，但是今天你们要登记。你说只有你一个，现在住了这么多，都要登记下来，派出所要查。

姓李的说，行，你把本儿放这儿吧，登记好了明早儿连房租一起给你。

胡老汉放下本子回屋了。第二天一早，他没去出租房，慌手忙脚跑到车棚找马长林。马长林一听不对，二话没说就往他家赶。快到出租房时，把胡老汉拉到一边，说你别进去了，当心危险！说完，自己上去敲门，怎么敲都没动静，推门一看，人去屋空。登记本丢在地上，一个字也没写。胡老汉气得吼起来，鬼！

马长林说，这回您信了吧？

胡老汉说，要不是你提醒，哪天我被他们抢了也说不定。往后，我要仔细登记，还要跟庄上老哥老姐们说，让他们配合你工作，做好登记。不要怕吓跑客人，万一住下个杀人犯，哪天脑袋挪了家，要钱还有什么用？

在胡老汉的带动下，庄上的出租户都认真做好外来人口的入住登记，为马长林后来"以房管人"整顿社区治安打下了良好基础。

说来也巧，没过几天，胡老汉再次惊魂。这天，他突然接到马长林打来的电话，问他入住登记全不全。胡老汉说，滴水不漏！马长林说，好，快拿来！胡老汉把登记本送到后，马长林在电脑上一查，问304住的什么人？胡老汉说，是个油漆工，贵州人。马长林说，一口贵州腔，满身油漆味儿。没错，强奸犯就是他！胡老汉眼都直了，乖乖，租房里住了个强奸犯，幸亏家里就我一个老头子！马长林从登记本上抄下油漆工的手机号，报告了派出所。便衣警察叫油漆工的一个朋友打电话，约他在酒店见面。这厮一到，直接拿下！

案发三小时告破，公安局领导感谢胡老汉。胡老汉说，这要归功马警官喊话！

五

喊话收到奇效，罗师庄的老百姓不但很快认识了马警官，还加入了他的队伍，接过了他的"组合音响"。有小黑参加的社区义务巡逻队刚刚红火起来，胡老汉又挑头组织老人们成立了"夕阳红"巡逻队，走街串巷，宣传治安。告诉小孩儿不要玩火，提醒住户检查水电煤气。于是，罗师庄的治安好了，本地人和外地人也团结了。社区和谐，百姓安康。从狠抓管理到亲情服务，马长林华丽转身，用真心换来真情，老百姓都说他是罗师庄的宝葫芦。

在一次警民联欢会上，大家欢迎他唱一个。他说，好，我就唱一个老歌吧——

> 我们共产党人好比种子
> 人民好比土地
> 我们到了一个地呀方

就要同那里的人民结合起来
　　在人民中间生根开花
　　在人民中间生根开花
　　在人民中间嘿
　　生根开花

歌唱完了。马长林落泪了。
老百姓都鼓掌,说这歌词真好,写的就是马警官。
他们不知道,这是毛主席在一九四五年说的话。

老郭开茶馆

一

老郭老郭,五十九多;郭老郭老,一点儿不老。这是垄山老百姓的顺口溜。

可不,谁家下水道堵了,他挽袖子就掏;哪里有个马蜂窝,他上手就除;河边小路不平,他抡起铁锹就铲。谁说他老了?小伙子似的。

这就是浙江湖州公安局垄山社区民警郭春华。

要说老郭开茶馆,得从他邻居讲起。谁呀?警务室隔壁的董老头儿。这董老头儿,是个老怪物,喝醉了走进别人家,二话不说躺下就睡；嫌路人走他家门口太吵，竟有本事在门口挖条沟，上面搭块板儿，自己一进屋就把板儿撤了。更要命的是仇警，说过去土匪在深山，如今土匪在公安，警察没一个好东西！老郭在他隔壁办公，他从来不理。老郭主动搭话，他视为二氧化碳。老郭奇怪他为什么这样？一打听，原来，N多年前，有一次他在家跟老哥儿几个打麻将被派出所抓了，他对天发誓说没赌。那也不行，不交罚款不放人。他说要钱没有要命一条，警察把他一关就不理了。后来他饿得直翻白眼儿，才知道要命也不易，只好给儿子打电话，叫儿子来送钱。回到家，他怎么也想不通，打打麻将又没赌钱，凭什么抓我？罚了三千还不给收据，比他娘的猪还黑！他正骂得火起，忽听电视机里有猪气得乱叫，抬眼一看，全是大白猪。

虽说董老头儿表面不理老郭，可他潜伏在隔壁，眼睛耳朵都不闲。

这天，警务室门口突然人声嘈杂。嘿，吵起来了！董老头儿赶忙出去看热闹。

亮嗓的是孤寡老人王大妈。这天，她抱来一只老母鸡送给老郭，保安说郭警官不会收。王大妈瞪他一眼，放下就走。老郭来了一看，赶紧把鸡送回去。王大妈又抱回来，郭警官，你今天不把鸡收下我就不走了！她嗓门儿大，人们还以为发生了什么事，都围上来。王大妈趁机煽情，大家评评理！前年下大雪，我的土坯房眼看扛不住，多亏郭警官赶来把房顶的雪扒了；去年刮台风，郭警官把我安置好，又冒着大雨帮我排掉门前积水。今年呢，他把我的土坯房拍成照片向政府申请改造，大家都看到了，我老太婆现在住进新瓦房啦！我该不该谢他？听说他最近身体不好,我也拿不出什么,就送一只鸡让他补补,你们说我对不对?围观的老百姓七嘴八舌,说郭警官这就是你的不对了,老人家诚心实意,你再不收下,我们也要跟你急!得,谁急也不能让老百姓急,老郭只好收下。第二天,他给王大妈买了两套花衣裳。老人一穿,大小刚合,笑得合不上嘴,说你怎么知道我的身材?老郭说,我眼里有把尺。王大妈穿着花衣裳哪儿人多往哪儿扎,说这是郭警官给我买的,漂不漂亮?大家就说,老来福气老来俏,郭警官比儿子还周到!

董老头儿一撇嘴,嗨,我还以为吵起来了,敢情是老太太吃饱了撑的在这儿起哄!

他刚要回屋,小区门口真的吵起来了。

二

吵架的是租住在社区里的四川民工吴宝。

吴宝的女儿放学回来,在小区门口被一辆轿车碰了。开车的一看不好,一踩油门儿跑了。吴宝闻讯赶来,冲着空气骂娘。保安急忙打电话报警。不一会儿,交警来了,调出监控一看,车不是小区的。交警做了记录,看孩子也伤得不重,说先送孩子上医院吧,说完就要走。吴宝很生气,拦住交警不让走,说他偏向当地人,不把外地民工当回事。交警说你不让我走,我怎么找肇事车啊?吴宝不干,非要交警带孩子上医院。这时,小区里的四川民工都围上来,有人乱喊,警察撞人想跑!交警火了,说你疯了?这下不得了啦,喊的人就说,疯子打人不偿命,老子打死你!老郭跑过来,离老远就喊,别动手,别动手!他问清情况,让交警先走了,然后对围观的人们说,有什么事,冲我老郭来！你们不让人家走，人家怎么办案？再说了，孩子马上去医院才是大事。众人都说，对对对！吴宝说我没钱上医院！老郭说，我给你！说完，就把口袋里的钱全都掏了出来。拿去！

想不到，老郭的这一行动，让事情发生了逆转。

吴宝说，这不行，我哪儿能要你的钱？老郭说，我的钱也是钱，看病要紧，快拿着！吴宝说，不要，不要！又不是你撞的，跟你不搭界。那天下暴雨，我们正在工地上干活儿，想起衣服被子还晒在院子里就玩命往回跑。到家一看，早被你收到警务室了。我们走了全国那么多地方，住过那么多工棚，从来没有警察为我们收过衣服被子。我感谢都感谢不过来，哪儿能要你的钱？

又一个民工小田说，就是，郭警官对我们太好了！那天我的钱包丢了，里面有身份证、银行卡，还有一千多块钱。我跟郭警官说了说，根本没抱什么希望。没想到他把我一个民工的事儿当事儿，真的给我找到了！我买了两条软中华谢他，他死活不要，非让我退掉。我说人家不给退你就收下吧。他就拖着我来到烟店，跟老板娘一说，老板娘破例给退了。我当时眼泪都下来了。郭警官，有我们哥儿几个在这儿，孩子去医院的事就不用你操心了！

说着，几个四川民工就带孩子去医院了。老郭心里暖暖的，他跟吴宝说，监控照下了车牌，我一定帮你找到逃跑的家伙！可是，想不到肇事车是套牌，老郭跟着交警找来找去，腿都跑细了也没找到"真凶"，只好羞答答地来跟吴宝道歉。吴宝说，让你辛苦了，郭警官，没找到就算了。我孩子在学校有一份保险，你帮我跟交警要个事故证明，我就能得到保险公司的赔偿。我跟人家吵了架，不好意思去。老郭说，行，这个我能做到！他马上跑到交警队开了一份证明。吴宝很开心，说老郭我要跟你交个长朋友！

董老头儿一看，吵架成了评功摆好，啧啧嘴，扫兴而归。进家没忘撤木板，手一偏，木板掉沟里，撅着屁股够半天，差点儿连自己也栽进去。

三

垄山社区二老多。哪二老？老房，老人。

当地政府要拆旧盖新，让老房消失。这是好事，但同时也带来安置问题。突然没了窝儿，让拆迁户去哪儿住？年轻人可以找房租房，孤寡老人怎么办？俗话说，六十到人家不过夜，七十到人家饭不留。这话是什么意思？你老了，人家怕你万一有个好歹就成了烫手山芋。于是，老郭就提出给孤寡老人盖过渡房。拆迁办主任大口马牙，哈哈哈，英雄所见略同，我们早有计划！看他一脸肥肉，老郭不放心，说老人行动不便，过渡房要结实，水电设施要安全。主任说，你把心放肚子里，咱照着白宫盖，抗三百级地震，回头不用了就处理给奥巴马。老郭说，吹吧，别说过渡房了，正式房塌的还少吗？主任说骑驴看唱本走着瞧！

就这样，社区里盖起了一片瓦房，让老人们搬进去过渡。董老头儿也算一个。他盆盆罐罐都搬进去了，连那块盖地沟的木板都舍不得扔。人家说你还打算挖沟害人啊。他说当引火柴也好啊。人家说你别原始了，过渡房里做饭取暖全用电！

老郭帮助老人们安顿下来，心里不由叹口气，说是过渡，实际很惨。拆旧盖新要好几年，这些老人今年走两个，明年走两个，最后能搬进新房的能有多少？他挨个儿跟老人们打招呼，说房子出了什么问题就找我，随叫随到。来到董老头儿面前，董老头儿装聋作哑。老郭笑了笑。

紧跟着到了年关。大年三十这天晚上，董老头儿正忙饭，突然，停电了，刚放进电锅里的菜一下子就没了动静。他骂了一句娘，跑出门一看，不光他家，整个过渡房都停了电，黑咕隆咚像进了山。年夜饭停了，电热毯凉了，更别说看春晚了。你说这年还怎么过？老人们马上报告老郭。老郭在家刚端起碗，听信儿就往社区赶，边走边想，年三十打电话找人来修，那叫瞎子点灯白费蜡。不行！他又掉头往供电局跑。来到值班室，他求爷爷告奶奶，总算说得人家动了身。他带着人呼啦啦来到小区，搭梯子拽线跟着一起干。直到把线接通，啪的一合电闸，光明归来，家家户户重新亮起灯。电虽然来了，老郭还不放心，生怕再出什么事。他决定不回家了，就住在警务室。当整个社区合家团圆其乐融融的时候，老郭一个人骑着电瓶车，顶着寒风在过渡房前后到处转。一面转，一面看，这才看清当初建房连电杆都没栽，只拉了一根线到过渡房，更别说安变压器了。这可不行！一是不安全，再一个也不是长久之计。好，节后我就去跑这件事，就算供电局是块石头，也要揣进怀里捂热了。

转着转着，电瓶车没电了，老郭只好下来推着走。忽听身后有人喊，郭警官！

回头一看，竟然是董老头儿！

四

董老头儿已经跟了好久,实在不忍心了,终于喊出声。他上前拽住老郭,郭警官,走,快到我屋里喝一杯,暖和暖和!老郭心头一热,眼圈儿都潮了。

来到屋里,亮堂堂地坐下。一杯老酒下了肚,两盘饺子端上来。

董老头儿说,郭警官,你来垄山所做的一点一滴我都看到了。大过年的,为断电你忙了一晚上还不放心,还在风里到处走,连家都不顾了。用电视机里的话说,在你身上,我看到了一个人民的好警察。我佩服你!

听董老头儿这样讲,老郭比吃肉都香。他说,董大爷,有些事以前我们做得不对,我给您道个歉,请您原谅!

想不到,董老头儿又说,唉,现在这个社会好比一部机器,好多地方都坏掉了,但也有一两个好零件。你郭警官就是一个好零件。可是,整个机器都坏了,你这样一两个好零件管用吗?

老郭听明白了,董老头儿在忧国忧民呢!他笑着说,董大爷,如果连一个零件都不好,机器还能运转吗?不管怎么样,好的零件还在机器里起好作用。机器没停下来,就说明好零件管用。对不对?好零件不怕少。当然,好零件越多,机器转得越快!

董老头儿乐了,说郭警官你能干会说。

在这个温暖的大年夜,董老头儿完全变了一个人。同时,他的话又引起老郭的思考。他想,董老头儿说整个机器都坏了,是对当前社会有看法。这就提醒我这个社区民警,不但要让警务保障民生，还要加强跟老百姓的思想交流，解疑释惑，传导正能量。

怎样才能更好地加强思想交流呢？

一个靠入户走访，再一个靠开会宣传。

说起开会，老郭不由得笑起来。垄山社区地处城郊，居民过去大都是农民，属村委会管。每次村委会组织社区居民开会，总是街道驻村干部第一个发言，然后是村主任、书记，最后才轮到老郭。但是，老郭比村干部准备得充分，宣传资料呀，安全防范手册呀，近期案件通报呀，全都带上，一到会场就发给大家。当地开会也搞市场经济，每次开会，村委会都要给到会者发五十块误工费，老百姓也是冲着这五十块去的。坐两个小时，给五十块钱，蛮好。所以，到会的人特别多，黑压压一片。每到开会，老郭都非常高兴。为什么？人多啊，宣传起来带劲！只是村主任、书记发言时，上面大会，下面小会，交头接耳，玩手机，睡大觉，吃零食。村主任就喊，大家安静一下，安静一下！无济于事，天马行空。唯独到了最后，主持人宣布，下面请郭警官发言，会场一下子就安静下来，瞪大眼睛，竖直耳朵。

老郭发言有个特点，不坐着，站着。他觉得站着发言是对听会人的尊重，同时也能控制自己说短话少废话。他的发言贴近民生，又很人性，比如，新交通法规下来了，他就给老百姓解读，给他们分析，怎样对个人有好处，怎样防患于未然。他手中有大量的案例，讲起来活灵活现，老百姓爱听，听不够。每次讲到最后，他总会说，你们的平安是我最大的心愿，祝在座的父老乡亲家庭和睦身体健康！会场掌声一片。村干部跟老郭抱怨,说我们发言时乱得一塌糊涂,没人听。老百姓跟老郭说自己的理,他们发言没东西,文件念一念,关我们什么事?更有村民开玩笑,说郭警官幸亏你户口不在我们村,要不然我们要全票选你当村主任!

所以说,开会是个加强思想交流的好机会。

可是,也不能天天开会啊!天天开会,村委会一年的开会钱,半个月就花光了。

入户宣传呢?社区住户太多,忙不过来不说,效果也不好。

那又如何加强跟老百姓的思想交流呢?想来想去,老郭想了个"开茶馆"的主意。

五

垄山这地方,老百姓忙了一天,晚上吃了饭,喜欢捧个茶杯出来喝喝茶,聊聊天。好,老郭就请他们到警务室来。特别是夏天,空调开着,凉爽,大家都喜欢捧个茶杯过来。有抱着小孩儿来的,有打着毛衣来的,男女老少,七大姑八大姨。你来我往,天天晚上爆满!有的自己带茶杯,没茶杯的老郭准备好。茶叶摆上,随便拿;开水管够,随便倒;凳子不够大家凑。第一个把自家的凳子搬来给大家坐的是董老头儿。有时候老郭出去开会还没回来,董老头儿就里出外进地帮助张罗。老郭回来一看,警务室里早就坐满了人,连他的位子都被占了。就是看见他来了,也不起来让座位。大家太熟了,都没这个习惯了。

就这样,老郭开起了茶馆。

老郭说,谁也不是客人,都是我的兄弟姐妹。喝茶自己倒,茶叶自己放!

好了，老百姓天天晚上都来，七嘴八舌，连喝带说。小区里的大事、小事、新鲜事，张家长李家短，老郭都能在第一时间掌握。老百姓有什么意见建议，边喝茶边说。他充分利用这个机会，跟大家讲党的方针政策，讲新时期的伟大成就，讲中国梦。大家相互交流，气氛热烈。老郭还根据外来民工的特点，准备了一些毛巾、牙膏、肥皂等生活用品，然后把跟他们有关的法律问题、治安常识编成问卷，谁回答对了，小礼品就拿走。这样一来，人人遵纪守法，小区和谐平安。

看着夜晚灯光下围坐在"茶馆"里的一张张笑脸，老郭心里如同打翻了蜜罐。

绍兴枫桥民警的故事

百姓叫他章警官

一

　　章强是个80后，个子不高，模样儿乖乖的，看上去还像个学生，可他当警察已经十年了！因为穿着警服，老百姓都叫他章警官。他说，嗨，听着像个官儿，其实我就是绍兴城南派出所一社区民警。

　　没当民警的时候，章强满脑子除暴安良惊险刺激，当了温馨社区的民警，才知道自己就是老百姓一小当家的。干洗店烫糊了衣服找他，街上买土豆少给了一个找他，老太太出门忘带钥匙找他，出租车费三十坐车的只给十五找他，小两口儿打架咬了耳朵找他,护士把导尿管插病人嘴里了也找他……

哇噻,天天都是这些鸡毛蒜皮,有时候他真的很郁闷。

可静下心一想,老百姓为什么找我?他信任我,他指望我,他没办法,他没路走,他找谁都不管用!

那我怎么办?只有顶起来!为百姓跑腿,给百姓公道,让百姓安心。做一件是一件,帮一个算一个,直到章警官成了章老倌。

温馨社区地处城乡接合部,常住人口三千,外来人口八千,一万多人,乌压压,分不清市民农民,搞不明城里村里。这个蓬头垢面,说不定身价百万;那个西装革履,没准儿是专偷老太太的贼。章强天天在社区里走,都感觉走不过来,忙不过来。为老百姓要做的事真多啊,得抓紧!

这天,他来到社区,才转了两个弯儿,就听见有人叫,章警官!

二

叫他的是家住小平房的赵姐。章警官,你能不能帮帮我?她脸上愁得让人难受。章强说,赵姐,有什么事你讲好了,我想办法帮你。赵姐长叹一口气,唉——

赵姐个子小小的,单薄得像一片儿纸。老公有了别的女人,离婚已经七八年了,一个人带着儿子过。她在服装厂当工人,早上六点出门,晚上天黑才回家,每月辛苦下来,收入不足三千,日子捉襟见肘。老公离婚后跑到外地去了,留下多病的老母亲没人管。赵姐自己已经很艰难了,还把老人管起来。邻居说,没见过这样有良心的媳妇!为了讨生活,她下班回来还拿些小零活儿，剪线头啊，缝扣子啊，赚点儿钱补贴家用。有时干到鸡叫头遍，困得头撞桌子。可是，儿子赵力不争气，中专才读了一年，就读不下去了，闲在家里啃老。啃就啃吧，还不安分，跑出去跟社会上的人瞎混，上网，打牌，吃喝，每天玩到三更半夜才回家。赵姐说，我累死累活没关系，就怕他这样下去学坏！章警官，你能不能帮他找个工作？说着，眼泪就下来了。

　　章强心里一沉。赵姐是个好人，说什么也得帮忙。再说，赵力这样混下去早晚会出事！听说那些人里有溜冰的（吸毒），已经被刑警队挂了号。赵力要是陷进去，这个家就彻底完了。这是赵力个人的危机，也是社区的隐患。怎么办？

　　当天晚上，章强就死守在赵姐家门口等赵力。月亮从大到小，升起老高了，到底等到了。赵力说，章警官，我不是不想工作，找不到！章强说，要是我给你找到呢？赵力说，那我就去呗！口气很爽快，话外音是你不可能找到。

　　的确，这事把章强的头都搞大了，找哪儿哪儿不要，问谁谁白眼，就连在医院当护工伺候病人都排不上号。一护工跟他咧嘴，章警官，小时候我爸跟我说，不好好读书长大就淘粪。我还顶嘴，说如今根本没淘粪的了。结果，现在我伺候的病人肛门堵塞，我天天的……嗨，别提了！就这活儿，你不给病房管事的"表示"点儿什么，还拿不着呢！

　　就在掰不开蒜的时候，章强眼前一亮，突然想起舅舅开了一家工厂，生产各种灯具。这真是天无绝人之路！他马上找到舅舅。开恩啊，舅舅大人，受外甥一拜！舅舅说，谁拜谁啊，你当警察，我还得给你当协警！我要摇头，就得挨你妈拳头。

得啦，叫他来吧，出事我顶着。谁叫我是协警呢！

舅舅答应收下赵力，章强高兴得见人就说，赵力有活儿啦！赵力有活儿啦！人家丈二和尚摸不着头脑，谁？谁又活啦？

赵力进了工厂，在组装车间组装灯泡。赵姐脸上阴转晴。

要说船到码头车到站，章强该松松心了。可是他没有！赵力在家闲惯了，他会安心工作吗？随后的半个月，章强三天两头跑赵姐家，拽住赵力问这问那，听话听音儿。终于，有一天，赵力说，组装灯泡太无聊了！同样一种灯，天天装，装得我都快成灯了。再装下去，我非成僵尸不可。不行，我不想干了！

章强两眼一瞪，什么？你不想干了？赵力，多的我也不说了，就说说你妈妈。你知道你妈妈在服装厂工作几年了？二十年了！她每天都在干什么？你问过吗？我告诉你，就是把两块布拼一起，缝一条线！就是这么一个简单的工作，她天天做，天天做，一直做了二十年！为谁？为你，为这个家！你呢，才干了二十天，就烦了，就不想干了，你怎么对得起你妈妈？

赵力一听，不说话了。

章强从口袋里掏出一张纸，递给赵力，这是我让你妈妈写的。你仔细看看，一个月，家里水电多少钱？煤气多少钱？柴米油盐多少钱？给你多少钱？还要管起老婆婆。你妈妈给自己留了多少钱？一分没留！她苦一个月，命都快没了，挣的那点儿钱，还有吗？

赵力看着清单。看着看着，哭了。

他哭了，章强也掉了泪。

尽管掉了泪，他还是要问，你说，还有吗？

赵力说，没了。

章强叫起来，既然没了，你就给我好好工作！

赵力说，章警官，往后你看我的吧！又说，这个清单能给我吗？

章强说，我就是为你准备的。带在身上，常看看！

打这以后，赵姐脸上天天大太阳！

现在，赵力已经当了车间小组长，每月拿四千块。一分不少都交给了妈妈。永远留给自己的，就是那张清单。还说，以后我要是有了儿子，也要让他看看。

赵姐家的事刚落定，又来了一件让章强头大的事。

三

社区里有一对打工夫妻，男的姓丛，女的姓姜，叫起来，葱啊姜的，全是调料。两人不知为什么常常吵闹。邻居说，嗨，没大事，全是葱姜蒜！他们有个儿子，快十岁了，脑子有点儿毛病，整天蹲在家里。这天，家里吃饭，三个人，一小桌。也没什么好吃的。烧了三个菜，有一个香菇咸菜，儿子喜欢吃，把着。丛要夹香菇，儿子说这个菜是我的，不给他吃。丛生气了，一巴掌冲儿子打过去，你这个神经病可以去死了！姜去护儿子，他连姜一起打。就是你傻，才生了这么个傻东西！有人看见就跑出去告诉姜的弟弟，说你姐夫打你姐了！姜的弟弟拿个木棒跑过来，不由分说，一棒子下去断成两截儿，丛当时就趴下了。送进医院，又拍片子又下猛药，前前后后花了七千多。姜的弟弟给了一万。丛说不行，怎么也得赔四五万。从那天开始，丛每天至少找章强三次，让他主持公道，说不行就离婚。姜呢，也不闲着，也找章强，也闹离婚。

夫妻俩今天这个来，明天那个来，轮流葱姜蒜，真够章强一呛！

这都不说，两人还赌气不回家。姜住弟弟家，丛不知跑哪儿去住了，谁也没心思管儿子。儿子呢，又不懂烧饭，整天蹲在角落里。邻居这给一口，那给一口。章强更干脆，在小饭铺押了钱，每天让伙计跑去送饭。可是，这到哪儿算一站啊！再说，孩子头脑又不好，万一出啥事就糟了。章强急得小脸儿都变了形。他一面做夫妻俩的工作，一面为可怜的孩子想办法。

他去救助站，问能不能先救助一下？救助站说，他有父母吗？有家吗？噢，都有。那我们不收！你到别的地方再问问吧。

到哪儿去问啊！总不能去敬老院吧。再说了，听说敬老院人满为患，等着进的都排到猴年马月了。

没辙。解铃还要系铃人。章强又回过头去找丛姜。姜说你找丛去吧；章强找了，丛说你找姜去！说是这样说，但毕竟是自己的亲骨肉，话里话外，章强听出夫妻俩对儿子还是很关心的。只是赌气，老牛筋一根儿！怎么办？怎样才能捅破这层纸？

这天，丛姜的孩子被村民老刘带出去玩。想不到，黄鼠狼专咬病鸭子，正走在路上，后面来了一辆电瓶车，偏偏就撞了孩子。老刘吓出白毛汗，又喊人又打120。救护车哇哇叫着来了，赶紧送医院。

消息一下子传开，丛姜的儿子被撞了！住院了！严重了！

邻居听到，风风火火跑去跟他们夫妻讲。

姜先赶到医院，一进门，就哭哭啼啼的要死要活。

章强说，看看吧！你们这样闹有什么好？

紧跟着，丛也赶来，急得四脖子汗流。

章强又说，看看吧！你们这样闹有什么好？

两人都说自己不对，为了孩子往后再也不闹了。章强把医生叫来，医生说，还好伤得不重，再住两天就可以出院了。结果，丛姜天天守在医院，一来二去，一家人真的好起来。

两天后，孩子出院了，欢天喜地把家回。从此，家里再也不吵了。

还是葱姜蒜。调料放好，饭菜做好，日子过好。

章强把村民老刘、电瓶车肇事者，还有医院的大夫们，全都请到小饭铺，大快朵颐。众人抹抹嘴发誓，永远保守秘密！老刘还添了一句，打死也不说！

保守什么秘密呀？嗨，你还没猜着吗？

当然，演戏归演戏，除了孩子一点儿没碰着，花费却是真金白银。大导演章强全都埋了单，去工资里报销。

你看，章强的故事多吧。还想听？得，那就再讲一个。

四

这天，章强在照例检查出租房的时候，忽听有人叫了一声，章警官，你还认识我吗？

章强一看，黑黑的，瘦瘦的，一时想不起。你是……

我是许宁啊！你抓过我！

哦，章强一下子想起来。六年前，还是他当刑警的时候，许宁吸毒被他抓住了。当时，许宁跑得很快，章强紧追不放，追出一千多米，一脚把他踢倒才抓住。然后，关进戒毒所，强制戒毒。

章强问许宁，我记得你住在袍江啊，怎么到这儿来了？

许宁叹了口气,说戒毒出来后,回了袍江,圈儿里的人又来找他。他害怕复吸,就离开袍江,四处流浪。在颠沛流离中染上了怪病,眼看身体一天天消瘦。他听说绍兴城南这边儿有个大夫能看这个病,就找来了。结果,钱用光了,病也没治好。

章警官,你能帮帮我吗?

章强说,你既然住在这里,就是我服务的对象。有什么需要我做的,你就说吧!

话音没落,许宁就哭起来。边哭边说,章警官,像我这样的人,一个叫花子,一个要死的人,你还说要为我服务……

章强说,你别这样说,谁都会有难处。你为了不复吸,东躲西藏害了病,我听了很难过。这样吧,我先送你上医院。钱的问题,我来想办法!

许宁说,谢谢啦章警官,我不去医院看了,白费钱。我就是有个心愿……

章强为许宁擦擦泪,好兄弟,有什么,你说吧。

许宁的泪更是止不住了。

原来,许宁在袍江有个温暖的家,有老婆,还有女儿。他被关起来后,老婆就带着女儿离开了家。许宁出来后,到处找也找不到。问谁都摇头。后来,袍江的毒友又找上门来,许宁为躲避他们,就背井离乡了。

许宁说,章警官,我想最后见她们母女一眼。我对不起她们,我想她们!我实在走不动了,你能帮我找找吗?如果找到了,她们不愿来见我,就算了。只要知道她们好好的,我死也安心了……

章强答应了许宁。第二天一早,他就开车赶到袍江。

要找一个人，说容易也容易，说难真难。许宁的老婆叫冯春，电脑上查，有这个人，原来的租住地址也有。章强找到老房东，房东说搬哪儿去了不知道，又说在街上见过，应该还在绍兴。这个信息很重要，如果人还在绍兴，寻找范围就缩小了。

章强顿时兴奋起来，再找！

接连几天找下来，海里捞到了针！母女俩租住在国道附近的一个村子里。当章强赶到的时候，冯春正好接女儿放学回来。女儿已经念小学了。冯春一看见章强，眼圈儿就红了，她还记得是他把丈夫抓住关起来的。

章强说，你别恨我。

冯春说，我不恨你，你做得对。我怎么劝他，他都不听。为这个，我几次割腕自杀，他还是照样！你说让我怎么办？只有离开他。我……我不想见他了。

冯春说不想见许宁了，没有动摇章强。

他又问女孩儿，你知道爸爸吗？女孩儿摇摇头。章强说，我帮你找到他了，他很想见你。你想不想见爸爸？女孩儿说想。

章强转而对冯春说，孩子想见爸爸，你不带她去，我带她去。见完了给你送回来。冯春想了半天，说，我去。

章强带上她们，直奔社区。到了地方，已是中午，请她们吃了饭，然后来到许宁住的出租房。里面臭味儿很大，一是出租房本身就有味儿，二是许宁身上带病。

女孩儿一闻，这么臭，不敢进。章强就带着她先等在门外。

冯春自己进去了。章强听见许宁叫她，很快的，又听到两个人的哭声。哭了一阵，冯春叫女儿进去，章强也跟进去。

冯春对女儿说，孩子，这就是你爸爸。以前我们吵架，爸爸离开我们了。现在,爸爸回来了。快叫爸爸!

女儿惊恐地看着躺在床上的爸爸。许宁瘦得像骷髅一样。女儿叫了一声,爸爸——

许宁大哭起来。

冯春搂着女儿也哭起来。一家人的哭声让石头掉泪。

许宁边哭,边吃力地打开床头的柜子,从里面拿出一个小布包儿。里三层外三层打开,里面包的是一对金镯子!

春啊,许宁叫着冯春,这对镯子,是我留给女儿的嫁妆。我什么值钱的都没有,就这么一对镯子。我走了多少地方啊,一直把它带在身上,再苦也没卖了……今天,我到底见到了女儿,见到了你们!你们都好好的,我的心愿就了啦,了啦……

一家人,再次哭成一团。

后来,冯春带着女儿搬过来,住进出租屋照顾许宁。没出半个月,许宁就走了。房东说过几次,让许宁搬出去,说不能死在屋里,死在屋里以后房子就租不出去了。因为章强出面干涉,房东才没动手。那天晚上,趁家人累得睡着了,许宁挣扎着爬出屋子。当被人发现的时候,躺在树下的他已经硬了……

安排了后事,安慰了母女,章强迎着朝阳走进社区,又开始了新一天的工作。百姓们打老远就叫,章警官!章警官!章强连忙答应着,心想,老百姓需要自己做的事还很多啊,得抓紧!

敲起锣来唱大戏

一

军营十八年,杨苗江干到副营。转业来到绍兴沥海镇派出所当上社区民警,一切重头来。分管的三会西片社区,城乡接合,人口过万。他初来乍到,两眼一抹黑,如何让老百姓尽快认识自己?

这天傍晚,社区一阵锣响。咣!咣!咣!不知谁家有喜事,请来班子唱社戏。但见锣鸣处,人头攒动,你拥我挤。临时搭的戏台上,唱的是乡亲们爱听的《翠姐姐回娘家》。

锣鼓一响唱台戏，
不表阿Q孔乙己。
唱一唱翠姐姐要回娘家去，
心急急拿起上衣当裤提……

爱唱两口儿的杨苗江也挤进去听。这一挤不要紧，他突然开了窍！满场黑压压，个个大嘴咧。哎哟喂，锣一响，把人全招来了。要是我也敲起锣，喊上几嗓子，效果会如何？

第二天，他就弄来一面大锣，走到集市人多的地方，举起槌还没敲，心就跳起来，嘭嘭嘭！哇噻，好歹我也是个副营，跑到这儿来敲锣吆喝，真不要脸。嗨，不要脸就不要脸，为了回头率，豁出去了！

咣！咣！咣！

大锣一敲，震耳欲聋。地上的都回头，楼上的推开窗。

你喊我叫，七嘴八舌——

耍猴的来啦！

啊？翠姐姐又要回娘家啦！

是要饭的吗？

好像是个警察耶！

警察敲什么锣，假的！

杨苗江顾不上许多了，扯脖子就喊——

我是新来的民警杨苗江，大家有事请到警务室找我！平安社区保平安，出门上锁关好窗！我是民警，杨—苗—江！

咣！咣！咣！

二

俗话说，没有不开张的油盐店。

锣一敲，警务室也开门大吉。头一个登门的是章大姐。她说杨警官，欢迎你到我们社区来，我有个事儿想求你。杨苗江迎上去，什么事儿？章大姐说我家有个亲戚，十七年了都没落上户口，一直是黑人黑户。你能不能帮着解决？杨苗江一愣，怎么会有这种事？赶紧请章大姐坐下，喝上茶细说。

原来，章大姐的亲戚是个叫钟雁的姑娘，今年二十岁了，腿有轻度残疾。十七年前，母亲带着她流浪到此，过了几年母亲丢下她走了。去向不明，生死不知。好心的章大姐把她认成亲戚养起来。可是，户口一直解决不了。什么信息都没有，的确很难落户口。现在，钟雁到了婚嫁年龄，邻村给她介绍了一个对象。可是，没有户口民政部门不给登记，章大姐为此寝食不安。

杨苗江抓抓脑壳，大姐，您放心，再难也要办，总不能让钟雁永远黑下去。她来到世上就有权利生存，户籍是最基本的生存条件。

打这以后，杨苗江就上了这趟车。目的地，户口终点站。他心说，当下没有好办的事，也没有办不好的事。

但是，空手套白狼，对他是史无前例。

第一站是计划生育办公室。村里突然多出一个户口，计生办是第一关。盖了这个小章，才能想大章。为了不招眼，杨苗江换上便装，一连跑了三趟，只见到标语没见到人——女的上环男的扎，多生一个罚你家！跑到第四趟，堵上一个管事儿的胖子。你生的？第几胎？杨苗江说不是我生的，我也不会生。

说完就向胖子讲了钟雁的身世。胖子听完了，重新问，你生的？第几胎？杨苗江说你还能问点儿别的吗？胖子问，她是外星人吗？杨苗江说当然不是。胖子叫起来，不是外星人，就是超生的！别跟我这儿装大尾巴狼，你这样的我见多啦！老老实实交罚款。五千！交了就盖章。不然就把你送派出所去！杨苗江心说，死胖子，谁把谁送派出所还不一定呢。就问，盖了章能办户口吗？胖子笑了，我给你画一个户口，你要吗？

杨苗江扭头就走。就是有钱，也不给他添膘儿。

计生办的小章不盖了，直接闯去盖大章！还是穿上警服吧，省得人家要把送我派出所。

杨苗江换上警服，顺利地见到了相关主管。你有什么事？杨苗江说，听说您要领养一个残疾人，我来为您办手续。主管一听都听傻了，啊？我什么时候说了？没有的事！杨苗江说，那就是您办公室里要领养，我马上打电话把人送来！说着就掏手机。主管赶紧拦住，别，别！杨苗江说，没办法，哪儿都不给盖章，只好把人送你这儿来！主管急了，别，别，千万别送来！你说吧，怎么回事？盖什么章？

大章就这样盖上了。接下来，还有公安口的几个章。杨苗江声情并茂打动了局领导。结果：面朝大海，春暖花开！

前前后后跑了两个多月，钟雁的户口终于办下来了。第一次领到身份证，她高兴得跳起来。章大姐抱着她直哭。后来，钟雁结婚了。再后来，生了一个小孩儿，很漂亮，很可爱。章大姐带着她跟出了满月的孩子来看杨苗江，快叫杨警官舅舅！钟雁拉着杨苗江的手叫，舅舅，舅舅！又对孩子说，快叫舅公！

姑姑姑，孩子这样叫着，叫得杨苗江眼泪都下来了……

三

这一出刚落幕,一天中午,一个小伙子来到警务站,进门就给杨苗江跪下,手里还举着一千块钱。杨苗江赶紧把他扶起来,快别这样,有什么话你说。小伙子说,我叫施耐庵……

杨苗江一听,耳熟啊,施耐庵?

小伙子说,是的。《水浒》可不是我写的……

杨苗江说,我知道,重名重姓。小施,你有什么需要我帮助?

小施说,杨警官,你敲锣,你是好人。求求你,我过不下去了!

杨苗江一听事不小,别急,慢慢说,没有过不去的火焰山。

原来,小施有个哥哥患有精神病,不犯还好,犯起来就操刀弄棒,刚说自己是赵子龙,一会儿又变成咬金了。吓人的是他不光嘴上说,举起菜刀真砍。昨天三打白骨精把老母亲砍伤了,今天又闹着要随岳飞精忠报国。小施说老母亲住院需要他照顾,老父亲在家万一管不住,哥哥跑出去就要闯大祸。这日子没法儿过了!说着就哭起来。杨警官,你能不能把我哥哥送医院啊,求求你了!我身上只有这一千块……

看小施掉泪,杨苗江心里很难受。小施,快把钱收起来,我上!

可是,当他来到医院见到院长,才知道这个火焰山不好过。院长一脸苦瓜,杨警官,你去看看,哪儿还有床位?再说,钱从哪儿来?不瞒你说,我都快急成精神病了。那天抓起自己的手就当猪蹄儿啃,不是被拦住,就入残联了。要不,你在我这位子上坐几天，我找个地方吃几天药？杨苗江说，你饶了我吧！

院长说，要不，你去民政试试？

民政？

就是救助站啊！政府掏钱，管吃管住管治病。犯了就拉过来打几针，好了再送回去。

哎，这倒是个办法。

杨苗江兴冲冲赶到救助站，办事员两眼瞪成牛蛋，谁说的？真有这么美的事，您先救助救助我得了。这儿是中转站，不是养大爷的地方！凡是能找到家的，我们都送回去。你说的这位，没条件收！

牛蛋眼在说什么，杨苗江没听见，墙上挂的站领导成员公示吸引了他：主任金长江？这不是老金吗？当兵就在一个班，后来我当了副营，他当了教导员。

杨苗江问，你们金主任在吗？

不在！你找谁都没用！

办事员话音刚落，就听见门口有人叫，你怎么知道找我没用啊？

来人正是金长江！杨苗子，你鼻子可真苗啊，我调来还不到十天，你就闻到味儿啦？

听金长江这么痛快，杨苗江差点儿神经了，扑上去抱住他，到底是老战友啊，一点儿都没忘！金长江说，谁忘得了？你一口气吃九十个饺子，放一千个屁！说吧，什么事？

于是，杨苗江竹筒倒豆子。金长江听罢皱皱眉头，像这样有名有姓又有家的，按理救助站不能收，收了也要想办法送回去。可要是他没名没姓又没家，不就符合条件了吗？老天爷，让我犯一回错儿吧！

就这样，小施的哥哥暂时成了三无人员，编了一个286号，住进了救助站。通过救助站送医院治疗，病情一天天好转。医生说，总有一天他会好起来。小施听了抱住杨苗江就哭。

杨苗江说，你别哭了。

小施说，水浒没泪就成水许了。

四

这一出刚收场，村东又打起来。

谁呀？两妯娌，彩花和杏花。为啥？嗨，为沙子。

两家人住前后，两姐妹并蒂莲。可偏偏莲不开花尽发叉，常为琐事吵闹。今天你揪我头发，明天我扯你嘴巴。呜呜呜！哇哇哇！

这不，彩花家改造外墙，买来石头沙子，运料车来回一碾，房前的路就成了老妈妈的脸。这路是两家共用的，杏花心里一热，铲了几铲沙子垫在路上。彩花锄地回来刚好看见，横着冲过来，这是我家的沙子，你手闲啊？手闲剁了去！边叫，锄头就对杏花捅过去。还好杏花闪得快，不然就当草给锄了。她这个气啊，暴喝一声，扭腰回手，彩花的脸上就挨了传说中的一鹰爪。于是，飞沙走石，混战开始。邻居拉不开，去找村干部。村干部说，拉大锯扯大锯，谁管得了？快去叫杨警官！

杨苗江得信儿刚要去，忽然接到110转来的报警，说有人要跳河。他急了，啊？再一问，报警的正是彩花，说杏花抢了她的金耳环，要不回来就跳河。好家伙，村东有条河，河水宽又阔，真要一头跳下去，可就出大事了。杨苗江恨不得开火箭过去!

　　赶到现场，混战已停，骂战未休，两个女人蓬头垢面，糊嘴花脸。彩花说杏花抢了她的耳环，杏花也说彩花抢了她的耳环。杨苗江一看，两个女人的耳垂儿都扎了窟窿眼儿，光秃秃的都少了挂件。要想调解，必先解耳环之谜。

　　他问，到底谁抢了谁？

　　她抢了我！

　　她抢了我！

　　回答都一样。

　　杨苗江说，成了真假美猴王啦！

　　彩花说，不信，你翻！

　　杏花也说，不信，你翻！

　　还是真假美猴王！这可难住了杨苗江。别说不能翻，要翻也男女有别。这咋办？正在这时，协警小吴跟上来，跑得四脖子冒汗。杨苗江大声喝道，小吴，快去给我拿金属探测器来！

　　因为着急，又是找金，他把金属叫成了金子——

　　小吴，快去给我拿金子探测器来！

　　小吴一听都傻了，哪来的金子探测器呀？

　　杨苗江冲他一挤眼，他明白了，啪地打个立正，是！转身就走，跟真事似的。其实，哪儿有探测器呀！什么金子的金属的，都没有。杨苗江纯粹是被逼出来的。可两妯娌不知道，疯子演戏呆子看。杨苗江接茬儿吓唬，你们两个美猴王听好了，等一会儿机器来了，我要是测出谁身上有金子，谁就犯了抢劫罪，马上带派出所去！

　　说完，就拿眼盯住杏花。为什么？她没报警跳江呀。

杏花没经过这个，立马扛不住了。杨警官，别拿机器测了，是我抢的。她拿锄头锄我，我就抢了她耳环。

那你的耳环呢？

为了打马虎眼，我自己揪下来，一起塞兜里了。

好，承认了就好。都掏出来吧！

杏花伸手一掏，惊叫一声，小脸儿当时就绿了，哎呀！

兜里只掏出两个耳环。一大一小，不配对儿！

杨苗江说，坏了！准是打架打丢了！

两妯娌全傻了。

杨苗江说，傻什么？还不赶快找？说话天黑了！

两妯娌这才缓过神儿，急忙趴在地上找，眼珠子都快掉出来了。杨苗江也趴在地上找，恨不得变成二郎神。你想啊，一地沙子一地土，又是蹬来又是踹，耳环掉了哪儿找去？杨苗江边找，两眼还不闲，生怕小吴犯二，拿个什么鬼东西回来，两妯娌再当了真叫他测金子，那可就现了！还好，小吴脑瓜儿里有料，肉包子打狗一去不返。

可是，天渐渐黑下来了，看不清了。不行，就是打起灯来也要找。杨苗江找啊找，找得眼冒金星。等等！那不是眼冒金星，沙坑里闪闪发亮的就是金星！

老天爷啊，你真可怜我！

杨苗江叫起来，我找到一个啦！

两妯娌喜出望外，头碰头跑过来。一看，真的！再一看，是小的！

这是杏花的！彩花叫起来。跟着就哭了，我的没找到呀！呜呜呜！

杏花忽然抱住她，也哭起来，姐，我把这对儿赔给你，我不要了，不要了……哇哇哇！

妹，我不能要，那是你的定情物啊……呜呜呜！

看着抱头痛哭的两姐妹，杨苗江鼻子也一酸。说，往后还打不？

两人异口同声，不打了，不打了。

算话不？

算！算！

杨苗江说，算话就好！都别哭了，你们看，那边儿发亮的是什么？

啊?! 两姐妹惊叫一声，同时回过头来。

只见身后的沙地上，正有一个小东西在暮色中闪着夺目的金光。

耳环！两姐妹叫着扑上去，几乎同时抓在手里。没错，正是这个。大的，彩花的！两姐妹再次抱在一起，喜极而泣。

杨苗江偷偷乐了。其实，他一次就捡到了两个。

第二天，杨苗江把外出打工的两兄弟叫回来，两家人高高兴兴坐在一起。他说，兄弟亲土变金，姐妹亲捡到金。大家要记住教训，珍惜亲情，再也别吵啦！

两兄弟说，再吵就收回耳环！

两姐妹说，别想！

五

纠纷和解，社区和谐，百姓安居乐业。

这天，社区里又敲起锣来唱大戏，还是《翠姐姐回娘家》。

怎么？翠姐姐还没回娘家？是啊，还没回。为什么，忙啊。你听——

> 正月客多出不去，
> 二月烧茶煮饭全靠伊，
> 三月丈夫打工走得急，
> 四月上山种地爬天梯，
> 五月天旱要浇地，
> 六月采摘来不及，
> 七月阿公生病要去医，
> 八月秋风起，
> 九月做冬衣……

翠姐姐忙，杨苗江更忙。老百姓看戏他站岗，老百姓睡觉他巡逻。敲起锣来，咣！咣！咣！
——平安社区保平安！小心火烛关好门窗！

宁波警察的故事

战车里响起欢乐颂

早上，我喝了一杯三聚氰胺奶，吃了一块苏丹红点心。

中午，吃了两个染色馒头，一盘地沟油炒瘦肉精火腿肠。

晚上肚子难受不想吃饭，看了个盗版碟，盖上黑心棉被子睡了。

夜里做了一个梦，梦见一条蛇要咬我。我叫起来，我喝的是三聚氰胺，吃的是地沟油，你敢咬我？毒死你！

蛇一听，吓得扭头就跑。

这个段子,是丁仕辉在走访中听老百姓说的。

听的人都笑了,他笑不起来。

丁仕辉,中等个儿,大眼睛,机敏干练。说话声音响亮,条理清楚,时间和数字记忆精准。说他已五十出头,你会不相信。看上去实在很年轻。接触下来,你会发现他的心更年轻。因为眼镜秀气,你又会觉得他有些文静。错了。"其实我是很勇的!"他这样给自己打分。

从警三十多年,从侦查员到刑警队长到重案科科长,直至现任浙江省公安厅治安总队副总队长,什么样的血雨腥风没见过?什么样的悲喜交加没经过?可是,当他在走访中,听到老百姓说这个吓跑蛇的段子时,却眉头紧皱,心如石坠。还有一次,他出差途中在小饭馆吃饭,看见旁桌的几位吃完了站起来,一位说,哎,咱还是把剩菜打包带走吧,要不然让人炼成地沟油又卖给咱们吃了!另一位说,就是,过去吃嘛嘛香,现在吃嘛怕嘛!第三个接上去,就差直接给咱喂毒药了!

丁仕辉听了,心里很难过。

一

2011年3月中旬,有群众向浙江省宁海县工商举报,说有人在桃源街道隔水洋村附近树林里支起一口大锅,鬼鬼祟祟煮什么东西,臭气熏天。群众怀疑是不法分子在制假造假。接到报案后,工商部门把这条举报也转告了前来进行"大走访"活动的县公安局治安中队。中队民警冯伟峰赶到现场侦查,发现林地里果然支起了一口大锅,火熄了但余温尚在。离锅不远的地方有一口缸,直径一米,缸里盛满又稠又黏又臭的液体,隐约可见少量沉淀物。用树棍儿伸进去一挑,鸡脖鸭脚鱼刺蟹壳,很明显,是厨房泔水。泔水在大缸里沉淀后,油汤自然浮在上面。从现场看,大锅是用来炼油用的。炼油人将缸里的浮油撇出放入锅里,加火将水分煮出,剩下的就是油。冯伟峰再往锅里一看,没舀净的油明晃晃地照出他的脸。

难道,这就是传说中的地沟油?

一缸,一锅,一捆柴,一个黑作坊。

泔水是原料,点火炼成油。

树林静悄悄,谁是炼油人?

火有余温,说明炼油人就在附近。冯伟峰决定在此守候。

乍暖还寒,风冷露重。日落到月升,黑夜到天明。

树林依然静,飞鸟未曾停。

一连两天,蹲守未果。

治安中队调整方案,在附近村庄秘密走访,以锅找人。

很快,江苏人邝玉华夫妻落网。一脸惊惶,两身油腻。

锅是我们的,油也是我们炼的,他们说。

我们没犯法,我们冤枉。我们炼的油能当柴油开汽车!他们又说。

民警一听,愣了。

宁海县公安局治安大队副教导洪聚峰闻讯赶到。

洪聚峰一直关注老百姓的餐桌安全。为查处鸡鸭饲料添加苏丹红、牛百叶用双氧水增白,他跟弟兄们磨破鞋子跑断腿。对地沟油的议论,他也早有耳闻,所以一听到消息就赶到了。

他对邝玉华说,你犯不犯法,要等事情弄清楚才算。你愿意配合我们吗?

昴玉华说，愿意，愿意。

那就好！洪聚峰倒了茶水递过去，你说你炼的油能开汽车，我现在就把汽车开过来试试。

昴玉华连连摆手，不行，不行，还得加工呀！

谁加工？是你吗？

不，不。我卖给人家就不管了。

你卖给谁了？

昴玉华瞪着两眼不吭声。

洪聚峰提高嗓门儿，给你机会你不要！你不说，怎么知道你犯没犯法？我还想帮你，你自己倒封了口。你不说，我们照样能找到。你看着办吧。来人，把他铐起来带走！

别，别，昴玉华冒汗了。我说了，你们可别说是我说的。

行，我答应你！

洪聚峰，今年四十岁，毕业于宁波警校。从警十八年，干过派出所，干过刑侦，拿下过 N 多案犯。别看这个生在宁海的帅哥又白又俊又文气，你动个真格的试试？上山如鹰，下山是虎！昴玉华哪儿是他的对手？三下五除二，竹筒倒了豆子。

昴玉华承认，他们夫妻二人炼的就是地沟油。所用原料几乎没有成本，一是从餐厨讨来的泔水，二是从饭馆附近阴沟里掏捞的油汤。经粗炼成油后装进铁皮桶，卖给了两个收油的。一个叫不上名字，江湖人称天台老头儿；另一个是桥头胡镇的徐新学。

说起天台老头儿，昴玉华老鸹嫌猪黑，这老头儿蓬头糊脸像个叫花子，衣裳油得照见人。他收油不问质量，是油就行，给的钱也少。我就把歪油卖给他，好油卖给徐新学。徐新学是安徽人，爱干净说话也讲礼。就是眼毒。盯油能盯出血，不清亮坚决不要。当然，给的价也高。他也是夫妻店，我一打手机准来。

徐新学？不清亮不要？洪聚峰在纸上画着问号。就他了！

紧跟着，徐新学夫妻就擒。

洪聚峰没费什么劲儿，徐新学就供出多个昴玉华这样的散户。他从这些散户手里收油，又转手倒卖给安徽人黄长水夫妻。

我冤枉啊，徐新学也喊起冤来。我是个废人，可我做的事是变废为宝啊！黄长水跟我说，他收的地沟油是用来炼柴油的！

洪聚峰问，你看见他炼柴油了吗？

徐新学摇摇头。

洪聚峰说，那好，就请你把他叫来，咱们看看他是怎么炼柴油的？

徐新学说，他要是不来怎么办？

洪聚峰笑了，你说又收到了一批好油，他怎么会不来呢？

徐新学抓抓脑壳，噢，你让我骗他来？

洪聚峰说，你俩还说不定谁骗谁呢！

这天，黄长水接到徐新学来电，兴高采烈开着一辆中型货车赶来。车上拉着好几个空桶，每个桶能装四百斤油。叮隆咚隆，叮隆咚隆，地方到了，他傻眼了。等着他的不是徐新学。

下车吧，黄老板，咱们认识一下！

就这样，三对夫妻悉数归案。面对洪聚峰的审问，黄长水一脸旧社会，哎哟喂，我也是个下家啊！我原来是收废机油的，后来看到地沟油生意好，就改行了。东收西收，收够了就倒给上家，吃点儿差价。

黄长水交代，他收的地沟油，一部分卖给当地皮革厂或建筑公司，一部分卖给外省两个上家。一个是江苏连云港东海县的王老板，另一个是叫李树军的山东人。李树军给的钱比宁海当地市价高。当地每吨五千，他多给六百。两天前，黄长水收了40吨油，给李树军打电话。李树军来了，一看，说油不达标，没要。黄长水转手倒卖给了王老板。

洪聚峰心想，好家伙，一要就40吨！干吗用？

按照黄长水的线索，专案组先是跑了当地几家企业，确认他们买过黄长水的油，也确实用于皮革制造或建筑工程了。随后，洪聚峰带着民警冯伟峰和童雪伟赶到了连云港。经调查，王老板在连云港东海石榴镇开了一家鑫隆油脂厂。他刚买了黄长水40吨油，说不定还没消化完，是侦查去向的最佳时机。行前，洪聚峰做了充分准备，除带上暗拍设备外，了解到当地经济不发达，随身带的便装都是旧衣服。考虑到跨省侦查的需要，他还特别向宁波市局治安支队支队长李晓明报告了案情。侦察员出身的李晓明说，你们先去，我明天一早就向丁仕辉报告。

就这样，家人还在熟睡，洪聚峰一行就信心满满地出发了。

可是，一踏入石榴镇，他们就傻眼了。镇里镇外，村村点火处处冒烟，大小油脂厂多得数不清。有些厂一看来路就不正，可个个儿门口都挂着大牌子。鑫隆油脂厂前后是一大片田地，靠近了会暴露，离远了仍然显眼，老远的就能看见他们几个孤零零地站在田里，躲没处躲，藏没处藏。虽然穿上了旧衣服，但肤色、语言、走路姿态都不像当地人。侦查、暗访无法进行。向当地公安侧面了解，人家也说不清楚。第三天，洪聚峰决定打道回府。再这样转悠下去，摸不到情况不说，还可能打草惊蛇。

侦查未果。回来的路上,三个人成了闷葫芦。洪聚峰正开着车,手机突然响了。急忙接听,里面传来熟悉的声音——

我是丁仕辉。我已到宁海了!

二

洪聚峰前往连云港侦查的第二天,丁仕辉就得到李晓明的报告。

近一段时间,他研究地沟油着了迷。简单说,有餐厨就有地沟油。掏捞、粗炼地沟油并不犯法,因为它可以加工生物柴油、动物饲料油,还可以用于建筑施工、皮革光亮、肥皂制作。但是,如果流向餐桌,那就构成了犯罪。因为这种油里含有多环芳烃等有毒有害物质,具有高致癌性,直接危害人民群众的生命健康。尽管有专家说,地沟油炼制食用油"工艺复杂、难以掌握、费用昂贵、得不偿失",似乎从理论上堵住了追查地沟油流向餐桌的去路,但这些言论不能取信于民,也丝毫没有动摇丁仕辉。

丁仕辉的到来,让洪聚峰很激动也很惭愧。丁仕辉说,不,你们干得很好!新的行动方案已准备好,我等你们回来!

的确,丁仕辉有了新的行动方案。

来到宁海后,他一刻也没闲着,先后提审了邝玉华、徐新学、黄长水,追查地沟油走向。从黄长水的谈话中,他梳理出一条重要线索。

黄长水说,李树军说我收的油不达标,不要。我就卖给王老板了。

丁仕辉问,他为什么说油不达标?是凭眼睛看的吗?

黄长水说，不是，他拿一个小玩意儿测的。这小玩意儿我也没见过，瞅着挺新鲜。他一测，就说不行。我问你这是测啥呢？他说是测酸价，这油酸价太高了。我问啥叫酸价呀？他说告诉你也不懂。他把我当傻瓜了，这个货！

酸价！丁仕辉心里咯噔一下。几乎成了炼油行家的他很清楚，在通常情况下，只有生产食用油才需要检测酸价。酸价高则油质差。

李树军收地沟油为什么还要测酸价呢？

他所收的地沟油去向有重大嫌疑！

丁仕辉又跟黄长水核对李树军的收购价。

黄长水确认李树军给的钱，每吨高出市价五六百。

结束了对黄长水的提审，丁仕辉叫上跟他同来的李晓明，接连走访了当地几家生产生物柴油的公司。老总们都说，如果以李树军那样高的价格收购地沟油，再加工成柴油出售，明摆着是亏本生意。除非加工成食用油！

如此，丁仕辉更有数了。

有一位公司老总，还领着丁仕辉来到自己的工厂，毫无保留地一一介绍了用地沟油炼制生物柴油的流程。他对丁仕辉说，炼制柴油不必考虑气味，臭就臭，不怕的。色泽也不讲究。而炼制食用油不同，首先要提亮油色去掉臭味。具体方法就是添加白土。白土是产自内蒙古的一种吸附剂，加入地沟油中就可以去掉臭味，使油变清亮。白土、劳力、锅炉，炼制食用油就这么点儿成本，就这么个简单工艺，没什么复杂的。你别听那些专家胡说！以我的看法，暗地里肯定有人在干这种缺德事，就靠你们公安去查办了！

至此，丁仕辉有了新的行动方案——

沿李树军的线索向山东方向侦查。目标：地沟油终极去向！

三

洪聚峰从连云港归来风尘仆仆，战袍未解又出征。李晓明也请缨前往。参战民警还有葛伟利、钱之江、童雪伟。

五人侦查小组如箭离弦，在技侦部门配合下，很快锁定目标——

济南格林生物能源有限公司。

听听名字，与地沟油上餐桌风马牛不相及。从互联网上查该公司的注册信息，也可以看到这是一家由当地政府扶持的绿色新能源企业，年产四万吨生物柴油，很正规很高新。

洪聚峰通过网上查看，就已经感觉格林公司的规模不小。可是，当他在平阴县找到这家公司的时候，还是倒吸了一口凉气，哦呀呀，想不到这样大！

落日余晖照耀着这个占地十五亩的现代化公司，标准的厂房错落有致，宽大的玻璃熠熠闪光。院墙四合，树绿花红。在经济并不算发达的平阴，能有这样一座洋洋大观的工厂，不能不让人刮目相看。

只可惜，夕阳无限好，无奈近黄昏。不多时，落日收尽，夜幕降临，厂房大院变成一座鬼城。

为了靠近观察，李晓明提议把车停在远处。

五个人下车后，分成两组。佯作散步，缓缓前行。

观察不多时，他们就发现了疑点——

厂区戒备森严，巡视如织。两米高墙不但架设了铁丝网，更有闭路监控密布。房前屋后,探头多得令人吃惊。

铜壁铁墙,如临大敌。这像是在生产柴油吗?

晚风吹拂,厂房深处传来一股难闻的气味。这气味,洪聚峰再熟悉不过了。这是地沟油所特有的臭味。

这说明,厂里使用的生产原料是地沟油。

洪聚峰问李晓明,你闻到了吗?

李晓明说,闻到了,很臭!

当天完全黑下来的时候,侦查小组继续向工厂推进。

走着走着,突然,洪聚峰闻到一阵香味。啊?是什么香味?再仔细闻,好像是食用油的香味。他还以为自己鼻子出了问题,忙问身边的李晓明,你再闻闻,臭味还有吗?

李晓明闻了闻,哎,好像变香了。

洪聚峰激动了,好像是食用油的香味!

李晓明说,没错!可惜门卫太严,咱们进不了厂。

洪聚峰抬眼朝四下看,忽然发现不远处有一间民房。

他冲李晓明眨眨眼,我们不是来招工吗?何不去了解一下行情?

这时,李晓明也看到了民房,好啊,走!

来到民房,开门的是一位农妇。朴实本分,满面皱纹。

大妈,洪聚峰脸上堆着笑,我们是从福建来做服装生意的,想跟您打听打听,咱们这地方好不好招工呀?

好招,农妇说,净是从外地来的。

大妈,谢谢您。咱们这地方一个月给工人多少钱啊?

差不多要三千块。

李晓明叫起来,哎哟,比我们福建高啊!我们那边也就两千多。

农妇明镜似的,那得要看干什么活儿,一天干多长时间,对不?

对,对,李晓明趁机朝格林公司一指,像他们这样的工厂,一个月要给多少钱?

那就得给三千!一天要干十二个小时呢!

李晓明连连点头,当然,当然,干这么长时间,是要给三千的。大妈,他们干什么呀?

干什么?农妇一下子来了气,干什么?炼油!

李晓明假装好奇,炼什么油啊?

吃的油!农妇愤愤地说。

吃的油?洪聚峰在一旁笑起来,不对吧,怎么闻着臭臭的?

怎么能不臭?用地沟油炼的!

大妈,您也没进去过,您怎么知道?

谁说我没进去过?我进去过好几次呢!

您进去干吗呀?

进去干吗?他们没来的时候,这地方清亮得很。他们一来就把臭味带来了,整天熏得我脑瓜仁儿疼,我就去找他们理论。去了几好次也没用,不讲理!

夜访农户,收获意外。五个人在一起碰了碰到手的情报,李晓明说,如果格林公司确实在加工食用油,进货出货必然诡秘,很有可能在夜间进行。我们不能进厂侦查,就在厂区外围监控,设法收集证据。比如,原料什么时间用什么车运进厂?成品什么时间用什么车运出厂?洪聚峰说,好!就这么办!

他们借着月色,仔细观察地形地貌,发现厂区西北是山、东南是田。东南、东北各有一条路通向外界。如此,登山则可居高临下观察厂内动静,蹲守道路出口则可掌握进出车辆情况。必要时对出厂车辆进行跟踪。要蹲守两个路口,就必须有两辆车,而他们现在只有一辆,又不是当地牌子,行动很不方便,只有回县城去借车了。

一行人匆匆赶回县城,向亲朋好友借了两辆车。一辆波罗,一辆桑塔纳。紧接着,又进行了分工:

洪聚峰、李晓明驾波罗蹲守东南路口,童雪伟、葛伟利驾桑塔纳蹲守东北路口,钱之江上山占领制高点。

洪聚峰叮嘱大家,蹲守路口的,要选好位置。不能离厂太近,当心暴露。也不能太远,当心有岔路失控。一旦发现车辆进出,要听声音、辨速度、看车胎,分析是轻车还是重车。要特别关注出厂的重车。如果东北方向有重车出厂,就由守候东南路口的车跟踪。反之,东南方向出车,就由守候东北路口的车跟踪。交叉跟踪,减少被对方发现的概率。上山观察的,既要隐蔽,又要注意自身安全。

分工完毕,肚子饿得贴后背。方便面下了肚,眼皮又睁不开了。

李晓明说,大家先回房睡一会儿,凌晨两点出发!

洪聚峰跟钱之江睡一个房间。两人进得房来,刚关上门,洪聚峰就说,瞧着吧,等会儿准会有人来敲门。

话音未落,咚咚咚!门就被敲响了。打开一看,李晓明!

洪聚峰说,我就知道是你!

李晓明说,我放心不下!

紧跟着,葛伟利、童雪伟也跑过来,我们睡不着!

洪聚峰说，那好，不睡了。现在就走！

四

月亮不睡，星星不睡，风儿也不睡。

月亮星星照亮风中闪动的人影。

人到山顶车到位。一动不动，凝视黑夜的眼睛。

凌晨四点，葛伟利传来消息，有两辆大货车自东北向厂区驶来。紧跟着，山上也发现了动静，说这两辆车开进厂里了。车上装满大油桶，是重车！

又过了十多分钟，葛伟利和钱之江先后报告，一辆大油罐车从东北开进了厂。是轻车！

之后，就没了消息。寂静如死。

天，渐渐亮了。公路上开始出现各种车辆。

突然，钱之江报告，有一辆油罐车沿东北路从厂里开出。是重车！

好啊！洪聚峰顿时来了精神，等的就是你！

李晓明说，没白熬夜！

不多时，油罐车轰隆隆从眼前驶过。鲁A81236，核载30吨。

按照事先约定，洪聚峰发动波罗跟上。李晓明随即打开摄像机，录下跟踪情景。边录边说，跟住，可别让它跑了！洪聚峰道，放心，小车跟大车，跑不掉！

油罐车开出十多公里，从小路上了国道，眼看来到平阴县城附近。

洪聚峰不远不近地跟着，突然，他感到身后似有车尾随，朝后视镜一扫，是一辆奔腾轿车。

他快，奔腾也快；他慢，奔腾也慢；他点刹，奔腾也点刹。

啊？难道真的在跟踪我？

洪聚峰正疑惑，突然，嘎的一声，油罐车一个左转，朝县城驶去。啊？要进城？还是要到加油站？如果跟着它转，被后车发现怎么办？情况紧急，不转就跟丢了。洪聚峰顾不得许多，一个左转，跟上。

一扫后视镜，奔腾也左转了！

就在这时，嘎的一声，油罐车又猛地向右一转，往回开了。

不，不是往回开。是发现了我，要甩我！

洪聚峰这样想着，正要打轮右转，尾随的奔腾突然发疯一样从后面冲过来。在接近洪聚峰的车时，猛打方向，朝洪聚峰撞来。洪聚峰急打左转，刷的一声，电光石火般，奔腾擦着洪聚峰的车门冲向前去。

好险！两车只差一拳。

动作稍迟，必撞无疑。

奔腾鱼死网破，目的非常明确：阻止跟踪，制造交通事故。

无论如何，不能撞车。撞车就得报警，报警就会暴露！

这就是洪聚峰千钧一发时的闪念。

两车擦肩而过，地上飞起碎石——

洪聚峰急刹车。

奔腾也急刹车。

先后停车，交锋一触即发。

无论如何，不能暴露身份。

身份一旦暴露，犯罪分子很可能销赃灭迹，使侦查陷入困境。

但是，对方似已察觉，暴露在所难免。

这时，洪聚峰忽然发现右侧有一辆摩托车也惊悚急停。从现场看，奔腾像是因为避让摩托车而失准，并非有意与他相撞。

果真如此，神马都是浮云。

洪聚峰抱定主意：守口如瓶，以静制动。

他没下车。

奔腾也没下人。

双方在沉默中，僵持。再僵持。

看谁先下车！

如果放在平时，依他的脾气，依他的警察身份，对这样的恶意违章，洪聚峰岂能容忍。

可是，现在不是平时。现在是战时！

洪聚峰听见了自己的心跳——

扑通！扑通！扑通！

空气凝固。大地如死。

突然，哐当一声，奔腾车的门开了。

洪聚峰准备迎战。

下车人会如何动作？

一秒，两秒，三秒。

没人下车。

还是没人下车。

等待令人喘不过气。

就在这时——

哐当！车门又关了。

紧跟着，呜！——

奔腾开走了。

洪聚峰长吐一口气。

李晓明也长吐一口气。

他们没下车，也没开车。两个人定定地坐在车厢里。

不能再跟踪了。也可以说，跟踪失败了。

从车窗向外望去，只见右转的油罐车又掉头回来，沿国道一直向前开去。奔腾有意放慢速度，让油罐车超过，然后不紧不慢地跟在后面。渐渐地，两车一前一后，挤进车流里，消失在远方。

洪聚峰说，我们大意了，想不到……

螳螂捕蝉，黄雀在后。李晓明说。

这时，手机响了，是丁仕辉打来的——

停止行动，立即返回！

是！……

洪聚峰打火给油。李晓明收起摄像机。

奔腾悻悻退回。

返程的路上，两人无话。车厢里沉闷得令人窒息。

开着开着，洪聚峰实在受不了了，伸手去按车载音响开关。

可是，他的手没按在开关上，而是按在了一个人的手上。

是李晓明的手！

他们对视一眼，同时按下了开关。

万众欢腾、激情四射的交响乐顷刻辉煌了整个车厢。

小提琴如歌般的欢唱，铜管乐旗帜般的飞扬，主旋律巨浪般的恢宏，四位歌唱家不同音区的独唱及多声部重唱，让气势磅礴的乐章如江河奔腾似雁阵横空，成为伟大的作曲家凝聚一生力量和信念的音乐创作最高峰。

这是贝多芬的《欢乐颂》!

1824年5月,当维也纳凯伦特纳托尔剧院第一次奏响这支世界名曲时,激动得近乎疯狂的观众鼓掌、欢呼,不顾礼仪地拥向舞台。然而,历经磨难的作曲家此时双耳已聋,他听不到自己的作品,他面对蜂拥的人群昏倒在地……

洪聚峰的眼前模糊了。

> 欢乐女神,
> 圣洁美丽,
> 灿烂光芒照大地……

五

让洪聚峰没想到的是,当侦查小组从山东归来时,丁仕辉握着他们的手说,你们侦查到格林公司涉嫌用地沟油炼制食用油的罪证,为打掉这个黑工厂立了头功!

丁仕辉特别告诉洪聚峰,我们截获了这伙人的情报,他们当时就是要撞你的车,制造事故查你的身份!因为他们怀疑你在跟踪。所以我通知你们立即返回。后来,你和晓明没有暴露,他们又解除了怀疑。这伙人如此动用反侦查手段,可以判断油罐车拉的就是非法炼制的食用油!

讲到这里,丁仕辉突然提高了声音——

格林公司炼制食用油会露马脚,他们销售食用油同样会露马脚!

洪聚峰说,丁总队,你说吧,我们什么时候出发?

丁仕辉笑了,你们刚回来,还要到哪儿去?

李晓明抢着回答，再去山东，查他们的资金往来！

对！丁仕辉说，我就是要派你们再去山东。通过调查格林公司的资金往来，看看他们到底是在与使用生物柴油的单位做生意，还是与粮油批发市场做生意！

随后，侦查小组再赴山东，又转战江苏、河南、河北、四川，到处不通到处走，四处撞墙四处撞；漆黑中好不容易摸到一条缝，砸开一看还有毛玻璃！但是，他们最终敲碎毛玻璃，看清了侦查对象的本来面目——

格林公司是由柳立国、柳立海两弟兄经营的家族式企业。公司声称以粗炼地沟油加工生产柴油，却与使用柴油的单位没有任何业务联系，反而与多家粮油批发市场有巨额资金往来。公司的银行账户，多以柳立国亲属的私人名义办理。柳立国本人掌握公司的销售客户端，随身携带进出账目。侦查小组获取了这些证据及销售明细，同时还获取了格林公司成吨购买白土的情报。白土是加工食用油必不可少的原料，格林公司成吨购买，说明他们用地沟油加工的不是柴油而是食用油。这些有毒害的食用油大量销往各地粮油市场，再通过批发零售，最终流向了百姓餐桌！

至此，一条集掏捞、粗炼、倒卖、深加工、批发、零售六大环节于一体的地沟油黑色产业链浮出了水面。

这是全国第一例成功侦破地沟油上餐桌的典型案件！

六

2011年7月4日，在公安部统一指挥下，浙江公安精选三十名警力奔赴山东平阴，打响全国围剿地沟油黑色产业链的第一仗。

为打好这一仗，头天早上八点，丁仕辉就亲自带队出发。一路风尘仆仆，当晚七点赶到济南。他不顾劳顿，下车后与先期到达的洪聚峰汇合，连夜赶往平阴，秘密观察了格林公司所处位置的地形地貌。而后，返回驻地，挑灯夜战，研究布置第二天的具体行动方案。首先，擒贼擒王。一号犯罪嫌疑人柳立国、二号犯罪嫌疑人柳立海必须捉拿归案。其他参与制售的重要涉案人员如厂长鲁军等一个也不能漏网。

研究布置完毕，已是满天星斗。丁仕辉决定，行动时间定在第二天下午两点。为什么定在这个时候，他有他的考虑。太早，怕厂里人来得不齐；太晚，人生地不熟，麻烦。下午两点，大多数人都会在，冲进去连人带物一锅端，不等天黑就能结束战斗。

计划没有变化快。

第二天，也就是7月4日，参战警力上午十一点就全部到达指定位置，埋伏在格林公司外围待命了。可是，一直等到下午四点，战斗还没打响。

为什么？

没有锁定柳立国所在的位置。

情报人员向丁仕辉报告，一直没有跟踪到柳立国，怀疑他没在厂里。

柳立国没在厂里？难道他得到消息跑了？

如果抓不到他，可就功亏一篑。

丁仕辉等得心焦。他问，柳立国人没在，车在吗？

回答，车在。

车在，那人会到哪里去呢？丁仕辉不停地看表。

时间一分一秒地过去了。

这么多警力，已经等了这么长时间。再等下去，万一被厂里人发现怎么办？再等下去，天就要黑了。

丁仕辉再次看表，四点二十七分。

不能再等了！他果断发出命令，开始行动！

说完，他一马当先冲了上去。

"其实我是很勇的！"丁仕辉对自己的打分是准确的。

当格林公司的门卫被埋伏的警力控制后，丁仕辉第一个冲了进去。刚一进门，迎面就撞上一条汉子。

丁仕辉问，你叫什么？

汉子猝不及防，下意识回答，柳立海。

拿下！丁仕辉大喝一声，与随后扑来的警员一起将柳立海按倒在地，下了手机。手铐朝胳膊腕上一砸，咔嚓！铐上了。

这里，那里，像地上突然长出了庄稼，几十名精兵强将持枪冲进高墙，厂里顿时乱成一锅粥。不许动，举起手来！

三下五除二，包括厂长鲁军在内的所有人统统被制服。

令人啼笑皆非的是，就在厂内的犯罪嫌疑人纷纷束手就擒时，大门外还有人傻傻地开车进来，有送地沟油的，有买食用油的。自投罗网不说，可见生意红火。

抓捕行动很快结束，嫌疑人全部集中在会议室。数一数，共三十多人。下一步还要连夜对这些人一一进行甄别，依法惩办首恶教育协从。丁仕辉来到会议室挨个儿核查，重要涉案人员柳立海、鲁军等都抓到了。可是，柳立国还没抓到。

他跑不了！丁仕辉下达命令，全厂搜查，不放过任何一个死角!

车间里，地沟油、白土，炼制好的食用油，罪证比比皆是。

轰轰隆隆。机器运转，锅炉正热。

鲁军突然叫起来，快断电，厂区要爆炸啦!

会议室里立刻乱起来。

丁仕辉迎上去说，你叫什么?

鲁军恶狠狠地说，厂区马上就炸!

丁仕辉连眼都不眨，要炸，我就跟你同归于尽!

鲁军一听，眼里的凶光暗了下去。

丁仕辉说，收起你这套吧!机器在运转，油温在升高，这时候突然断电就会引起爆炸。你以为我们会听你的吗?

这时，传来捷报，柳立国落网了!

原来这家伙躲在另外一个厂区，离主厂区还有一段路。当他从藏身处钻出来，正要开车逃跑时，被守候多时的洪聚峰和李晓明抓获。

丁仕辉立即提审。柳立国，你的生活从现在起将要发生巨大变化，你所拥有的一切将不复存在!作为一个犯罪嫌疑人，你会受到法律的严厉制裁!你是个聪明人，再多的话也不说了，我希望你能清楚你目前的处境，配合我们，交代你所犯的罪行，交出你的同伙，争取宽大处理!柳立国走投无路，如实交代了他开办格林公司，假生产生物柴油之名，用地沟油制售食用油谋取高额利润的罪恶行径。

据柳立国交代，公司从各地收购粗炼地沟油后，加工成食用油，通过粮油市场进行销售，每吨可净赚三千元。加工流程简单，操作便利，不识字的人也很快能上手。那些"工艺复杂、难以掌握、费用昂贵、得不偿失"的专家言论，纯属痴人说梦。在不到两年的时间里，格林公司就非法生产上万吨产品，流入河南、河北、山东等地粮油批发市场。这些有毒害的油被重新包装成品牌油后出售，无论是色泽还是味道，老百姓都无法识别。柳立国说，正是因为看到这个行当有需求来钱快，他才铤而走险。对他来说，复杂的工艺不是加工食用油，而是在制售过程中如何防止机密外泄。为此，他绞尽脑汁，除厂区戒备森严外，厂内还制定了严格的规章制度。上班时，每隔半小时由专人巡查；下班后，一律不准对外议论公司生产。原料及成品一律严格按规定称呼，地沟油叫毛油，加工成食品油后叫红油，销售时叫米糠油，遇监管部门检查时则称饲料油。每次成品出厂，都要安排小车断后，一路护送油罐车到达目的地，随时观察有无盯梢。

　　柳立国最后结结巴巴地说，这种油里含有高致癌物，根本不能吃。谁吃了谁找病。别说人了，当成饲料油，牲畜吃了照样完。所以，我自己不吃。厂里工人也不吃……

　　审问结束了，目标明确了。洪聚峰、李晓明领受任务，组成快速突击队，旋风般直扑格林公司在河南、河北等地销售窝点。仅在郑州宏大粮油商行，就查获了散装油107箱，罐装油30吨，抓获销售商袁一等5名犯罪嫌疑人。当他们冲进商行的时候，几个工人正在库房进行分装，把有毒害的油灌进大大小小的塑料瓶里，然后包装成著名品牌油。这里不仅是黑市场，还是黑作坊。据袁一交代，半年多来，她从格林公司先后购买了150吨产品，经分装后，全部批给了区县粮油店及大小菜市场，特别是那些数不清的小餐馆，更是这些便宜油的下家。

当然，最后都进了老百姓的肚子里。
交代完毕，袁一说出跟柳立国同样恶毒的话——
这种油谁吃谁找病，我家从来不吃！

浙江公安首战告捷，为打击同类犯罪提供了宝贵经验。公安部向全国公安机关部署开展"打四黑除四害"专项行动，特别把用地沟油制售食用油直接危害人犯罪作为专项行动第一阶段重中之重的任务全力推进。

丁仕辉再次冲锋在前，率领他的生死弟兄，电闪雷鸣般突然出现在犯罪嫌疑人面前。不许动，举起手来！

胜利的战车里，再次奏响世界上最伟大的作曲家那凝聚一生力量和信念的气势磅礴的乐章，如江河奔腾，似雁阵横空。

　　欢乐女神，
　　圣洁美丽，
　　灿烂光芒照大地……

徐州警察的故事

你可知道，那草帽在何方

一

当彩霞追来的时候，血案已经发生！

这是 1991 年 2 月 23 日，农历正月初九。江苏铜山何桥乡。

早上，张广爬起来就感到口干，顺手抓起床脚下的酒瓶，咕嘟嘟，拿酒当了水。空肚酒很快上了头。鼻梁又痛起来。那是两天前让四弟张明给打的。为什么？张广有些想不起来，好像是为养活娘的事，两个人动了手。相骂无好言，相打无好拳。张广被打断鼻梁，脸也打开了。后村大夫给看的，让好好在家养。他憋着气，躺了两天。这天早上酒上了头，又想起夏天晒稻子，四弟多占了晒场，害得他稻子没晒透就来了雨。张广越想越心堵，酒又催得紧，骂了句娘，撩起脚板直奔四弟家。忘了自己跟他是一个娘。

小闺女彩绢看爹像牛撞出门，知道他去找四叔。她是爹的心肝，爹是她的命。怕爹再吃亏，抄起一把刀追上去。

两家住得不远，彩绢赶到的时候，爹跟四叔已经打得满地滚。她上去帮爹，冷不防四娘抡着铁铲从屋里冲出来。不容彩绢躲闪，一铲拍在头上，血当时就下来了。彩绢急了！不过了！拿刀直捅过去。原本用来壮胆的刀捅进了四娘的心口。四娘没出声就倒下了。她的孩子们围过来打彩绢，彩绢的脑子已经不听使唤，拿刀乱扎乱捅。院子里大呼小叫。就在这时，彩霞尾追而来，一看妹妹闯下大祸，吓疯了，扑上去抱住彩绢，死命往家拽。

到了家，邻居叫起来，还不快跑，等警察抓哪！

往哪儿跑啊？

越远越好呗！

彩绢头上的血突突冒。彩霞拿毛巾裹上，又顺手抓了一顶草帽扣住，用自行车驮上她就往村外蹬。

四下无人，山野寂静。姐妹俩却像被豹子撵的鹿。

她们太年轻了。彩绢二十，彩霞二十一。

人生才上道，就不知去向。

一阵山风吹来，吹掉了彩绢的草帽。

草帽随风而去。

彩霞急忙停下车去追。追不上。

风卷着草帽，飞上半空。忽悠悠，飘落到云雾中，再也看不见。

彩绢突然大哭起来。

彩霞抱住她,妹,是不是伤口痛?

彩绢摇摇头,姐啊,姐,那草帽是四娘给我的啊!她心疼我,怕我下地让太阳晒着。可是……我杀了她,草帽也让风吹走了,跟咱们看过的电影一样。我对不起四娘啊!……

说着,哭得更厉害。瘦弱的肩头抽搐着,像风中的草。

彩霞也跟着哭起来。想起妹妹说的那个电影,想起电影里那首悲伤的歌。

那个电影是她和妹妹一起流着泪看的。

那首歌是她和妹妹一起流着泪听的。

苦命的女人八杉恭子因为社会不容而杀了自己的黑孩子,当她走投无路跳下悬崖的时候,她的草帽也随风飘荡,落入深谷。紧跟着,那催人泪下的歌携着凄厉的呼唤响起——

> 妈妈你可曾记得
> 你送给我那草帽
> 很久以前失落了
> 它飘向浓雾的山坳……

姐啊,姐,彩绢哭叫着,祸是我闯的,不能连累你!你把我放这儿吧!我……我头痛得厉害,我活不了啦……

这样断续说着,没了声音。血湿透了毛巾。

彩霞抱住妹妹,放声大哭,妹啊,你不能死,你要活着!你为爹闯下祸,姐不能丢下你,不能!……

在自己的哭声中，彩霞想起可怜的爹，想起平日心疼她们的四娘，想起跟四娘的孩子一起玩耍的情景。她仿佛又听到那首悲伤的歌——

> 忽然间狂风呼啸
> 夺去我的草帽耶哎
> 高高卷走了草帽啊
> 飘向那天外云霄……

二

兄弟亲，土变金；兄弟仇，不到头。

张广张明兄弟俩不合，酿成悲剧。张明的媳妇死了，孩子也被扎伤。他悲痛难忍。一气之下把骨灰盒抱到张广家。说抓不到人，媳妇就不入土。

骨灰盒在张广家一放，就是二十年！

张明没再成家。当爹又当娘，风里雨里，灰里土里，拖着孩子，过着半死不活的日子，念着没入土的媳妇。

张广呢？更是人不人鬼不鬼。家里放个骨灰盒，没法儿住。夫妻俩远走陕西咸阳，投奔年迈的老父；儿子张中跟媳妇去了安徽；彩霞姐妹生死不明。一家人，七零八落。

老屋被锈锁锁死。屋里游荡着一个不死的魂。

二十年，命案未结。像石头硌在心上，像刀悬在头上。何桥派出所换了五任所长，没有哪一任所长不出马；铜山公安局老局长退下来了新局长，没有哪一任局长不牵头。

但是，都没有结果。

办案人员认为，犯罪嫌疑人只要有家，逃到天边也会跟家人联系。何况两个女娃？彩霞姐妹很可能躲在父母身边。要说，这个思路没错。可是，五任派出所所长都去咸阳找过，信心满满去，竹篮打水归。

就这样，命案在网上一挂再挂，挂到了2011年6月。

对公安口来说，这日子非同寻常。

为期半年的"清网行动"打响了！全国公安以前所未有的力度，追捕网上的各类逃犯。声势浩大，捷报频传。各地逃犯被捉的被捉自首的自首。追逃指标一再提高，参战民警争先恐后。

何桥命案再次亮起红灯，追捕彩霞姐妹成了铜山公安局重中之重。有人说，三十年大道变成河，三十年媳妇熬成婆。彩霞姐妹逃了二十年，莫说生死，就是走个对面，怕她爹娘也认不出了。快放下吧！

可就有人偏不放下。谁呀？

一个郑巍，一个徐华东。

当然，前后参与的民警有十多位，个个儿是英雄，人人有故事。

百花齐放满园俏，先挑两朵表一表。

郑巍，铜山公安局政治处主任。人称"1+1=2"。问他什么意思？他两眼儿一眯，不等于二等于几？只能等于二！

真实在！

这就对了。郑巍就是个实在人。像树一样，外面是木头，里面还是木头。有记者专程从北京来铜山采访他，完了，人家要回去，他说本来我要送你到机场，爱人家有点儿事叫我去。

记者说那别送了。他说好吧！瞧瞧，多实在。他话不多，心里有主意。称他"1+1=2"，还有一层意思，就是执着。事到他手里，要么别干，干就干它个水清鱼现，不能半截弯回去。一加一，非等于二不可！

徐华东，铜山公安局刑警大队情报中队指导员，一个农民的儿子。高鼻梁，大眼睛，黝黑的脸；风衣穿上，翻领一立，整个儿一型男。怎不是警服呀？从警二十八年，他干的都是追逃，特别是命案。行动隐秘，出手快捷。风衣一裹，不是天上飞就是地上跑。要不，就不洗脸不梳头，叫花子似的穿件马甲混在民工队伍里。那儿往往是逃犯的藏身之处。那年抓一个亡命徒，没想这东西带着霰弹枪，抬手就一枪。华东头一偏，霰弹打穿了嘴。血糊糊送到医院，取出二十五颗铁砂。一照，还有十三颗，太深，怕伤神经不敢取了，一直留到现在。天阴下雨就疼。医生说忍着吧，你捡了条命。就这，也没吓住他，照干！"清网"命令下达前，他一直在追逃。家里待不住，大年初六就走了。风尘仆仆，饥寒交迫，接连拿下两宗命案。走的时候老婆问，你还有家吗？他说，这回奖金多，给了全给你！老婆高兴了，把什么都给他拾掇好了，包一拉走了。逃犯抓回来了，老婆问奖金呢？他嘴一咧，路上全花啦！华东今年四十八，队里换了四轮人，他还在。心疼他的人说，快换个活儿吧。他说，不换！刑警才是男人的活儿！这回上彩霞姐妹的案子，又要离家了，老婆手摇得蒲扇似的，别提奖金啊，上回预支的钱现在还是大窟窿呢！说归说，做饭时给他炒了两样好菜。

彩霞姐妹的案子成了死案，郑巍和华东却不死心。

从哪儿下手？华东问郑巍。

郑巍两眼一眯，你说呢？

华东抓抓脑壳，卷翻烂了，人访遍了，靠谱的还是张广。

郑巍点头道，你先去咸阳，我再去何桥走走。就算死马当活马医，咱也换个方子试试！

华东说卷翻烂了，指的是把当年案发及历年追逃的卷宗看了个底儿掉，疑点针孔大也难过他的眼；人访遍了，是把彩霞姐妹的家人访了个遍。根是根，叶是叶。

姐妹俩的爷爷叫张计，有一个姑娘五个儿子。姑娘叫张兰，早年嫁到了宁夏。张广是大儿子，张明排老四。五十年代，张计就走外省寻活路，落脚在咸阳郭旗寨，以收破烂为生。命案发了，张广带媳妇投奔了老父。老父去世后，他就留在了咸阳。张广的大儿子张中在何桥教书，爱人在安徽萧县，两地相距二十多里。案发后，张中把家搬到了萧县，每天骑摩托去何桥上课。彩霞姐妹有个舅舅，叫王峰，家住丰县，本人在建筑工地干活儿。

家人中，谁会知道彩霞姐妹的下落？

这么长的日子，两个女娃躲在哪儿呢？

华东想起在乡下走访的路上，看到一对可怜的母女，不知为什么流落街头。破衣烂衫，蓬头垢面。讨到一口吃的，母亲先给女儿。掉了一点儿渣儿自己急忙捡起来，和土一起塞进嘴里。华东看不下去，掏出身上能给的钱递过去。母亲拉着女儿给他跪下。他说快别，慌忙走开。走出好远，忽然想，这会不会是彩霞？会不会是彩绢？母亲虽然苍老，不过四十出头。女儿就是十来岁。如果彩霞姐妹还活着，她们成了家，有了娃，也就是这个年纪。

他又回过头来看，想不到母女俩还冲他跪着！

唉，彩霞姐妹已经躲了二十年，不知她们过得怎么样？

她们不知道，法网已经张开，追捕正在逼近——

为了二十年前的冲动，她们将付出沉痛的代价。

而我，正是要追捕她们的人。就像……

华东想起一个让自己难过的电影，想起电影里那首悲怆的歌。他不知道自己会不会像电影里那个刑警一样，在八杉恭子想跳下悬崖的时候，一把拽住要上前铐住她的同事，默许她尊严离世。那首悲怆的歌，随着苦命女人连同她的草帽一起坠落而凄厉地响起，让华东潸然泪下——

妈妈只有那草帽
是我珍爱的无价之宝
就像是你给我的生命
失去了找不到

三

分析了所有可能知道彩霞姐妹下落的人，华东觉得还是张广靠谱。于是，他带人赶往咸阳。在郭旗寨，他找到了张广住的地方。一道土墙围着两间土房。华东上前敲门，门自己开了。

迎接他的是一群羊！

咩——咩——

人去屋空，小院成了羊圈。

以羊找人，来了个叫资三的，冬瓜脸厚嘴唇。不等华东开口，他先盘问上了，你是什么地方的？找谁呀？俺……华东咧嘴笑了，俺不找谁，找羊。找羊？资三愣住。华东说，俺是收羊的。听说这儿养着羊，你卖吗？资三说，羊不是俺的，要买俺给你找东家去！华东说，好好，俺改天再来。

扑了空，华东赶紧撤。村子比较封闭，进一个生人，马上就知道。当地口音学不像，容易打草惊蛇。一路撤，一路想，张广躲了？资三既然用他的房子，一定与他有联系。好，盯住这个冬瓜脸！

不久，通过当地公安的帮助，获得资三与张广的通话。张广问家里来过人吗？资三答来过买羊的。通话虽然简单，但漏出两个信息，一是张广很注意动静，二是他的电话定位不在咸阳，而在西安。是从一个公用电话亭打的。如此，待在咸阳已无意义。一干人即刻赶到西安。天上下着雨，地上刮着风。在风雨中，他们找到了那个电话亭。四下看看，都是城中村。棚户重叠，人群如蚁。分析来，分析去，张广所处的位置，不会离此太远。

没有省事的办法，分片，找！几个白天黑夜，四处打探奔波，腰带都湿透了。终于，在一个药厂的仓库找到了张广。他在这儿给人家看门。很可怜，守一个月才给六百块。老两口儿住半间屋子，一张床，一台旧电视机。破破烂烂，坐都没地方坐。院里有个炉子，上面还热着菜。不能看，全是捡的烂叶子。老婆有病躺在床上。

看到华东突然带人找来，张广一点儿不慌。不等华东开口，他先说了，为两个娃吧？别问我。我不知道！

一见面就砖头瓦块，华东对此有准备。当初彩霞姐妹逃走后，为弄清案情，公安把张广关了几天，他有气；这以后，来来回回没少找他，他心烦。好不容易躲到西安，又被结结实实堵住，他当然郁闷。女儿为他犯了死罪，千错万错，错在当爹的。如果他知道下落，肯定要扛住。扛不住，女儿就没命了。二十年都扛过来了，他豁出这把老骨头了。华东理解张广。他也是当爹的，他也有个女儿。他爱女儿，女儿也爱他。老师出作文题写自己的爸爸，女儿这样写：我爸爸不是当官的，也没有钱。但是，我爱爸爸。爸爸的工作很神圣！女儿的作文没有给他看，还是班主任在家长会上念的。华东那天正好参加开会了。他去晚了，悄悄坐在后面。听班主任一念，心都酥了。想起陪女儿的时间太少，泪悄悄淌。所以，尽管张广没好脸，华东也不怨他。家境突变，岁月磨难，张广已冷成一块冰。化开，要温度，还要时间。

讲亲情，讲政策；温暖他，感化他，华东有耐心。

不料，张广更有耐心。日子一天天过去，任华东口水说干，回答就三个字：不知道！华东心里起急面带笑，嫩豆腐掉进灰堆里——吹，吹不得；打，打不得。

同来的侦查员趁他们拉话，拿眼往家里看。在电视机上发现一张纸条，上面歪歪扭扭写着一个电话，就背下来。出门一查，是宁夏方向的。哦，会不会是张兰？她早年嫁到宁夏，地址不明，正想找呢！华东立刻把电话告诉了郑巍。很快，一支抓捕小分队就赶赴宁夏。

消息反馈回来，机主果然是张兰。

但是，同样三字经：不知道！

接下来，蹲守布控，走访摸排，也如水中捞月。

侦查虽然陷入僵局，华东对自己的判断却更加坚定。时间过了二十年，再紧的弦也会松。张广跟八十岁的老姐姐还保持联系，何况自己的亲闺女？他躲到西安，还注意咸阳的动静。如此种种，说明他心事重。他应该知道彩霞姐妹的下落！缺口，从哪儿打开呢？

华东的眉头拧成麻花。

花开两朵，各表一枝。再来说说郑巍。

追逃进展不顺。面对各方压力，郑巍沉住气，同时也把自己沉在何桥，沉在村民里。他从头开始，把所有涉及到的人和事都认真梳理一遍。不管前期工作如何，凡是不放心的，一定要查个水落石出。他相信，群众的眼睛是雪亮的，群专结合永远是克难制胜的法宝。

在何桥，他交了一个朋友，老支书沈元平。老沈黑黑瘦瘦，快人快语，一副菩萨心。没说话先笑，笑起来两眼弯成豆芽儿。嘀嘀嘀，像捡了金元宝。当年他在村里当支书时，张明是队长，张广是会计。村里的人和事就像他的左右手。如今退下来，说话七十了，硬胳膊硬腿闲不住，被何桥派出所聘为人民调解员。谁家种树遮了别人的地，谁家狗撵了别人的鸡，撕扯起来都找他断案。吵着来，笑着走，老沈就有这个金刚钻。血案从发生那天就是他的心病，说找不到彩霞姐妹他死都不会闭眼。郑巍一到何桥，就相中了老沈。老沈也看上了他，说我看你光拿眼睛说话，是个用心人。你来了，这案子就走到头了。两人就坐在老沈办公的小屋里拉起来。

郑巍问，你说谁会知道姐妹俩的下落？老沈说，除去爹娘，有两个人知道。一个是她们死掉不久的二叔，这人在死前说过，他知道两个侄女的下落；再一个就是镶牙的赵猫。赵猫在咸阳那边干了多年镶牙,有一次回乡,张明问他,你见过彩霞彩绢吗?他说见过,在哪家哪家饭店里打工,说得有鼻子有眼。不过这也是多少年前的事了。郑巍问,这人还在咸阳吗?老沈说,他干不动了,回来了。我去找他做工作。郑巍眨眨眼,行吗?老沈说,没问题。他超生了一个儿子,没有户口,还是我帮的忙。我去跟他谈。他爱喝点儿小酒,喝得差不多了,我就套他的话。郑巍说这酒我买。老沈说你买不到真酒!

第二天老沈自己打了两瓶酒,就去找赵猫。酒喝上了,前边说些题外话。看喝得差不多了,就提正事。谁知一提到正事,赵猫马上不吱声了。得,酒白喝了。老沈很郁闷,两三天都不好意思见郑巍。郑巍主动找他,老书记,赵猫酒醉心明白,说明他是知情人。你这顿酒没白喝!一次不行,就两次,三次。主意总比困难多!

郑巍说话的时候,心里已经有了主意——

综合到手的情报,他决定打破僵局,来个敲山震虎。

一声令下,警车列队,警灯闪闪,大张旗鼓开进何桥,开进萧县,开进丰县,公开找到彩霞姐妹的叔婶、哥嫂、舅舅、舅妈,向他们宣讲"清网",动员他们配合政府,劝说姐妹俩投案。

这一着,很快有了动静。王峰给张中打了一个电话。

王峰问,怎么办?公安局来找了。

张中答,还是说不知道!

一问一答。然后,就挂了。

还是说不知道?还是……说……不知道……

分析这个通话,郑巍作出自己的判断——

他们知道下落，他们在订攻守同盟。

正面出击，还获得一个重要情报：去年三四月份，张中骑摩托摔着了。伤得很重。左眼失明，腿也断了。在徐州住院治疗期间，张广从西安来看过他，待了三天又回去了。这说明他们父子之间保持着密切联系。那么，父女之间呢？兄妹之间呢？

郑巍自问自答——也一定保持着联系。

是时候了，应该面对面向他们挑明！

就在这时，老沈兴冲冲跑来。边跑边叫，这回酒没白喝，这回酒没白喝！

郑巍问，你又去找镶牙的了？

老沈说，不是，不是！我琢磨，庄稼靠肥，案子想了结，还要从根儿上把兄弟俩的疙瘩解开。张广的闺女杀了四婶，张明把骨灰盒放他家，兄弟俩就结了疙瘩。张广为什么不说闺女在哪儿，还不是怕张明不原谅？怕闺女以命抵命？

要不聘你当调解员呢！郑巍眯细了眼，赶快给老沈倒茶。老沈啊，你这一席话，先把我的疙瘩解开了。快说说，跟谁喝了酒？

老沈呵呵呵笑，我找了几个老师，先把张中拉过来喝酒。我跟他说，你要跟你叔和解，争取你叔原谅。我又找了老哥儿几个，把张明拉去喝酒。我跟他说，二十年了，就原谅两个侄女吧。你苦，你不易，我知道，我疼你。你是队长，我是书记，咱老哥儿俩是一条河里的鱼。你想想，张广家也是四分五裂，你再不原谅，他这把老骨头就埋到外乡了。经不住我们老哥儿几个一起劝，张明苦着脸说，唉，没办法，太亲啦！我原谅我哥了。他能把俩侄女劝过来，我不要求怎么样，也原谅她们了。

我看张明真的通了,就把张中喊过来,把他爷儿俩弄到一块儿,见了面了,说了话,喝了酒,掉了泪。还是亲叔侄儿啊!唉,没办法,太亲啦!张明老弟一句话,解了二十年恩仇!唉,唉……

老沈唉唉的,说不下去了。

郑巍说,老沈,今儿晚上咱哥儿俩接着喝!

四

这天早上发生的事情,让张广万万想不到。

药厂告诉他有些纸盒不要了,让他去捡。他很高兴。多少年了,缺吃没穿,老婆生着病。那点儿工资指不上,全靠捡破烂了。他刚走出门,忽然看见几个人迎面而来。走在前面的一个小老头儿,猛地看见张广,一下子就站住了。张广也站住了。

这是谁?咋瞅着眼熟?

两人愣了一会儿,小老头儿忽然叫了一声,哥!

张广全身过了电。他不敢相信。

小老头儿又叫了一声,哥!

是他,是张明!张广叫了起来,弟啊!

才一出声,泪就下来。

兄弟俩,二十年!

苍老的苍老,驼背的驼背。相拥着,泪流成河。

西安,跨越二十年的相会,是郑巍精心安排的。

让张广悲喜交加的,来的人里还有儿子张中,老伙伴沈书记。

公开劝投与秘密抓捕相结合,是郑巍此行西安的整体策略。

来之前,他做足了功课。一张政策牌,一张亲情牌。首先准备好公、检、法发布的联合公告，"清网"期间投案自首一律从宽处理。其次，带了一个法院判例，案件涉及伤害致死，最后判了五年。很有说服力。第三，也是最最重要的，老沈把张明、张中这两个关键人物的思想做通了，他们都表示愿意去西安见张广。这给了郑巍极大鼓舞，也促使他带队去西安。张明对郑巍说，见了我哥，我要帮你们劝，恩恩怨怨何时了？我都放下了，他也放下吧。张中问郑巍，政策真能兑现吗？郑巍心想，他是当老师的，跟他讲多少道理都苍白，还是来点儿干货。他让张中想想，同学里有没有做法官的？张中说何桥法院刑庭庭长是他同学。郑巍就联系上这位庭长，请他给讲讲。庭长就跟张中说，彩绢属于激情杀人，投案自首不会判死刑。被害人家属如果能原谅，肯定会从宽处理。她姐属于参与者，调查清楚后可能不构成犯罪。老同学的话给了张中定心丸。郑巍为什么要带张中去？他自有打算，一是张中身为老师见多识广，张广可能会听他的；二是通过此行，让张中本人感受公安的用心良苦，从而良心发现。郑巍坚信，张中知道两个妹妹的下落。同样的，让老沈去西安，也属于郑巍的亲情牌系列。老沈说，我要跟老搭档说说村里这二十年的大变化，可不是我当书记他当会计的时候了。别说有吃有穿有新房，连医保都有啦。劝他快回何桥，也让两个娃快结束担惊受怕的日子。

郑巍做足功课，又安排人盯紧王峰，然后叫上何桥派出所所长刘杰和刑警大队中队长张进，一干人呼啦啦直奔西安。目的：触动张广，也触动张中，促成彩霞姐妹投案。如果劝说不成，也要通过触动，使他们跟彩霞姐妹发生联系，为秘密抓捕创造条件。

一干人来到西安,在部队招待所落下脚。郑巍连水都没喝一口,就先听取华东的汇报。听后,他感到对张兰的工作不够扎实。电话号码就放在电视机上,说明张广最近刚联系过她。他们之间说些什么?

华东点点头,咱俩换换班,你在西安,我马上飞银川。

两人双手紧握。郑巍说,祝你成功!华东说,也祝你成功!但是,通往成功的路很难。不是堵车,就是塌方。

好酒喝干,好话说尽;兄弟合好,父子团聚。可是,一说到彩霞姐妹,张广还是:不知道!

张广封死口,张中也闭紧嘴。

几天下来,费尽千辛万苦,张广软硬不吃,张中看菜下饭。劝投没有进展,大家心灰意冷。特别是张明,情绪低落满脸愁云。他是顶着很大压力来的,几个儿子还有不同意原谅的。他同意了,他要谅解。在老沈的鼓励下,他主动来西安找他哥,化解这个事,主动给哥嫂敬酒,结果热脸贴上冷屁股。老沈同样很沮丧,说想不到张广这样不通人性。

郑巍笑着对两位老人说,事情怕调过儿,如果两个闺女是咱自己的又会怎么样?要我说,张广不是不通人性,而是很有人性。他爱孩子,是死是活自己扛。我们要用人性换人性,再难也要帮助他们父女。只有投案才有出路,才是对彩霞姐妹最好的保护最大的爱。今天咱们不去找他谈了,到大雁塔玩去!

一听要去玩,两人都睁大眼睛。老沈说,哪有心思玩呀?郑巍说,来到西安不去大雁塔,多冤枉!说完,一手拉一个,去看大雁塔。

大雁塔巍然屹立,庄严古朴。三人登上塔顶,凭栏远眺,长安风貌尽收眼底。郑巍说,这塔自唐至今已有一千三百多年,风雨不动,凛然自信。我们为劝投远道而来,也要学习大雁塔的精神。不但要有决心,有信心,还要有耐心。认定张广知道两个闺女的下落,不是随便猜的,是经过判断的。无数追逃成功的案例都说明,逃犯在外绝大多数都与家人有联系。张广的两个闺女出走,时间超长,而他本人又不住在村里,这就从客观上为他们的联系创造了条件。张广流落异乡,即使生存艰难也要待下去。为什么?一个是回避家族矛盾,另一个就是方便与两个闺女联系。二十年,不知道,不联系,这是不可能的。我们要坚定信念,仁至义尽。可以说,这个案子追到现在,是最好的时机。你们来了,兄弟和解了,消除了后顾之忧。只要我们再努力一把,榆树上就会结出枣来!

两位老人都笑了。笑得像两朵大菊花。

郑巍说再努力一把的时候,心里已经有了方案。

第二天上午,按照前两天谈话的情景一样,郑巍带着老沈、张明和张中来到张广住的地方,一行人坐下,刚要说话,忽然警笛大作,两辆警车疾驶而来,戛然停住。车上跳下一干人,为首的是一直在外围侦查而没露面的刘杰和张进。张进一下车就说,郑主任,局里通知,马上带张中回铜山!郑巍吃了一惊,哦,现在就走吗?张进说,现在就走!郑巍低头想了想,好吧,执行。张中很不情愿。郑巍说,先回去吧,需要的话再来。

事发突然,张广顿时傻眼,站起身,欲言又止。

一行人拥着张中上了车。两辆警车,一前一后,卷尘而去。

仓库门口,张广木然伫立,孤影惊惶。

张中坐在前车,车里坐着张进、刘杰。他想回头看看郑巍他们是不是在后车上,被张进阻止。他一路唉声叹气,几次拿出手机,要给媳妇打电话,也被张进制止。老实坐着,不许打电话,给谁也不行!

想不到,到了徐州,张进说,你可以先回家看看,明天到局里来。

张中喜出望外,直到两辆警车在眼前消失得无影无踪,这才相信自己双脚落地了。他憋坏了,马上拿出手机。不是打给媳妇,而是打给他爹。

因为看仓库需要,药厂给张广配了手机。

当郑巍见到张广的时候,第一眼就盯上了这个手机。

惊慌失措的父子迫不及待通了话——

张广:有事吗?

张中:没事。

张广:那就好!我不会说。

张中:我也不会说。

张广:就担心她舅。

张中:我也是。那钱……

张广:莫说了!

手机挂了。通话真短。

但是,够了。郑巍的眼睛眯成一条线。

一着欲擒故纵,收到预期效果——

"她舅",就是王峰。"那钱……"又是怎么回事?

王峰和钱,顺着这条线索,侦查方向出现重大转机。

郑巍没有离开西安,他还要继续做张广的工作。张广的坚持,让他为难,也让他感慨。他理解这份坚持来自一个父亲对女儿的爱。他被这父爱感动。他要帮助张广，让父爱得到回报。越是掌握了抓捕信息，越是不能放弃留给张广父女的最后机会。

因为，郑巍也有一个女儿，今年已经大三了。

所以，他选择留在西安，留在张广身边。

五

水到渠成。案情出现惊人突破，一笔9800元的取款记录，让早已被纳入视线的王峰浮出水面。钱是从外地汇来的，几经周折，去掉层层手续费，使本来可能是一万元的整数，变得有零有整。汇钱的日子，正是张中摔伤住院急需用钱的时候。钱的去向也正是用于张中住院治疗。钱从哪里汇来？谁汇的？答案很快有了——

内蒙古，乌海市。汇款人孙永，一个完全陌生的名字。

围绕这个名字，还有一个因汇款而从乌海打给王峰的电话。

电话是一个男人打来的。通话简短，却饱含对张中的关心。

郑巍的眼睛又眯成一条线，这一切背后，就是彩霞姐妹！

兄妹情深，在最需要的时候，妹冒险相助。

情深兄妹，在最紧要的时候，兄坚不吐实。

这时，华东从银川传来消息，张兰说，彩霞姐妹可能在内蒙古。

事不宜迟，郑巍立即向局"清网"指挥部报告，请求警力支援。指挥部接报后下达命令，抓捕大网悄然张开——

陈华东带民警张百权从银川赶赴乌海；

副政委鹿守鹏、禁毒中队中队长秦奎从鄂尔多斯赶赴乌海；

禁毒中队副中队长陈德新、何桥派出所副所长秦纯东从铜山赶赴乌海；

刑警大队大队长陈万军带民警到丰县对王峰进行审查，配合抓捕。

郑巍坚守西安，坚持劝投。

话题如轮，转回陈华东。

他接到指挥部命令后，马不停蹄，从银川赶到乌海。在当地刑警的配合下，寻着孙永电话的所在方位，摸到了南部矿区。

这里是露天煤矿，还有烧石灰的，到处是堆积的废料、垃圾，乌烟瘴气，尘土飞扬，十步开外，人影模糊。车都不能开窗户。渐寻渐行，来到一个超市附近。为防暴露，一行人下车分散而行。矿区超市外人想不到是什么样，外面看不显眼，里面什么东西都有，铁锹、螺丝、改锥，矿上用的，生活用的。店门口用红漆写着一个方便顾客的联系电话。华东一看，正是孙永的。隔门一看，店里有一男一女。华东对当地的侦查员说，我一出声就露馅儿，你去吧。侦查员进去一会儿就出来了，老哥还是你去吧，我眼拙。华东摇摇头，年头儿太长了！

不管是彩霞还是彩绢，早已不是当年的模样。华东掌握的比对照片，还是从小学毕业合影截下来的。质量差不说，还低头，很难辨认。华东刑警生涯几十年，练就火眼金睛。多少次，同事把人抓到对方愣说抓错了，同事就让华东掌眼。华东一看，铐上！问他从哪儿看，眉毛、鼻子、耳朵。嘴巴呢？年龄大了，嘴角会下塌，但人中不会变。

当地侦查员败阵，华东推门进去。屋子很大，因为冷，生着炉子。一男一女，显然是夫妻。一眼看去，都像五十的人了。

男的问，买什么？华东没出声。口音不对，尽量不说话。

男的就瞧着他。女的说，肯定是买烟。华东就冲她一点头。女的问，买什么烟？华东一听，买什么烟？徐淮口音！心里咯噔一下，脸上没有表情。他趴在柜台上瞅里面的烟。不挑牌子挑价钱，不要二十块的，也不要二十五块的。看到一盒二十三块的，就是它。这个找起钱来费事，给辨认赢得时间。他屈指敲敲。女的问，是这个吗？嗯嗯嗯，他瞎嗯嗯。女的低头拿了一盒烟。低头！姿势正好跟照片上的一样。她头上已经秃了，撩起额前几缕斑白的头发盖上。这时，女的抬起头来，华东就装着从口袋里摸钱，边摸边找机会看她。摸来摸去，摸了一张百元大票出来。其实口袋里就这一张，他把零钱全放在车里了，为的就是难找钱。女的接过来找钱，有零有整，的确麻烦。她低下头找。又是低头！华东瞪大眼睛，颧骨，脸形，眉毛，鼻子。这时，钱找好了。华东顺手把烟拆开，点了一支。女的说，不能假，放心！

还是徐淮口音！

华东嘴里嗯嗯着，走出超市。

一车人大眼瞪小眼，是她吗？

是她！彩霞！

华东说完，心头突然一阵难过。

想到那衰老的模样，想到那稀疏的头发。

唉，离家的时候，她才二十出头。这些年，她是怎么苦过来的啊！

彩霞定位了，彩绢在哪里？在这个案子里，她是重要嫌疑人。

指挥部第一时间作出决定：秘密抓捕彩霞，审问彩绢下落。同时指示，在保证完成任务的前提下，给彩绢自首的机会。劝其自首是本案最好的结局。

当夜十一点,抓捕行动开始。超市刚要关门,守候多时的华东突然带人挤进去,查户口!彩霞没出声,她丈夫不配合,干什么?我们是做生意的!华东说你不要叫,跟着把他控制起来,带上了车。华东问彩霞,你叫什么名儿?潘晶。华东没理会,我们是公安局的!彩霞一听,脸色就变了。华东下了她的手机,走吧!彩霞什么话也没说,就上车了。夫妻俩各上一辆车。华东跟着男的,一边往当地刑警队开,一边问开了。

你媳妇叫什么名儿?

潘晶。

哪里人?

不知道。

不知道怎么娶的?

我在矿上工作多少年了!她在这儿打工,我们认识了,就结婚了。

他嘴很硬。华东不再问。到了刑警队,拉开架势分别审问。

华东负责彩霞,上来就直呼其名。

彩霞,知道我是哪儿的人了吧?

知道了。彩霞不再躲闪。

这么多年了,你不想家啊?

彩霞低下了头,不说话。

华东也没再问,知道她心里难过。两人沉闷了好久。

你妹妹呢?

彩霞还是不说话。

你妹妹彩绢呢?

……她,死了。

华东心里咯噔一下。

死了?

死了。

活着你交人,死了你交坟。说说吧,怎么回事?

……那天,她头上流了好多血,我给包上,还扣了草帽。后来,风把草帽吹掉了,妹妹也不行了。她让我把她放下。我就把她放下,一个人跑到这儿来了。别的我什么都不知道,你也别问了。

华东从口袋里掏出那盒烟,问,这是你店里的吗?

啊?是你……买的……

华东说,还有几根没抽完呢,你说的对,没有假。可是,彩霞啊,你话里可有假啊!

彩霞低下头。

华东说,咱们都是铜山人,都生活在农村,都吃五谷杂粮长大。一无冤,二无仇。你今天坐在这里,你难过,我也难过。我抓你我每月是这么多钱,不抓你我照样有工作。我为什么要抓你?你家情况我们了如指掌,案发前,案发后,我们都了解。出了事,你们跑了。你知道吗?你们一跑,给你叔家,给你自己家造成多大伤害?你四娘的骨灰至今放在你家。你家的人住不下去,各奔东西。爹娘把你们养大了,你们现在给他们闯了这么大的祸。你哥是你家唯一考上学走出来的,是你爹娘的指望。他跟我一样大,一年生的。现在,眼看这棵大树要断了,腿瘸了,眼也没了一只。在他急用钱的时候你们给他汇钱,我看出在这里挣钱很不易,说明你们兄妹情深。就凭这点,我相信你们姐妹也同样情深。我知道,你说彩绢不在了,是假话,是怕抓她。就像你爹和你哥一样,明知道你们在哪儿就是不说,生怕你们被抓。可是你们跑得了吗?跑了二十年还是被抓住了。你想没想过,彩绢在这个案件中是主犯,一旦被捕,要承担多么重的惩罚?面对法律这堵硬墙,怎样把她的创伤减小到最低程度,这才是你当姐姐应该做的!现在,有从宽的好政策,你四叔也原谅了,彩绢只要自首,百分百能得到宽大。这是多么难得的机会啊!你如果能劝她自首,也同样会得到宽大处理。对你们姐妹都有利的事,你为什么还要对抗?难道你真的愿意看到妹妹的悲惨下场吗?我苦口婆心,是为了救彩绢,也是为了救你。因为我也有女儿,我不愿意看到你们姐妹双双落网受到法律严惩。还有,如果她不自首,你爹你娘,你哥你嫂,你们全家,都会因为包庇而犯法。那就全完啦!彩霞,你明白吗?

彩霞不说话,也不抬头。

审讯室里寂静如死。

这时候,丰县传来消息,对王峰的审查有了重大突破。他说当年姐妹俩跑来投靠他,在他家躲了三天,他把她们介绍到乌海。他在那儿干过活儿,有朋友。彩绢身体不好,彩霞一直照顾她。她们改了名字,在当地找了对象,又分别到各自对象的老家去过了一段日子。后来觉得不行,又跑回乌海。彩霞先回来,做起生意,又叫彩绢也过去,帮着她也开了个小商店。

王峰的口供刚到,彩霞的丈夫也撑不住了。承认媳妇原名叫彩霞,她妹妹叫彩绢,现在改名程小梅。彩霞婚后生了三个孩子。彩绢不能生育,彩霞就把一个女儿给了她。

最后,他说出一件令人吃惊的事,当晚抓他们的时候,彩绢就在旁边，相隔不到一百米！

华东闻讯一惊，问他，彩绢为什么会在旁边？

不为什么，她开的店就在那儿。

姐妹俩的店相隔不到一百米，这是华东没想到的。

他立即带人赶回矿区。路上嘱咐大家，到了地方别贸然行动，先通过喊话动员彩绢自首。喊话无效，再动不迟。

风驰电掣赶到，早已人去屋空。

华东抓抓脑壳，猪！

这时，他的手机响了。

是时候了，郑巍说，该让彩霞听听亲人的声音了！

说着，手机里传来张广的呼唤——

小霞！小霞！

惊恐，苍老，颤抖，悲凉。

爹啊！

彩霞接过华东的手机，迫不及待地叫起来。叫声未落，哇的一下，大哭起来。这是她被捕后第一次掉泪。

这一哭，再也收不住。

在姐姐落网、妹妹逃遁的关键时刻，郑巍当机立断，安排了这跨越二十年的通话。用亲情打动亲人，让亲人化解危机。

小霞，小霞！是你吗？

爹啊爹，是我，是我，是我啊！

……

手机那头没了声音。

爹，爹，爹！——

彩霞哭喊着。

好久，好久，像是黑着脸憋了一天的雨，突然间电闪雷鸣倾盆而下，手机里爆发出令人绝望的哭声。

老人的泪，不是流出的，是大块儿大块儿掉下来的。

积了二十年的泪！

郑巍一把搂住老人，泪水夺眶而出。

爹啊爹，我们姐妹对不起你，对不起娘，我们把家害惨了！……

一句一声爹，一句一把泪。

小霞啊，是爹对不起你们！二十年，到底没跑了！你，你……你听爹的，叫彩绢回来，不能再跑了，跑哪儿也跑不掉。陈主任是个大菩萨，他在爹这个地方住了九天九夜，劝爹劝得嘴都长了泡。他把你四叔也带来了，我跟你叔见面了。他不恨你们了，原谅你们了。这么多年，他一人拉着几个孩子过，那不是人过的日子啊！孩子，过去咱错了，咱还得往长远看。我和你娘都这把年纪了，一直漂在外面。你娘现在一身病，我也没活路了。几次想带你娘一起去死，一想到你们，又放心不下啊……小霞，你告诉彩绢，她再不回来，就看不见娘，看不见爹了。我们老两个有家不敢回，死了埋哪儿啊！谁给埋啊……

老人讲着哭着，哭着讲着。

爹，爹啊，你别哭了，我听你的，听警察的。他们都是大善人，该说的都说了，句句为我们好。我这就给彩绢打电话，叫她别跑了，叫她快回来……

哎，哎，小霞，爹等你，爹等彩绢，你们快回来，快回来啊！

听到这里，华东急忙把彩霞的手机从同事手里要过来，递给了她。

彩霞流着泪，拨通妹妹的手机。

她没有叫彩绢，还是叫小梅。

小梅，小梅，我是你姐！

姐，姐！

你在哪儿啦？

我在银川汽车站，我要走。

妹啊，你别走，我求你啦！

不行，姐，我得走。

妹啊，你往哪儿走啊，你千万不要走啊！

说着，彩霞哭出了声，姐给你磕头了……

姐，姐！那头儿也传来彩绢的哭声。

妹啊，你听姐说，刚才我跟爹通话了。爹在西安给人家看门，没吃没喝，捡垃圾拾菜叶，担惊受怕。爹老了，娘一身的病，哥为咱们的事躲到嫂子家，每天骑车来回跑，摔断了腿，摔瞎了眼。爹几次要带娘去死，就是舍不得咱俩。爹让我告诉你，叫你别跑了，叫你回来。妹啊，你听爹的，看在爹的老脸上，看在娘的病上，你别再跑了。你再不回来，就看不到爹，看不到娘了……

姐，姐，彩绢一个劲儿哭。

妹啊，别跑了，再跑就没希望了。咱们铜山警察像亲人一样，处处为咱们着想，他们会把这个事朝最好的方向努力。你听姐的，姐不会害你。姐对天立誓，要是害了你，下半辈子给你当牛做马！你就听姐这一次。你想想咱们从小一起怎么长大的？咱家再苦，姐都是疼你的。跑出来这些年，姐没有一天不把你揣在心上，从没舍弃你。你没孩子，姐连亲骨肉都给了你。

我的好妹妹,我求你了。爹说他跟四叔见了面,叔原谅咱们了,他一个人苦成那样都原谅咱们了!四娘到现在也没入土,骨灰就放在咱家,你知道吗?妹,你要是再跑,就要连累全家,全家人都会被抓起来抵罪。咱爹娘怎么受,摔残的哥怎么受,你爱人和孩子又怎么受啊!……

姐啊,姐,彩绢终于在哭声中说话了,我对不起四叔,对不起四娘,对不起四叔家哥哥弟弟,更对不起咱爹咱娘。祸是我闯的,我连累了全家,我欠的情死都抵不上……

妹啊,你快别说死!现在政策好,只要你投案,你死不了,姐也能从宽。该赔的钱,姐来赔!四娘入土,姐披麻戴孝。你要是进去蹲几年,你家里的一切我照顾。孩子我帮你带,商店生意我帮你做。姐说到做到,求你别跑了。不为别的,就为你孩子,为你爱人,你们这么多年,风风雨雨,多难啊……

彩霞说不下去了。想起自己,痛哭失声。

姐啊,我的亲姐!彩绢号啕大哭,我不跑,不跑了……

姐妹俩的哭声撕碎人心,石头听了也要落泪。

副政委鹿守鹏要过手机,对彩绢说,小绢,我是铜山县公安局副政委,我向你保证,只要你投案,一定会得到从轻处理。相信我!你在哪儿?我们现在就跟你姐姐一起接你!

不等回答,华东已发动了越野车。

银川长途汽车站。人流如织。

当越野车闪电般赶到的时候,却与彩绢失去了联系。

她关机了!

一路都在联系，快到车站时却突然中断。

难道她改变了主意？又跑了？

这一天，是12月15日。再过几个小时，"清网行动"就结束了。

一车人皱紧眉头。

彩霞哭起来。

华东说，彩霞，别哭。走，跟我下车。

说罢，拉起她的手，下了车。

车上有人叫，铐子，带上铐子！

华东摇摇头。

他相信，彩绢没走，就在人群里。我们看不见她，她能看见我们。

这时候，不能惊吓她，也不要惊吓周围的人。

就这样，他拉着彩霞的手，挤进人群。温柔，亲切，像一家人。

两人正在四处寻找，突然，彩霞的手机响了——

是彩绢打来的！

姐！我在……

话没说完，又断了。

她手机没电了！华东说。

话音未落，突然，彩霞叫起来，在那儿！小梅在那儿！

不等华东看清，彩霞已经跑了过去。

姐妹俩抱在一起，哭成泪人。

彩绢瘦瘦小小，干黄憔悴，头上裹了个旧头巾，一身衣裳皱皱巴巴沾满灰，看上去像个老太太。

华东一阵心酸。走上去，轻轻拍着她瘦弱的肩头，彩娟，彩娟！

彩娟扭过身,扑进华东的怀里。

华东搂住她,彩娟啊,你老喽!……

话才出口,他已泪流满面。

我完成了任务,她怎么办?

叔啊,你带我回家吧,我不跑了,再也不跑了。呜呜,呜呜……

彩娟撕心裂肺的哭声,像天上打的雷,像地上冒的水。

妹啊,你别怨姐,别怨姐,姐没有办法啊……

彩霞搂住妹妹,哭得死去活来。

三个人的泪,流在了一起。

姐,姐,我的好姐姐,我不怨你,不怨你……都怨我,都怨我自己啊!这么多年了,我想起来就哭。我怕人看见,背着人哭,几回哭倒在庄稼地里。是我杀了四娘,是我害了她,我就是撞死在她坟上也对不起她啊!她那么疼我,怕我下地晒着,给我一顶草帽,可是,我却把她杀了,草帽也让大风吹跑了,吹跑了啊……

哦,草帽!

华东模糊的泪眼里,仿佛看见那顶草帽,随风飘荡,落入深谷。紧跟着,响起凄绝悲怆的歌——

> 妈妈,那顶草帽
> 它在何方,你可知道
> 就像你的心失去了
> 我再也得不到……

画面无声

监控画面无声。

紧盯画面的眼睛也是沉默的。

这是民警商宁的眼睛。

你看,连名字都这么专注。

同事本想赞美这双眼睛像鹰,一激动,说成商宁是鹰!

此刻,画面正在回放——

受害人当天下午三点出门,五点半回来发现家中被盗,随即赶到徐州市公安局新生派出所报警。商宁接警后来到位于二十楼的现场,发现房门完好。典型的技术开锁!他从楼道窗户向下一瞟,本单元门前正好有个摄像头。呵呵,瞌睡来了碰着枕头！他立马调取监控，搜索案发前后进出的人，特别是年轻的。玩技术开锁，脑瓜眼神都不能残，年轻人居多。

时光倒流。

鹰眼聚焦。

很快，一个板寸头成为猎物。他背着双肩包，三点十分进楼，二十多分钟后出来，沿甬道出西门走了。商宁紧追。追着追着，画面断了。西门外没有监控！他又倒回来看，想找个画面截图。一倒不要紧，发现了问题，双肩包进出都是瘪的！偷的东西呢？难道我认错人啦？好吧，把回放再往前提，也许受害人还没出门贼就进了楼。果然，两点四十分，一个戴棒球帽的进了楼，进去空手，出来时拎了个编织袋，鼓鼓囊囊。他比板寸头晚出来七分钟，沿甬道出北门了。天助商宁，北门外监控完好，棒球帽成了网中棒球。他拦了一辆出租车，在建国路下了。盯着他走不多时，商宁突然叫出声，哎哟！只见棒球帽前面有一个熟悉的身影，板寸头！两人拉着距离，谁也不理谁，一前一后进了路边的旅店。工夫不大，又出来了。棒球帽亮出光头，板寸头捂上了遮阳帽。好啊，跟我玩这套，锁定！

商宁刚锁定了这两个家伙，却不料他们转身钻进街心花园，瞬间消失在浓绿中。商宁一拍脑壳，立刻换上便装，打车赶到旅店，进门就跟服务员说，叫你们经理来，他托我买的药买到啦！经理被叫出来，还没吃药就蒙了，您是？商宁把他拉到暗处，亮明身份，随即调出了旅店监控。一看，两个人登记入住时的图像很清楚。经理说哎呀，他们今天退房了。商宁说驴跑了木桩在！前台不是复印了他们的身份证吗？

两个人立即被布控。只要他们再使用身份证住店、上网、买车票,就会暴露行踪。很快,消息来了,他们已经上了开往湖南的火车。票是头天买的,还有三个小时就到站了。商宁立刻联系"110",把照片、车厢、座位号转发给乘警。列车疾驰,窃贼就擒。

这两个家伙是老手。棒球帽先空手进楼寻找目标,板寸头随后跟进。双肩包里装着叠好的编织袋,看上去像是瘪的。得手后,各走各的,然后在约定地点会合。再然后,咔嚓!咔嚓!

当然,商宁没看到列车上的精彩。此刻,他正盯在服装批发城的监控上,一天之中这里发生了三起案件,受害人进货后去交钱,扭脸工夫,放在摊位外的货就被贼给"进"了!

商宁很快在三楼搜索到目标:一个四十多岁穿红衣服的女人!什么叫艺高人胆大?一大包货绑在行李车上,货主刚一扭脸,她连车带货拉起来就跑!选择下手的摊位紧挨楼梯口,瞬间就拐弯了。货主发现后,顺楼梯往下狂追,一直追到一楼,哪里还有踪影?不对啊,商宁心说,玩穿越啦?就是空手也跑不了这么快啊!也许……要逆向思维?批发城共五层,女贼会不会扛着货往楼上爬?于是,他把监控调到四楼,没有。再调到五楼,哎妈呀,女贼当真扛着货爬上了五楼,以这种不合常理的方式甩掉追兵,又掏出一块大花布把货蒙上。当货主在一楼南门如丧考妣时,她在五楼拉着货跑得正欢。在楼里绕了一圈儿,坐电梯从北门出了市场。

市场北门外有一条小巷,女贼拉着货进去了。巷里没监控,商宁就在出口等,左等右等也不出来。难道她住里边?不大可能,兔子窝边啊!再回过头一看,嘿,她从进口出来了。手里空啦!货藏小巷里啦!紧跟着,来到市场二楼,眨眼工夫又

"进"了一包货。货主追到一楼,她却从四楼冒了泡儿。故伎重演,流水作业,偷一次藏一次。就这样,一上午"进"了三次货,比谁都忙!忙完过后,到了饭点儿,进饭铺一坐,两荤两素,细嚼慢咽。看得商宁肚里真咕咕,顺手抓起个干馒头,啃一口噎成长脖儿鹿。

女贼吃完饭,又进市场了。啊?上瘾啦?偷起来没完啦!商宁急忙跟进。可是,一楼人多得下饺子,女贼钻来钻去没影了。楼上看,没有,门口看,也没有。商宁急了,不信化成热气儿钻空调了!忽然,心里一亮,货在小巷里,她早晚得来取。得,我也别人肉搜索了,干脆死守小巷。这一守,有收获,画面中除行人走动,有三辆"拐的"(装了车厢的电动车)先后进出小巷。其中一辆车厢里红衣服一闪,是她!车在小巷里耽搁了一会儿,开出来直奔大道。八成装上货啦。追!追着追着,监控没了,画面断了,说什么也找不到了。

商宁的脾气上来了。想跑,没门儿!

他抓抓脑壳,调出所有的监控,一连看了三天,眼都看绿了,终于在画面中发现了女贼。她常常换了不同的衣服来这个市场行窃,特别喜欢周五来。周五进货的人多,都想周六、日卖呢。人多,就乱,好下手。只要你来就行!商宁有了数,回过头又研究拉货的"拐的"。拉车师傅看不清,车却很清楚。研究来研究去,发现两处与众不同:一是车上有个小红牌,二是倒车镜很新。商宁暗中一打听,小红牌是市场管理处核发的准入标识,这就区别了满大街的"拐的",范围缩小了。他从监控上把车翻拍下来,拿着照片问同样有小红牌的师傅,这辆车您认识吗?不认识!我提示一下,它的倒车镜很新。啊,这个吗?

让我看看，噢，是老张的，他新买了倒车镜！就这样，商宁找到了老张，一看倒车镜就是。问起红衣服，噢，记得记得，前几天我帮她拉过货，货放在巷口自行车棚里，她给看车老头儿五块钱，就把货装上走了。去哪儿啦？嗨，可不近，一直拉到河边。她自己有一辆三轮车停在哪儿，把货拿下来放三轮上，就付我车钱了。您拉过她几回？算这次两回了，回回都拉到河边，换她自己的车。

河边没监控，女贼去向不明。商宁说，好啊，跟我玩这套，锁定！

于是，蹲守河边及车棚。一连三天无果。第四天是周五，天下起雨。一起蹲守车棚的同事问，她还能来吗？商宁说，你看，打伞的，穿雨衣的，喊的，叫的，要多乱有多乱，她不会放过这个机会！话音刚落，女贼拉着货过来了。商宁迎上去问，姐，进的什么？几件冬装。哪儿进的？多少钱？女贼支吾了，问这个干什么？商宁笑了，你说得出来吗？一亮证件，走！

这时，有人报警，货丢了。商宁说你来派出所吧，看看是不是你的货？报警人差点儿疯了，啊？你们抓到啦！

第二天，雨过天晴。失主来送感谢信，商宁不在。去哪儿了？

猫在监控室，瞪大眼一双。

一小时前，一位中年男子冲进派出所就要跪下，商宁急忙扶起他，快起来，什么事？大哥，救命！

男子的母亲得了癌症，他托人从上海买了人血红蛋白，快递到徐州，用以缓解病情。快递员在送货途中接了个电话，让查找一个快件。他停下车翻找，随手把碍事的药箱放在了车厢顶上。当他来到医院，才猛然想起，车厢顶上早已光光。他惊叫一声，掉转车往回找。半路上问了一个扫垃圾的，说见着了，被两个骑电动车的人捡走了。快递员当时就坐地上了。

这种药又贵又娇气，须低温保管。一旦置于高温，三个小时就会失效。现在别说找不到，就算找到了，这大太阳的，超过时间也失效了。男子急得走投无路，跌跌撞撞冲进派出所。所长闻讯赶来，一面安慰他，一面对商宁说，人命关天，就当案子办！

商宁一头扎进监控室。看看表，已过去一个多小时。刻不容缓！他速倒画面搜寻，只见装药的小箱在民主路拐弯时从车顶掉下来，随后，两辆电动车驶来，其中一人停车捡起药箱，丢进车筐，两人继续往前骑。骑到一个巷口，拐了进去。巷子里没监控，等了好久也不见出来。时间不等人啊！他俩干什么去了？这条巷子叫什么？巷子里都有什么？商宁托着脑袋苦想。忽然想起来，巷子叫风和，里面有好几家饭馆。正是饭点儿，他们是去吃饭吗？可别喝上啊，一喝就没准儿了。巷子里还有什么？噢，还有一家私人浴池。他们不是去洗澡吧，那可要命了……哎呀！商宁叫起来，浴池老板在门前安了监控！他疯了一样冲出去，开车直奔浴池。老板以为他来洗澡，里边请，放热水啊！商宁一亮证件，看监控！老板还是叫，里边请，看监控啊！

监控是一部纪录片，拍下浴池外的一切。

商宁居高临下看见这两人从巷口进来，把电动车停在一家饭馆门前。谢天谢地，他们没进浴池！其中一个把药箱拿手里。商宁又叫一声，谢天谢地，要是忘在车筐里再让贼偷了，那可就六指挠痒痒多一道儿了！饭馆不大，窗上又贴着菜谱，从外边什么也看不见了。商宁提着心，看着表，眼见不断有人打嗝剔牙晃出来，心说我咋这么背，老是赶在饭点儿守人家吃。他的肚子又叫开了，还是顺手抓起个干馒头，啃一口再噎成长脖儿鹿。就在这时，目标出来了。商宁两眼紧盯药箱。药箱被重新放进车筐，两人骑车出巷口往南去了，连过三个路口，监控找不到了。哎哟，急死人，时间只剩半小时了！

商宁抓掉一把头发。怎么办？再把画面往回放放，看还能找到什么线索？画面又回到饭馆，两人吃完出来骑上了车……

哎，慢着！怎么饭馆里又出来一个，骑上一辆红色摩托车跟上了前面的人。他是谁？为什么要跟上这两个人？商宁的心里突然划过一道闪电：他们仨会不会是一块儿的？会不会约好一起吃饭，骑摩托的先到了一步？商宁被自己的推理激动得眼冒五朵金花。快，快，跟上摩托车！

果然，摩托车出巷口也往南去了。连过三个路口，也找不到。商宁不甘心，把画面往速进，搜索，再搜索。突然，在接下来的路段，他惊喜地发现，三个人一起停下来等红灯。他们说话了，他们笑了，他们是一块儿的！商宁喊起来，恨不得全世界都听见！

商宁为什么这样激动？难道他胜利了吗？

是的，他胜利了。

因为，摩托车有牌照！

几乎是一分钟，车管所就把车主的手机号发过来了。

喂，喂，我是新生派出所民警商宁，请立即把你朋友车筐里的药箱送到我指定的医院，我同时开警车去。那是病人的救命药！谢谢！

差五分三个小时，摩托车开到了医院。

便衣陈森

陈森走近这个卖烤串的大妈,真香!大妈笑眯了,肉新鲜啊,来一串?来就来十串,我不怕香!掏钱时对了个眼儿,大妈,您还认得我吗?我是小吴。大妈眨眨眼。志刚喝喜酒我还跟您碰过杯呢,转眼快两年了。志刚现在搁哪儿干呢?搁冷库。哪个冷库?我也糊涂,你问他媳妇去。他媳妇成富婆了?你真会逗乐,在巷口黄焖鸡打工呢!

来到黄焖鸡饭馆,很奢侈地要了一碗黄焖鸡米饭,冲端盘子的女人笑笑,弟妹,还认得我吗?我是志刚的朋友,你们结婚我还随了份子呢!女人愣了下。听黑子说志刚搁冷库上班,弟妹你可得让他多穿点儿!女人这才说,早不干了,跟人家跑工地了。啊？这不跟我撞上了吗？回头我有活儿，也分他点儿。那敢情好！他手机号多少？

拿到手机号，陈森没有马上打。太急了不好。

在徐州公安局泉山分局便衣队，陈森个子最矮，黑黑的，一脸真诚。手机里全是逃犯的头像，时时翻看，烂熟于心：鼻子有挺有塌，耳朵有后背有前扇；头发无所谓，关键看多年后是否会秃顶。他跟媳妇去菜场，除了付钱那一刻是买菜，其他时候都瞅人了。媳妇说你老瞅啥，他说习惯了。有人看他不像好人，还给报了警。警察来了一看，装不认识，往车里一推，半道又给卸了。陈森这双眼都绝了，报告警情总是说，没错，就是他！从来没有可能。要不这几年他能逮住两百多个逃犯呢。吓人！

眼下被陈森盯上的志刚，案情并不复杂，半年前与他干爹还有王大江三人，在安徽因琐事打伤人跑回徐州了。陈森调出同户人信息，查到他母亲曾与城管冲突报过警，遂顺藤摸瓜，得到了手机号。两天后，他拨通手机，志刚，我是小吴，我爱人是你老婆闺蜜。你老婆说你不干冷库跑工地了，让我有活儿分你点儿，让你挣上钱，别让老妈卖烤串了。现在这边儿正好有活儿，你手头有人吗？志刚开始还犯憷，后来听陈森讲得头头是道，就说，过两天吧，我手上活儿完了就联系你。陈森说好。过了两天，没动静，再打一个，不急不躁，志刚，你怎么样了？这边活儿很急，给钱也高。志刚说，正要给你打电话呢，我下午过来，你在哪儿？我在马坡，你一来就看见工地了。

下午，陈森戴着安全帽在工地等，老远看见志刚走过来，迎上去一拍肩膀，嗨，咱俩见过，前两天喝酒你想起来了吗？

跟你一块儿的小六也在工地。走，先签合同，你能带多少人来？一通云遮雾绕，志刚早晕了，迷迷糊糊随陈森往办公室走。一进屋，傻了，里面站着好几个警察，回过头对陈森说，你真高啊，哪有警察骗人的？陈森说，我不是骗你，是救你。有人举报你跟干爹昨天在超市偷了东西。志刚说，没有的事！陈森说，我也不信。这么着，你打电话叫干爹来，当面讲清就没事了。志刚当真打了。一会儿，干爹赶来，什么事？陈森说，打人的事。于是，二人落网。说吧，王大江呢？不知道。

第二天中午，陈森来到一家小面馆，吃完刚起身，迎面进来个人，很像王大江。咋这巧？为了再确定，陈森一招手，王哥吧？你是？小五啊，不认识啦？要吃什么，我来！陈森假装掏钱，王大江不让，说我这边三个人呢。陈森一看，后面果然还跟着两个，得，那我先走了，哪天请你喝酒。出门后，立即打手机叫增援。工夫不大，三个人吃完要走。陈森迎上去，一亮证件，王哥，我没认错你，你把我认错了！王大江愣了。陈森说，该打包打包，别浪费。又对身后两人说，没你们事，别找难看！二位也呆了。陈森对王大江说，其实你也没多大事，说清楚就行。你爱面子，当着人就不给你戴铐子……话没说完，王大江突然掏出一根甩棍，忽地甩来，陈森躲闪不及，打到脸上，顿时血流如注。紧跟着，又一棍打来，陈森一抡胳膊，哐！甩棍脱手，王大江扭头就跑，陈森暴喝一声，再跑开枪了！王大江吓了一跳。迟疑间，陈森扑上去抱住他的腿。这时，援兵赶到。陈森用"手指头枪"顶住王大江脑门，还跑不？不跑了。陈森的脸被打透了，缝了二十多针，连医生都哭了。儿子问，爸爸疼吗？他说，爸是警察爸不疼。媳妇的眼泪像下雨。陈森笑着说，你哭的时候真动人！

伤刚好，陈森就待不住了，捋着一条诈骗线索往下追。嫌疑人赵美丽假装谈对象，收完彩礼就跑路。陈森得到她妹妹的手机号，直接打过去，我是你姐的同学，你能把你姐手机号给我吗？要不把我手机号告诉她行不？她妹妹问，你是哪儿的？我是马坡的，一说你姐就知道。好吧，对方撂了。陈森自黑道，你这纯粹是瞎猫碰……哎，死耗子还没说出口，赵美丽居然回话了。陈森马上加了QQ，说这样聊天省钱。当然，他是想看照片。一看，与通缉的照片不走样。妥啦！聊得风生水起，你过得好吗？几个孩子了？听说你嫁外地去啦？赵美丽说在山东枣庄。这样聊了两个礼拜，快到清明了。赵美丽说要回来给老妈上坟，陈森说我请你吃饭，这边有朋友开旅馆，你随便住就是啦！转眼到了清明，联系突然中断。咋回事？陈森开车来到她父亲所在的村子，离老远看见屋里有个女人。是她吗？正犹豫，老人放鸭回来了。陈森拿个空杯子下了车，大爷，能给点儿水吗？来吧！陈森跟老人进了屋，一看女人不是赵美丽，借倒水工夫跟老人闲聊，大爷，您有几个孩子啊？就俩闺女，这是二的。大的清早来了就走了，回山东了。

啊？闪了我啦！陈森心里咯噔一下。眼前无疑是她妹妹。当初跟她通过话。得，别聊了，再聊就会露了馅儿。

回队后，陈森找领导请战，说通过QQ得知赵美丽在枣庄十里河搞美容，有把握抓住她。领导说好，你带新来的小刘一块儿去！出发头天，陈森想起媳妇有个亲戚在枣庄，就跟媳妇说，让你亲戚用他手机给这女的打一个，看看通不？一打，通了。一看是枣庄号码，赵美丽还以为是客人。亲戚按陈森编好的话说，是啊，我是你的老客人。明天我有俩朋友去做足疗，能优惠吗？赵美丽说，必须的！

　　第二天，陈森带小刘赶到十里河，离老远观察，共有三家美容店。最终选择窗上贴着"火疗"的先试试。记得赵美丽聊天时说过拔火罐什么的。刘，我花钱请你奢侈一把，进去做个足疗，你看我眼色行事。得嘞，陈哥，也走累了，疗个足先！陈森说，先疗个足好不好！

　　店里有两个女的，一看都不是。陈森正想换地方，里屋又走出一位，哎哟喂，满月大脸锅炉腰。陈森说，刘，我去超市买瓶水！说完出了门。来到超市，拨通亲戚手机，小声说，第二方案！亲戚马上给赵美丽打手机，我朋友来了吗？陈森透过窗户看见胖女人接听了手机。随后，他也拨了一个，胖女人又接了。得，确认！他直奔美容店，进门一亮证件，赵美丽！胖女人一惊，手铐就跟上了。临出门，陈森说，刘，回家我再请你疗个足先！

　　回到队里，把赵美丽一交，陈森又摸进花鸟市场。在这里，他找到了马林的母亲王婶。王婶在市场卖鸟食，以前因为卖假发票被罚过。陈森凑近摊位，一脸真诚，大妈，您还认得我吗？王婶说，虎子，一年多没见你了，你干吗去了？陈森一听，嘿，认错人了，正好借坡下驴，还能干吗，离不开吃穿二字！说着，压低声音，发票还有吗？王婶四下瞅瞅，不是熟人打死也不卖，要几张？五张。就剩三张了。三张就三张！给别人一张二十，给你十块。陈森掏出百元大票，您不易，别找了。王婶推了几回收下了，那就谢谢啦！咱俩谁给谁啊？于是，两人皮裤套棉裤，别提多热乎。可是，当陈森有一搭无一搭地问，哎，您儿子现在搁哪儿呢?王婶立刻关了闸。陈森见好就收,大妈,我有事先走了,回见!回什么见啊,他根本就没走,躲一边儿不错眼珠儿盯着。一盯就是一天。市场关门了,王婶收摊儿了。陈森尾随其后,认准了她的住处。接下来,盯梢,蹲守,没黑没白,终于在一天傍晚发现马林回来看老妈,遂跟踪这个潜逃三年的贩毒人员,摸到一家进口轿车4S店。一打探,马林改邪归正,工作出色,已经是这个店的经理了。眼下正准备结婚呢。其实,他是从犯,不跑也就判个两三年。这一跑,本来有病的父亲撒手归西,母亲为他一夜白了头。

这天中午,陈森走进4S店。马林一脸灿烂,您看什么车?陈森掏出警官证,马林直了眼。知道为什么吗?知道。那就好,咱俩还是有说有笑。马林问,现在就走吗?陈森说,不急,打电话叫你老妈过来见个面,她老人家不易!

王婶来到经理室,虎子,咋回事?陈森关上门,亮明身份。王婶当时就哭起来,他早收手了,现在干得好好的,求求你放过他!陈森说,放是放不过,他要为过去的事受法律制裁。您放心,他事不大,有从轻的可能,能为他说话我一定说。现在跟我走,总比哪天正结婚呢被人当场带走好!我知道您疼他,叫您过来说说话。往后,您生活上有什么困难就找我,千万别再卖假发票了。这是我的手机号,您可以随时打给我……

转天,陈森又找到马林的女友,小妹啊,马林人不错,以前不懂事,做错了,求你能原谅他。你们相处两年多了,不易啊!他进去时间不会长,你等等他好吗,千万别分手。出来后我当你们的证婚人!说得女友直掉泪。

陈森心勾勾的,又找到4S店主管,请求给马林留一份工作。主管被打动了,来到店里宣布,公司送马林出国去进修了……

  这一切,换来马林在狱中的积极改造。两年后,他被提前释放了,在铁门外抱着女友大哭一场。王婶更是哭得没了样儿。

  这时候,远远的,一辆轿车驶过。深棕色的车窗后闪动着温情的目光。

扬州片儿警陈先岩的故事

小陆子

小陆子说，如果不遇上我，他可能早进监狱了。

但是，他遇上了我。

他管我叫师父，说他是我在西天取经路上收编的孙猴子。

小陆子现在是文峰派出所正式聘用的协警。有小混混儿跟他挑衅，说有种的咱们单个儿出去打！陆金一瞪眼，你少来！要是过去，我听到打架比吃肉还香，打不死你才怪。眼下我是公家人了，凡事走法律。打你弄脏我手！

小陆子，本名陆金。当过兵，摸过枪，身强力壮，五大三粗。我认识他，是因为一次清晨报警。那是春节后的一天，早上六点多钟，一群老头儿老太太在院里练太极拳。练完后，他们搓搓腿脚,边搓边吼,气沉丹田,嘿!哈!正美呢,突然,哗啦啦!天降不明物,连带汤水,又腥又臭,浇了一头一脸。老人们惊叫失声,伸手一摸,哎哟喂,螺蛳壳!谁这么缺德啊?抬头一看,是六楼倒下来的。是小陆子干的!你要死啊!老人们叫喊着冲上楼。不错,螺蛳壳是小陆子倒的。前两天,他已经跟这些"拳师"发生过争吵,叫他们别乱吼乱叫。现在,他们又嘿哈上了,小陆子火起,直接把吃剩的螺蛳壳倒了下去。老人们气得发疯,冲上六楼狂喊,臭小子,开门!小陆子不开,老人们就用脚踢。小陆子被踢烦了,嘭的一声拽开木门,捅出一支气枪,再踢老子把你们腿打断!老人们也不示弱,你倒大粪还有理啦?谁让你们吵我睡觉!都几点啦,你又不是猪!我闻讯赶到,双方还在对阵。我把老人们先叫到居委会,小陆子这样做肯定不对,但我也做做老人的工作。我说人家两口子可能上了夜班(当时我还不知道小陆子是干什么的),早上想多睡一会儿,你们的喊声那么大,吵得人家没法儿睡。前几天已经为这个闹过了,你们也不收着点儿。老人们承认自己不全对,但坚持要小陆子道歉。我又返回小陆子家,跟他说你生活在这个社区,这么多老人哪个不是你爷爷奶奶辈儿的?你倒了人家一头螺蛳壳,还骂人家,你必须要道歉。他虽然不情愿,但后来还是随我一块儿去道了歉。老人们原谅了他,事情就这样过去了。

打这以后,我就开始注意小陆子。他老婆是汽车站的检票员,去年怀了孕,又是第一胎,但站里女工多,生育指标少,站领导就叫她引产。这事儿要搁现在,别说头胎,二胎都随便生,真是到哪山唱哪山的歌。当时政策不允许无指标生育,小陆子就大闹汽车站，并且给国务院写信。国务院还真回了信，等于他赢了。他更来火气，隔三差五去车站，去了就开骂。人家一回嘴，他拳头就上了。他早先是农村户口，恋爱后女方家坚决反对，结婚的时候，没有鲜花，没有婚礼，两人办了结婚证就完事。后来公家占地，把他们的房子拆了，在社区给了安置房，城市户口也解决了。小陆子退伍回来后，在人民医院当保安，负责管理车辆。有一回，有人到医院办事，车子开进去以后非说丢了东西，要小陆子赔，他抬手赔了人家两嘴巴。人家找医院讲理，医院没办法，把他辞掉了。就这样，他失业了。找工作很难，就在社区门口卖报刊。弄块铺板，把报刊往上一摆，《扬子晚报》、《时代周刊》、《风流一代》，七七八八。

我刚到社区的时候，那一块儿很乱，案件不断。有几个社会帮派横行，杨子一帮，白瓷八一帮，疤四一帮，还有马三一帮，提起来当地人都知道。其中，杨子、白瓷八、疤四，就住在我的辖区。

小陆子不理这些人，自成一派。几个帮派的人都知道他是部队下来的，有武功，也不敢惹他。我跟小陆子接触后，通过聊天，慢慢知道了他更多的事。为了达成共同语言，有时候我也跟他编编故事。他说他的身世很悲惨，我说我的身世也很悲惨，咱俩是一根藤上的瓜，活过来不易。他说他高中毕业后参的军，当过班长。我说我也是高中毕业后参的军，当过连长。他一听很激动，啊，你当过连长？我说骗你是小狗。他就笑了，说那连长管班长。我说对啊，所以你要听我的。他说行，你叫我干什么我就干什么。

我想，像小陆子这样的人，推一推，可能就成了我们的对立面；拉一拉，就能成我们的积极分子。如何让他走上正道？当时，我对他很有吸引力，他喜欢跟我跑。他正在卖报纸，我喊他去干什么，他就把不锈钢尺子往报纸上一压，抬起腿就跟我走。晚上他不卖报了，就来找我。我每天晚上都在社区巡逻，边走边喊，居民请注意，我是民警陈先岩，我提醒大家，关好门窗，车辆上锁！我在前边喊，他在后面跟，手里端个大瓷缸子，不时让我喝两口水。慢慢地，时间长了，居民熟悉我了，有的人就把窗子推开，陈警长，别鬼喊了，喊得人心惶惶的，快上来喝口茶吧！我俩就上人家去坐一会儿，说几句话。他趁机把大瓷缸子里的水倒满。就这样，他天天端个大瓷缸子跟我巡逻，我俩就无话不谈了。我说小陆子，你要想办法做个什么生意，一个大男人整天卖报纸，卖到哪儿算一站？这不是你干的事。他说我能做什么生意呢？再说，做生意要本钱，我没有。我说你别急，我也帮你想想办法。

不久，机会来了。社区有个居民苏根，卤得一手好鸭子，开了小店自产自销。一天，他老婆上街买菜，不留神碰倒了人家炸油条的锅，烫伤住进医院。苏根要照顾老婆，打算转让小店。我得知后马上找到小陆子，说老苏那个店要转让。他说我又不会卤鸭子。我说你傻呀，不会卤鸭子，卖杂货总可以吧。我帮你弄个执照，卖卖烟酒，小归小，你也是法人代表，人家就不喊你小陆子，喊陆老板啦！要不然，等你六十岁了，人家还喊你小陆子。他笑着说好是好，可我没钱进货。我说钱是慢慢滚出来的，你先把店拿下来。我有五千块钱，借给陈开他儿子学车了，现在陈开的烟酒店生意不错，说了几回要还我钱。我就拿回来先帮你进货吧！小陆子说那怎么行？我说怎么不行？

小陆子

等你挣了钱再还我嘛！于是，我把钱从陈开那儿要回来，又借给小陆子开店。

小陆子把钱捏出了汗。我知道他担心什么，房租一个月要四百多，再一个，本钱太少，五千块能进多少货？我说，别急，我有个老乡在烟酒公司当头儿，我请他帮帮忙，先进货后付款。小陆子说人家能干吗？我说事在人为，我去试试。我找到老乡把情况一讲，老乡说那你可得担保！我说行啊，没问题。要不你看我身上哪儿肥，先给你割二斤？老乡说你自己留着吧，我没地方放！就这样，货源解决了。卖货还要有货架子，新的买不起，我跟小陆子在旧货市场转悠到脚抽筋，好不容易遂了愿，钱也花得差不多了。货架子一摆，货一上，小店开了张。可是，酒不全，烟也不全，生意惨淡。

没想到，吉人天相，时来运转，一周后奇迹出现！当时，扬州发生了一宗银行抢劫案，罪犯用的是钢珠枪。案件过后，亡羊补牢，所有银行都要重新装修，安装防弹玻璃。小陆子店旁的一家储蓄所也要装修。装修不能关门，关了门储户用钱怎么办？他们就跟小陆子商量，说我们临时租用你这个小店，装修两个月，给你七千块。小陆子差点儿疯了，连说好好好！我说小陆子你时运到了吧？他说老天爷真可怜穷人，掉下个馅儿饼还是纯肉的！银行装完搬走后，他拿这笔钱进了货，小店重新开张。老板员工都是他一个人。他在那个地方，卖货又收钱。他没在的时候，就成了自助店，拿什么东西给多少钱，天一半地一半。他过去卖报纸也是这样，有时找不到他人，买报的就自己掏钱自己买。常来买报，知道多少钱，把钱放盒里，拿一份报走。

有了店，果然人家喊他陆老板，小陆子乐得大嘴咧成瓢。没等他乐够，来事儿了。有人举报他卖假烟。谁呀？陈开。原来，陈开也卖烟酒，两家店太近，他不高兴，认为小陆子抢了生意，就举报他。凭什么举报？烟草是专卖的，他看见小陆子的店里卖三五牌香烟，而烟草公司里没有三五牌香烟，他就举报小陆子卖水货。好了，工商就来查。小陆子急忙打电话给我，师父，工商来查了！我一听，坏了。再一打听，来查的人我认识，是无为的老乡魏进。我立马打电话给他，魏进你在哪儿呢？他说我在店里查水货。我说这个店是我支持搞起来的，刚刚开业，不懂业务，你多包涵！你能不能先把烟没收了，晚上再还给他，让他退了把本钱拿回来，你们再去查水货源头。魏进说这馊主意也就你想得出来。得，我就听你一回。我说谢谢啦！又掉头打电话给小陆子，你配合一点儿，别穷喊！人家把烟拿走，晚上再还给你。小陆子说谢师父救命！又说，妈的，好你个陈开，我宰了你！

过了两天，小陆子又举报陈开卖假烟。两个人矛盾越结越深。我想这可不好，不能这样下去。陈开跟我关系也蛮好，我取回那五千块的时候，他非要给我利息，我不要，他老想请我吃饭。这天，他又说要请我吃饭。我说好，你家里有什么菜？他说有一只烧鸡。我就到小卖部去，再加个"小二"，弄点儿鸡翅膀、鸡爪子。小二就是小瓶的二锅头，便宜，两块五毛一瓶。我来到他家，往小板凳上一坐，当起了统战部长，陈开，你去，把小陆子喊过来！陈开说喊他干什么？我说，远亲不如近邻，喝喝小酒感情深。他说陈警长，你去喊吧。我说这个不能代劳，你请客就要你自己去喊。陈开尽管不大情愿，也只好走过去喊，

小陆子

小陆子，陈警长喊你过来吃饭！小陆子一听是我喊就来了。三个人，话不多。你一杯，我一杯。过了两天，小陆子钓了两条鱼，师父，晚上弄两口。我说你去把陈开喊来！他牛脾气上来了，不喊。我说人家请你，你来得挺痛快。轮到请人家了，怎么回事？他没辙，只好去喊了。就这样，今天在你家搞一顿，明天在他家搞一顿，相碰一杯泯恩仇，矛盾慢慢化了。后来，陈开的店改成小吃，两人的生意不但不交叉，还互补，自得其乐。再后来，社区保安要加强，我让小陆子当了保安。

有一天，我看见小陆子的老婆脸肿了。她看见我就哭。我问怎么回事，她说被小陆子打了。旁边人告诉我，她喜欢占人家小便宜，看见小摊儿上卖苹果就拿一个，卖瓜子就抓一把，好像是她的。小陆子就为这个事打了她。当初，我要用小陆子当保安时，有人就跟我说，小心你在的时候他是佛，你不在的时候他就是鬼。还有人为此投诉我。我们领导就找我谈话，说小陆子你不能用，用他对我们有影响。领导找我谈话，我肯定要重视，我就跟小陆子说，你不是叫我师父吗？我们师徒都要修行。卖东西的人挣不了两个钱，你别让家里人占人家便宜，事情虽小，勿以小恶而为之。我跟他谈话过后，他回家就不是口头传达了，而是拳脚相加。说我现在是公家人了，不许你再占人家小便宜。再要占，我知道一回打一回！他打老婆肯定不对，我为此也批评过他。但另一方面也说明他很要强，骨子里是好样的。这样的人我用定了！现在，他又打老婆了，我还是要批评他。我把他喊过来，你老婆的脸是怎么回事？你都打她三次了，她是白骨精吗？你再打她，我就不要你跟我去取经了！小陆子当着我的面就哭了。我明白他心里委屈。但是，后来他改好了，家里家外都不出拳了。

在培养小陆子这块儿，我用了很多心。比如，人家请我去南通作报告，我就问他，你老家启东离南通有多远？他说没多远。我就把他带上。报告一结束，我俩就到启东去看望他父母。启东市公安局派车跟着，几辆车停到他家门口，他父母亲好高兴。小陆子更别提了，说衣锦还乡了，往后要好好干。我到常州作报告，常州市公安局局长带领班子在门口列队欢迎，我也把小陆子带着，让他感受到一种荣誉，一种自豪。吉林四平市公安局请我作报告，我还把他带上。人家要我们坐飞机，为了减轻对方负担，我们就坐火车去。报告完了，人家非给我们买机票。我问小陆子，你坐过飞机吗？他说没坐过。我说那这次就给你一个机会，让人家破费一点儿。我们坐上了飞机。我跟他开玩笑，说我这次沾你的光了，要是你以前坐过，我说什么也不能让人家破费。小陆子笑个不停。他长这么大，第一次坐飞机，高兴得像三岁孩子。

我真情待他，他也全心付出。在我工作艰难的时候，他是我最亲近的支持者。当我被授予一个又一个荣誉称号的时候，我的日子也不好过，有些人对我很不友好，有人当小陆子的面就说，这是陈先岩养的狗。小陆子的老婆听到后告诉我，气得我差点儿跑去干一仗。就是这样挨骂，小陆子也绝对没离开我半步，而是更加支持我的工作。他有时候会跟我说，师父，你当先进真难！我说，当先进也像一年有四季，有春夏秋冬。当冬天来临的时候怎么办？我们也不能穿上大衣裹在里面畏缩不前。冬天来临，加衣服、防感冒、防冻伤是必要的，但更多的是什么？要增加运动量！让身体热量散发出来抗寒，就跟打乒乒球一样，活动起来，用自己身上的热能抗击寒冷。我们的工作要不断突破，不断创新，让那些寒潮，那些冷言冷语，在运动中慢慢被感化或者消失。冬天过去了，春天总会来！

我跟小陆子这样说，也是跟自己说。

社区管理工作很复杂，管理与被管理是一对矛盾，什么样的人和事都会碰到。有好人好事，也有坏人坏事。我跟小陆子分工很默契。我一个眼神，他就知道我想干什么。有需要对付恶人的时候，需要唱白脸的时候，他就说师父，我去！比如，整治乱摆地摊儿，我在监控室里看着，指挥着，他就去清理。有的死皮赖脸不走，小陆子上去就把秤没收了。当然，最后是要还人家的，我们绝不会把秤撅断。像这些事，我就不好出面。再比如，汽车乱停，我设计了一种锁，锁住汽车轮胎，然后贴张条子告知车主你这辆车违反了管理规定。车主找到我们，说以后不乱停了，我们再去打开锁。谁去锁呢？警察干这种事不合适，小陆子就去了。有个给领导开车的司机很牛，看见条子也不来找我们，喊几个人过来，拿千斤顶把车子顶起来，换了一个备用胎。小陆子就打电话给我，师父，他们把轮胎给换了！我说，好啊，你们高高兴兴地把门打开，让他走。晚上他回来要是还瞎停，再弄把锁锁上，反正锁有的是，我看他有多少轮胎可换！最终这个司机服了。像这些事，没小陆子就不行。再说一件事，外来人口老宋夫妻俩，带孩子租住在社区。暂住人口必须登记，可我到他家去登记，他死活不开门。白天没人，大人去卖菜了，孩子去上学了。晚上他家灯亮了，我去敲门，他们装听不到。每次敲门，把左右隔壁邻居都敲出来了，陈警长你别敲了，他家不会开门！一趟，两趟，三趟，跑了七八趟就是不开门。怎么办？小陆子想了一招儿，把他家的门从外边拴住，让他出不来。他家的防盗门是栅栏式的，里面是木门，木门上有个拉手，防盗门往外开，木门往里开。小陆子弄个铁丝，把防盗门和木门拉手拴起来。第二天早上，老宋的孩子要上学，门开不开，他急了，打电话报警。我去把门给他打开，他就跟我吵。我说你狗咬吕洞宾不识好人心，我帮你开了门，你反过来跟我吵。他说肯定是你干的，你还是优秀警察呢，我在电视上经常看到你！我说，肯定不是我干的。你既然知道我是优秀警察，为什么我到你家来多少趟，你都不开门？江苏省有暂住人口管理条例，我依法做事，你也要依法居住，对不对？再说，你也有很多权益要依法得到保护，对不对？我这样一说，他蔫了，配合我作了登记。

在我当社区民警的日子里，小陆子全面配合我，承担了可能得罪人的所有工作。有人说，他是不是脑袋进水了，也不拿陈先岩一分钱，为什么死心塌地为他做事？小陆子说我不是为陈警长，是为社区。再说，陈警长也是为社区吃苦受累，我为什么不能帮他？林子大了什么鸟都有，有被他得罪的人老想整他，其实是冲我来的。有一回，有人举报他养狗没办证，这回搞得很大，电视台都来了。其实小陆子是办了证的，八百块一个。开始他舍不得，说好多人都没办，还是我劝他一定要办。我说，你跟我干了，就不能让人家抓把柄。人家抓你，实际是冲我来。我们自己一定要带头守法，你不出钱，我帮你出。他说我出！小陆子是第一个办证的，但对方想不到他会办证，所以搞了个庞大阵容。那天我恰巧不在，有人打电话给我，说治安支队来查小陆子的狗证。我马上打电话给支队的小陈，我说他有证，到时候弄出麻烦你别找我。结果，小陆子把这帮人耍了个把小时，啪地亮出证来，所有人都傻了。他们还不信，当场查验。一查，是真的。他们自己抓了个大苍蝇，只好灰溜溜撤了。这帮人本来想得很美，一打小陆子的狗，他肯定要闹，我就会出面说情。这时候画面就出来了，既打击了小陆子，也给了我好看。一箭双雕。

结果，箭是射了，一雕没雕！

小陆子把狗狗抱在怀里，让狗狗管我叫救命恩人。他说幸亏当时听了师父的话，如果没办可糟了。

后来，经我申请，文峰派出所正式把小陆子收编为协警，拿工资了。他女儿中专毕业后，也应聘到公安局，在110指挥中心做接线员。一家人过得很幸福。

再后来，我离开工作了十六年的社区，也离开了小陆子。我很想他，想我们在一起的日子。

我比他大四岁。我经常摸着他头，就像是摸小孩子。

我说，当年的小陆子现在也老了，也是一头白发了。

牡丹和芍药

我初到社区时,上门家访是与居民零距离接触的重要途径。为此,我设计了"六五四三三"。

上门"六个一"——

一身警服,一个警官证,表明身份。一张笑脸,笑眯眯。不是来抓人的,对吧?一声问候,你好!一双拖鞋,用方便袋装一双拖鞋拎着,进人家先换鞋。还有,就是一张警民联系卡。

有一项特别注意的,带着敬畏去敲门。如何敲门很有讲究,叩门、捶门、敲门、踢门,声音都不一样。你的敲声,能传递出民警对群众是什么态度。你对群众有敬畏感,敲门就不会那么粗鲁。

走访"五时机"——

一，当居民搬家的时候。人家刚刚搬到这个地方，要上门问有没有什么需要帮助。二，有事求助的时候。居民给我打电话，正是走访的好时机。三，办户口证件时。四，居民家里发生矛盾纠纷时。五，季节性区域性案件多发时。

访谈"四注意"——

一，举止端庄。二，不说粗话，不说脏话，不随地吐痰。三，尊重居民习俗和生活习惯。四，因人选择适当的交谈方式。

家访"三不进"——

一，居民家里有什么大事的时候，不要硬闯进去。还有，居民家里只有单身异性一人在家，尤其是人家不大愿意让你进的时候，不能进。二，居民休息时。三，居民急于外出时。

有求"三必到"——

居民家有难事必到，电话报警必到，有求"捧场"必到。

尽管我有了走访秘笈，真正操作起来，还会遇到各种想不到。比如，走访辛老太。

辛老太练气功走火，我想去做个家访，跟她好好谈谈，也动员她家里人做做她的工作。她的老伴儿老黄我很少见，只知道是个画家。

这天，我敲开辛老太家的门，老黄正在画画儿，一看是我，一脸不高兴。我看出他不欢迎警察进家。他一面往里屋走，一面朝里屋叫，叫你别练你偏练，这回好了，把警察练家里来了！

他这样一叫，我尴尬得手脚都没处放了。尴尬归尴尬，心里却豁亮了。看来，老黄也不同意老伴儿练，这跟我有共同语言。辛老太躲着不出来，我正好抓住老黄一起做说服工作。

老黄刚才在画画儿,被我打断,心有不悦。他不理我,提笔接着画。画什么呢?我凑上去一看,哦,几朵大牡丹,富贵又鲜艳。还等什么呀?快赞一个吧,从牡丹说起,不就接上了嘛。

我张嘴就来,哎哟,黄老,您画的牡丹真漂亮啊!

想不到,他回过头白了我一大眼,你说什么哪,这是芍药!

啊!芍药?我脖子都臊红了。这可真是丢人现眼到家了。我抓抓脑壳,不知说什么好,啊,啊,我觉得,觉得……牡丹和芍药都差不多……

哼!老黄的鼻子暴响一下,再也不出声了。

我难过死了。草草收场,像贼一样溜出门。

但是,我没死心。

我专门拜了一个画花鸟的好友王宁为师,跟他学习花卉常识。

王宁说,牡丹和芍药雅称"花中二绝",看似相同,实则不同。牡丹是灌木,芍药是草本;牡丹叶片宽厚,芍药叶片狭薄;牡丹独朵顶生,花大色艳。芍药则数朵顶生并腋生,花形较小。古人云,牡丹为花王,芍药为花相;两者花期亦不同,"谷雨三朝看牡丹,立夏三照看芍药"。

为了让我更明白,他还搬出几本牡丹和芍药的画册,一页页翻着给我讲,牡丹花瓣是一层一层的,花蕊在中间,叶子张得很大。芍药叶子细小,花瓣也单。

过了几天,我再次来到辛老太家,老黄还是在画画儿,连头都不抬。我上去来了一句白居易:"今日阶前红芍药,几花欲老几花新。"

老黄吃了一惊,抬起眼看我。

我跟着又是一句刘禹锡:"唯有牡丹真国色,花开时节动京城。"

老黄哈哈大笑,士别三日刮目相看,陈警长,屋里请!

进屋后,我又把所学好好卖了一回。

就这样,我常来常往,成了老黄的知音,最终与他一起做通辛老太的工作,让她脱离了走火入魔。

至于我为说服不交"三块三"的金老太,了解到她爱唱戏,也跑去戏馆学戏,那是另一个故事了。这里也简单说说——

金老太在宗族中德高望重,一呼百应。她对"三块三"不支持,影响了一大片。我几次家访都吃了闭门羹。

金老太为什么不支持"三块三"?原因是有关部门把社区原用于居民娱乐的附属房租给了超市,金老太有气,说这是居民的共有财产,你陈先岩有本事要回来,我就交费。没辙,我一方面设法要房,一方面设法接近金老太。我打听到她是扬戏迷,而且是一级演员汪琴的老粉丝。于是就找到汪老师,拜她为师,恶补扬剧。汪琴问明原因,深受感动,不但收我为徒,还答应专门去社区为爱好者清唱一场。当我带着恶补的扬戏唱段,再次出现在金老太面前,金老太花容绽放。我们的话题从武打到唱腔,从扮相到乐曲,说个没完没了。最后,我又爆料,说汪琴老师要来社区清唱一场,金老太当场昏倒。后来,汪琴真的来了。我的一番苦心,到底感动了金老太。她说,社区安全人人有责,陈警长,"三块三",我支持,我帮你动员帮你收!我呢,最终收回了附属房,改成老年活动站,唱扬戏,打牌,老人们快乐无比。

说到这儿,我的故事拐个弯儿,讲讲我照顾过的两位老人。谁呀?一位黄老太,一位顾老太。

居民黄老太有两处房产,一处在皮纺街,是老房子,当初是单位分给她的,筒子楼里一单间,不大。还有一处,就在社区,也不大。为争这两处房子,黄老太家里整天热血沸腾。谁啊?女儿徐丽跟儿子徐雷。徐雷下岗了,在商城里租了一个柜台,自己站柜台。徐丽在水箱厂工作,人老实到弱智,又有心脏病,不能做重活儿。她丈夫王力原来是玻璃厂车间主任,厂子倒闭后就在外面瞎捣鼓。有时候帮人家的小餐馆掌掌勺,烧两个菜。要命的他是个酒憨子,早上喝,中午喝,晚上还喝。有菜就菜,没菜白嘴。不喝还好,一喝就不是人,经常打得老婆抱头鼠窜。黄老太的老伴去世前留有四万多块现金,她总不放心。她怕两个人,一是怕儿媳妇,二是怕女婿,怕钱给他们弄去了。一会儿放这儿,一会儿放那儿,还有时候放在老姐妹孙老太那儿。后来,不知道怎么想的,非要放我这儿。这怎么办?我就叫小陆子给照个相,一共多少都照好,写个收条留给她。过后,我跟小陆子一起把这些钱送进储蓄所。黄老太不光放心不下这两样财产,还很抠,舍不得吃,舍不得穿,连自来水都舍不得喝。她中风了,我给她找了好几个保姆,最多的干三个月,最少的一个星期就跑掉了。她自己舍不得吃,也不给保姆吃。我包饺子端给她,她自己吃不掉了,剩了两个就推给保姆,说你吃吧。她中风,口水哈喇子的,吃剩的谁还吃啊?保姆不吃,她还骂人家浪费。你说谁愿意在她家干?有个保姆是苏北人,最肯干,把抹布洗得跟新毛巾似的,就是受不了她的气,只待了两个月就走了。黄老太只好住进了敬老院。

两处房子，四万块钱，好像两条咸鱼被黄老太吊在梁上。两个儿女好像馋猫，看得见吃不着，天天叫来叫去。我明白她的心思，就是拿这两样东西逗儿女玩，看你们哪个孝顺，将来我就给哪个。开始，两个儿女争孝顺，又怕落到对方手里，常常为此闹得不可开交。黄老太烦了，说你们这些不孝的，房子票子我谁也不给了，都给陈先岩！我还以为她说气话，想不到，她当真把房本放我这儿了，还写了遗书，说死后房子归我。结果两个孩子为此大眼瞪小眼，横竖看我像妖怪。其实，我心里明镜似的。我跟他讲，你们老妈年纪大了，脑子不好用，你们不要跟她计较。她非要给我，我不接着，她生气。你们想想，我能要吗？我先帮她收着，让她安心过日子。你们都放心吧，我陈先岩一不傻二不贪，将来都会还给你们。

可是，两个孩子还是经常闹。为什么？两处房子虽然一样大小，可社区这个房子好，另一处是筒子楼，不好。将来谁要这个，谁要那个，两家四个人天天到我这儿吵。我就跟他们瞪眼了，说你们别吵了！黄老太这个遗嘱是有法律效力的，如果你们再吵，我现在就把公证员喊来，当老人的面作公证。一旦公证了，房子就是我的了。我陈先岩也不要，到时候把它卖了，交公！你们谁也别想要！

我这一招儿还真灵，卤水点豆腐，两家人不出声了。我又缓和了语气，说你们都好好过日子，老太太百岁后，这些财产都是你们的，大不了平均分！两个房子面积差不多大，不就是质量问题吗？其实，你们谁有眼光的话，就要筒子楼，将来拆迁了，说不定更好。但是，你们从现在起都要孝敬老人，谁不孝敬我就不分给谁！两家人都说要好好照顾黄老太。

就这样，黄老太的家事解决了。她把财产放在我这儿安安心心，儿女们听我的话轮流照顾老人，让老人平静地走完了最后人生。我把钱取出来平分给两家，房产证也分了，女儿女婿要筒子楼；儿子儿媳要社区的。筒子楼说话就要拆迁，两家人皆大欢喜！

再说说顾老太。一天，我看见她在垃圾站捡菜叶。我问她干什么？她说喂鸡。我觉得不对，当晚就到她家去访问。进家一看，她把菜叶洗得干干净净准备自己吃。我很难过，就跟她聊起家常。原来，她是木材老板的大太太，因为不能生育，丈夫又娶了二房。二房生了儿子后病逝，顾老太将孩子扶养成人。再后来，丈夫去世，在镇江生活的儿子不认她，她一个人就从上海来到这里，借住侄子的空房。不久，积蓄用光，陷入困境。我当时掏出一百块给她，老人坚决不要。我说，我找你儿子去，你虽不是生母，但有养育之恩。老人说，别了，去也白去。我离开老人后，想来想去，觉得去镇江也许会加重矛盾，就以她儿子的名义给老人汇了五十块钱。老人收到后很高兴，专门跑来告诉我，说你是不是去镇江了？我儿给我汇款来了！我支支吾吾蒙混过去。想不到，老人又说，看来儿子跟我不亲，汇款连句话也没带。转眼又过一个月，老人又收到汇款，汇票上写着："祝母亲身体健康，生活愉快！"就是这样一句再普通不过的话，顾老太念了好几遍，直到念出泪。想起她当年含辛茹苦地把孩子拉扯大，到老了就为这样一句话高兴成这样，而这句话还不是她孩子写的，我当时强忍住没哭。过后，我找了个没人的地方，放声大哭了一场。半年过去了，顾老太按月收到汇款，日子也有生机了。一天，她接到汇款后，特意来警务室给我报喜。当时我正在写材料,她看到我的笔迹跟汇票上一模一样,这才明白钱是我汇的,当时就哭昏过去。我真不知道该怎样安慰她。我的节目结束了,不能再汇款了。顾老太拿出墓穴证,说这是丈夫生前为她买的,让我帮她卖了过日子用,说以后死了就把骨灰撒到长江里。我流着泪劝她别卖墓穴,说办法总是会有的。过后,我开始为她申请低保,居委会说她户口不在社区,申请不了。我到处托人到处跑,求爷爷告奶奶,终于把户口跑下来,给她上了低保。她每月可以领 120 块,生活总算能过下去。这年冬天,顾老太下楼摔着了,髋骨骨折。当时她已九十多岁,苏北医院从没给这么大年纪的老人做过接骨手术,再说老人也没钱做。我找到院长王静,他是人大代表,听我介绍情况后,决定手术费全免。我代表家属签了字。医院成功开创了史上最高年龄的手术先例。我陪在老人身边,精心照顾到出院。出院后,我又为她找了个保姆。老人恢复健康后,重新走出家门。可是,第二年夏天,她又摔了一跤,再也没起来。老人去世了,我像儿子一样为她操办后事,让她风风光光地走完最后一程。

　　送走老人后,我又找了个没人的地方,大哭一场。

　　为顾老太,为天下可怜的母亲!

丢人现眼

一天,老保安刘常灰头土脸地跑到警务室,进来就要给我磕头。我赶忙把他扶起来,老刘,你有什么事?坐下说。

嗨,我女儿刘燕不争气,偷东西,被派出所抓了。

啊,偷了什么?

偷的什么我也搞不清楚。

这是什么时候的事?

四五天了。

你为什么早不跟我讲?

开始没想到这么严重,嗨,她刚十六岁,往后可怎么办啊……

老刘边说边掉泪。我安慰他别难过,让他先回家。老刘是第一批参加社区保安工作的,开头两个月我没钱发工资,他照样干,给我很大的支持。居民反映也好。现在他女儿出了这样的事,对他来说就是塌了天。我无论如何要帮他。我马上打电话向当班所长了解情况,所长说她偷了一条项链,价值1700多块,已经报检察院批捕了。我一听,坏了!又问这孩子是初犯吗?所长说是初犯。我说她还不满十八岁,又是初犯,可以办取保候审啊!所长说晚啦,人已经到检察院啦,你早干吗去了?

检察长姚江原来是区委办公室主任,我很早就与他有一面之交。说来话长,我转业的时候,因为爱人在邗江区,我老家在安徽,进不了广陵区。在这之前,我联系了广陵区公安局,人家同意要我,也是我最想去的地方。可是,军转办不同意我转过来,说要么回你老家安徽,要么随你老婆到邗江,广陵不好来,政策就是这个政策。我没辙了,只好同意先到邗江。我到邗江以后,又想办法办了调动,这才来到广陵。来后,组织上安排我当区长秘书,说实话我一听头就大了。我在部队干怕了,写个小报道还好说,也写了,也发表了,甚至上过军报,可是给领导写讲话稿最烦人,经常熬到下半夜,头发都熬白了。我真怕再干这个了。当时的办公室主任姚江就找我谈话,说你这秘书级别高啊,就是半个区长,走到哪个地方人家都高看一眼,将来有前途。我说我是行伍出身,笔杆子拿不动,还是拿枪好,就让我到公安局吧。姚江说,你别先下结论,再想一想,回家跟夫人商量商量,再答复我。我回家也没商量,第二天还是要求去公安局。姚江说强扭的瓜不甜,好吧,你就去公安局吧。这就是我跟姚检察长的一面之交，相信他还记得我。再一个，扬州市那个时候已经发出了向我学习的号召，省委宣传部作出了决定，在全省政法系统里开展学习，无论法院、检察院的人都认识我。又见报，又上电视，去哪儿不用介绍，都知道我这张脸，连卖菜的都认识我。这都不说啦，检察院办公室的朱主任以前我们就很熟，在一起吃过饭。所以，我很自信，进门先找朱主任，让他带我去见姚检察长。姚检一看是我，噢，老相识了，又是当下的学习标兵，准会热情相迎。我就跟他说说情，小姑娘才十几岁，又是初犯，一旦判刑一辈子就完了，能不能网开一面啊？姚检肯定会买我的面子，说好好好，在法律允许范围内，可以考虑……

我越想越美，恨不得唱两句。

我顶着太阳，骑车直奔检察院。一进门，瞌睡来了碰到枕头，朱主任正好坐在传达室。哎，先岩，他叫起来，你怎么过来了？我说有个事想找姚检。他问你认识姚检吗？

我鼻子抬老高，当然，老熟人了！

那好，你算来着了，姚检正好在，我带你去！说着，朱主任就带我往里走，边走边说，姚检正开会呢，让我守在传达室，不让闲人进去打扰。但你是他的熟人，又是咱们学习的榜样，不算闲人！说到这儿，他又停下脚，盯住我问，你真的跟姚检很熟吗？

你就快带路吧，见了姚检你就明白了，不是一般的熟！

朱主任笑开了花，好嘞！

来到会议室外，他扒门听听，发言的不是姚检，这才把门推个缝儿，冲里面小声喊，姚检，有人找你！

姚检就从座位上下来，走出来。

我急忙迎上去冲他笑，姚检，姚检！

可是，他一点儿反应都没有，好像看见空气。

朱主任一下子傻了，脸拉成二尺长。

我脸上还顽强地笑着，姚检，姚检，是我，我是陈先岩！

大名报出来，吐字很清楚，陈—先—岩，可对方还是没反应。难道我笑得太过脸走形啦？我赶紧收敛笑容，让脸成为陈先岩的脸，姚检，我是文峰派出所的陈……

没等我再往下说，他就问，你有什么事？

我……

我没脾气了，只好讲起来，才讲了几句，他就说，行了，别说了，这事你去找批捕科！然后，转身就训朱主任，你怎么搞的！你不知道我们在开会吗？怎么什么人都往里带？啊！

朱主任小声解释，他说跟你很熟……

姚检连听都不听，扭头进去了。

砰！会议室的门关了。

朱主任的脑壳好像被门挤住，万分痛苦地扭动。

陈先岩，你，你说跟检察长熟，人家根本不认识你！我今天太冒失了！你……

我低三下四地赔着笑，朱主任，对不起，对不起，实在不好意思，让您跟我一块儿丢脸了。唉，对不起，对不起……

我都不知道说什么好了。

朱主任理都不理，只管往前冲。

我浑身哆嗦，头重脚轻。陈先岩啊陈先岩，你算什么东西！我越想越来气。

这灰头土脸的感觉，我终生难忘！

我失魂落魄地回到了派出所，进门就碰上所长。哎哟嘀！你这是……他歪头看着我，像看老怪物。

我的狼狈瞬间到达高潮。

这时，值班员忽然叫起来，陈先岩，你来得正好，刚才检察院来电话，叫你回话！

啊？我猛扑过去，抓起电话就拨。

接电话的正是姚检，先岩啊，实在对不起，刚才我开会开得头昏脑涨，连你都认不出来了！还是他们跟我说，那不是市委让我们学习的劳模吗？我这才缓过神儿，说赶快叫他上来，他们说你已经走了。唉，真对不起！你讲的那件事，我已经跟批捕科说过了，你不要再跑了，叫她家里人拿着户口簿过来，到批捕科找鲁科长。

姚检，姚检！我激动得要死，谢谢您，谢谢您！您千万别跟我道歉。这说明我平时跟您汇报少，所以您对我印象不深，该检讨的是我！您，您也跟朱主任说说吧……

姚检笑了，我已经跟他说了，说当年你转业的时候，我就认识你，是老熟人了。他一听，嘴巴张得老大，半天没合上。

放下电话，我就地蹦起三尺高。

所长歪头看着我，哎哟嘀！你这是……

我说，您就等着听好吧！

所长一瞪眼，你吓死谁！

两天后，女孩儿保释回来了。老刘跑到警务室，进来又要给我磕头，我赶忙把他扶起来。

女孩儿回来后，我把她介绍到皮鞋厂去工作。她本来没工作，在社会上瞎混，关了几天对她也是个教育。后来，她结了婚，生了小孩儿，日子过得很好。老刘呢，工作干得更好了。

他说，陈警长，拿不拿钱我都跟你干，别说你还给我钱！

我说，我也离不开你，离不开大伙儿。光靠我一人，浑身是铁也打不出几颗钉！

你丢我赔

社区安好探头配齐保安后,我顺应居民的要求,大胆提出"你丢我赔"的服务方案,跟交费的居民签订了"你丢我赔"的协议。协议内容很清楚,居民放在外面的东西如果被偷了,我们照赔或补偿。如果家里的东西丢了,我们也管。比如门窗被撬了,我们负责修理。至于家里什么东西被偷了,那是赔不了的,你说家里唐伯虎的画被偷了,我把房子卖掉也不够赔。我们只能报警,案子破了把东西还你。对此居民都很理解。但是,就算户外的自行车、摩托车、三轮车,也让我们苦头吃大了。每户光登记还不行,还要留下照相资料,你是什么车,新旧如何,只有照了相才说得清。我们为此还买了一架照相机。

这都不说，胶卷使不起。那时候不像现在，数码相机随便照，那时候是用胶卷，用了几大抽屉胶卷。先是柯达的，后来买不起了，就买乐凯的。乐凯是我们扬州产的，四块多一卷，便宜。照相也是个麻烦事，这么多车子，怎么照？我们就利用上下班时间，在门口等着。居民回家骑回来一辆，好，请你到这儿来拍个照。登记，建档，然后给他上一个牌照。照片印出来以后，贴在登记表上。每家有一个档案袋。那个工作做得很细，用了大半年时间。不认真不行，将来赔起来麻烦。

一天，我正在观音山执勤，忽然接到一个电话，是一个女人打的，比较客气比较温柔。

是陈警长吗？

是的。

我给你报告一个事。

什么事？

我的自行车在家门口被偷了！

啊？我忙问，你的车放在什么地方被偷的？

就放在楼梯旁边。

你有没有跟门卫报告？

我还没有跟门卫报告。

好，那你先跟门卫讲一讲，再在周围找一找。有时候人家把你的车挪位置了，也有这个可能，对不对？你先找一找。

我找过了，没有。你们赔我吧！

好吧，你等等，我回去就处理！

实际上，我已经怀疑她报假案。

为什么？东西真的被偷了，谁还能温柔客气？首先就去找保安，指鼻子臭骂一顿，再到我这儿来告保安的状，同时也拿我是问，陈警长，我东西被偷了，你们的门是怎么看的！先发泄，发泄完了，最后才会提赔偿。这位女同胞呢？没有发泄，只谈赔偿，而且态度很好。哎哟，反常啊。

我回到社区后，把她叫来，重新问了一遍，你什么时候发现车没了？她说，早上还有，中午回来就没了。我说，好，那说明就是在这段时间出了问题，对吗？她说对！

我高声喊道，小陆子，到我这儿来！

小陆子赶紧跑过来，师父，什么事？

你陪这位居民去看监控！

啊？这女人立刻瞪大眼睛，我们社区还有监控啊？

我说，当然有啦，如果没监控，我把家里房子卖掉都不够赔！

女人一脸茫然。她刚才一说住哪儿，我就知道她买的是二手房，入住时间不长，不知道我这儿装了监控。

我对小陆子说，这样子，你把监控调回去，放慢了看。老鼠在门口跑都能看得清清楚楚，别说大活人偷车了！

小陆子说，得嘞，师父，我慢慢放。一遍看不清，我再放一遍！

听我们这样你一言我一语，女人如坐针毡，屁股一扭一扭的，脸上出了汗。

我又说，小陆子，我还有别的事，你带她先去看，看清楚是谁偷的，我非抓住他不可！

说着，我就走了。

其实，我哪儿有什么事啊，跑到马路上瞎转悠。东看看，西看看，转了一圈儿，觉得时间差不多了，扭头直奔监控室。

一看，屋里没人。

一会儿，小陆子来了。我问，人呢？

嗨，她看见你一走，抬起屁股就跑了。

我笑了。

小陆子说，师父，你干吗要走啊？应该在这里看她出洋相。

我说，她已经知道错了，就给一个台阶下。如果堵死了，我解气了，她就会很难受。大家都住在一起，让她明白是怎么回事就行了。

小陆子笑了，要不你当师父呢！

想不到，诈赔的走了，真赔的来了。

那年，城管整治道路，把社区的一段围墙拆了。保安只有一个，要看门，又要看拆坏的围墙，眼睛哪儿够用？结果，一辆三轮车被偷了。保安吓死了，不敢告诉我。可不告诉也躲不过去啊。忍了一会儿，悄悄跟我说，警长，告诉你一件坏事。

怎么啦？

一辆三轮车被偷了。

啊？我马上把监控调出来，一看，哎哟！中午吃饭时间，一个贼把三轮车提溜走了。很明显，车是锁着的，贼一直提溜着走。他妈的，就这么给偷走了。

保安问，怎么办？

我说，赔！

我找到车主，问车是什么时候买的，多少钱。他一讲，我差点儿背过气去，好家伙，十几年前买的！是那种老早生产的，只有一点点儿大的小三轮车，早被市场淘汰了。可是，我说话算话，再老旧的也要赔。一折旧，折了 160 块。我们的赔偿协议里规定，按购买发票折旧，每使用一年折旧 15%。这是我参照物价局给公安办案出具的赔偿方式定的。同时，协议里还规定，如果居民物品被盗，看门的保安自赔 20%，"三块三"基金赔 60%，我陈先岩负连带责任，赔 20%。根据规定计算，我们赔偿失主 160 块。

这是实施"你丢我赔"以来，赔的第一辆车。虽然肝儿疼，也没办法。痛苦过后，我想了个"阿Q精神胜利法"，把这件坏事大张旗鼓地宣传出去，告诉大家，我陈先岩说话算数，说赔就赔！只要你参加"三块三，保平安"，你丢我就赔！我弄一张大红纸，写上"关于丢失一辆三轮车的赔偿公告"，像表扬好人好事一样张贴出去。事情经过怎样，赔了多少钱，如何计算的，详详细细，还把那辆车的照片也贴了上去。乖乖，居民们喜大普奔，把公告围了个里三层外三层，个个笑逐颜开，好像都拿到了赔偿金。宣传效果出奇好，本来还没交钱的居民，都跑来交钱，欢天喜地参加"三块三，保平安"。

公告贴出，赔偿金到位。这时候，出现了感人的一幕。失主死活不肯要我赔的那 20%，塞过去，又塞回来。陈警长，你为我们社区吃的苦还少吗？我把该拿的拿了就行，你的这份我不能要！我说我有责任，是我没有管理好，我应该赔。你不要我这份钱，我跟大家不好说。他说这是我主动不要的，不关别人的事。

他坚决不要，临走还喊了一嗓子——

不能让英雄流血又流泪！

哎哟，真是惊天地泣鬼神，大伙儿全听傻了。

可是，也有截然相反的例子——

过了不久，有个叫刘宏的，硬说他电瓶车被偷了，要我赔。

刘宏脾气暴躁，整天跟邻居吵架。邻居是个女的，丈夫在外地打工，她带小孩儿在家。刘宏老跟人家滴滴答答的，骂人骂得不能听。都是些小破事儿，过道摆东西什么的。邻居总来告状，我就注意上他。我发现他喜欢在门口打牌，拿自己当"牌圣"，跟他打牌的人都被他骂得如丧考妣。我说我看你打牌也不咋的，来，我跟你打！结果被我打得丢盔卸甲。我如法炮制，就你这手臭牌，能这么出吗？你会打不会打？不会打一边儿发呆去！几次打下来，他服了。我就开始把他往正路上引。我说你整天晃晃荡荡干什么？他说我送牛奶。没错，他下岗了，找了个送牛奶的活儿，天不亮就送，送完以后就没有事了。睡觉，打牌，跟邻居叮叮当当。我说，牛奶你照送，送完不是没事了吗？到我们特别行动队来，搞搞灭火训练什么的，大家一起玩不是蛮好吗？他说行！我说那你就到陆太爷（小陆子）那儿填一个表。他真去填了。后来，送牛奶不赚钱，他不干了，来到我这里当保安。有一天晚上他在院里巡逻，看见人家夫妻俩在散步，就说了句俏皮话儿，女的认为他占便宜了，两个人就斗嘴，你一句我一句，最后斗起火儿来，女的上去给他了一个大嘴巴。他想不开了，死命跟人家吵。后来又到人家里去吵。乖乖，没完没了。我调解了多少趟，叫他向人家道歉，说是你惹事在前，嘴上占人家便宜。他就是不道歉。我说你不适合在这个队伍里，你结了工资走吧。我把他开除了，他从此恨上我。"三块三，保平安"搞起来以后，人家都交钱，他就不交。我想了一个点子，把他拿住了。他常在大车库里打麻将，十块，二十块，我知道后就盯着。一天，有人报告说他又去打麻将了。我等他打了一会儿就冲进去，你们在干什么？好啊，赌博！里边的人都吓坏了。我把赌资给没收了，还说要罚款，刘宏就求情。我说好吧，款不罚了，"三块三，保平安"你是不是还没交费啊？他连声说我交，我交，我现在就交！他的钱就是这样交上来的。

这天，他突然说电瓶车被偷了，就是想来找我的麻烦。

陈警长，你不是有规定吗？你赔！

我说不是我说赔就赔。有理赔小组，大家要看监控，要有证据！

他说那不行！

我看他要吃人的样子，就自己从口袋拿出二百块，你真要，我陈先岩先给你。

你给我就要！

他抓住钱就跑。小陆子冲过来要追，这是人吗？我急忙拽住，算了，别跟他计较，二百块当风吹了！

想不到，人在做，天在看。不久，刘宏忽然中风了。没几天，他老婆又脑出血死了。一个馒头搭块糕，他老婆人很好，他在外面捅娄子，都是他老婆在后面擦屁股。我听说他老婆突发脑出血，赶快跑到医院去，当时还在抢救中，后来就不行了。

老婆死了，他还在医院吊着水。我看刘宏可怜，就发动大家捐款，我自己带头捐了五百块，跟着有不少人都给了钱。我又以个人关系，找到民政局杨副局长，向他说了刘宏家的惨状，又说他儿子是军人，眼下正在汶川地震抢险，民政局能不能去慰问一下？杨副局长当时就说我们去！当天下午民政局就来人了，又送慰问金，又给他办了低保手续，解了他的急。

打这以后，我一直照顾刘宏养病。派出所发给我的东西，我都往他那儿送。刘宏淌着眼泪，手抖抖的，陈警长，我，我……

我说你什么也别说了，好好养病吧！

有人看我对他这样关照，说这种人活该，你不要理他！

我笑笑。

你看天上云，哪块儿是一样的？就是有各种各样的云才成了天啊！

一张放火图

居民黄云在汽车公司行李房负责托运，有人举报他有职务侵占行为，公安局立案拘留了他。后来，因为取证困难，取保候审了。再后来，证据不足，案件撤销。这件事，发生在十多年前。

可是，在取保候审期间，汽车公司开除了他的公职。案件撤销后，黄云不服，开始了长达四五年的诉讼。他不服开除处分，首先需要劳动仲裁。他找到劳动仲裁委员会，人家说，你这件事早就失去时效了，我们不受理，你去法院告吧。他又跑到法院。法院说，劳动纠纷要先仲裁，仲裁不服的法院才受理，又推回去了。黄云一气之下就把仲裁委告上法院。法院受理后，判仲裁委赢，黄云输。这下子好了，把法院也卷进去了。黄云转而告法院，到市中院、省高院去告。当然，泥牛入海。黄云走投无路，回过头来又找公安局，说当年你们要不抓我，就没这个事。公安局说，不是我们要抓你，是你们单位自己举报的，举报材料都在这儿，我们有卷宗，我们是根据举报依法立案进行侦查的，后来证据不足，我们撤销了案件，还了你的清白，你应该感谢我们才对，怎么恩将仇报啊？黄云哭笑不得，说感谢归感谢，但我现在工作没有了，你们要想办法把我的工作解决了。公安局说，你的工作没有了，可不能怪我们。我们也没建议把你开除了，是你们单位自行处理的。黄云想想也是，冤有头债有主，他又找回单位了。单位呢，二话不说，搬出《公司法》来，说单位有权处理职工，处理你并不是因为公安局把你拘留了，而是你的财务比较混乱，我们处理你没错，不服你到劳动仲裁告去！

得，仙人指路，又转回来了。

于是，黄云走上了漫长的上访路。一会儿告劳动仲裁，一会儿告公安局，一会儿告法院，一会儿告公司，来回告，转圈儿告。折腾，上访，市里，省里，北京。鞋跑破了几双，历尽千辛万苦。最后，他实在没招儿了，就写了一封匿名信。

这封信真绝了，里面没字，画了一张图——

一个人拎着汽油桶去汽车公司自杀式引爆加油站！

他把这张图直接寄给了市领导，市领导还真收到了，打开一看，惊出白毛汗！立马批给公安局侦查处理。这还用得着侦查吗？很快就转到我手里。那时候，我已当选为全国人大代表。

我明白，黄云陷入四角官司，上访，写信，到处跑，实在没辙了,想要走极端。党的"十七大"召开在即,要维稳,要做他的思想工作。我领了任务,把黄云喊到警务室,见了面,我忙给他倒茶。其实,他的事我早就知道,他被列为重点人口管理我还能不知道吗?但我装着什么也不知道,老黄,听说你跟你们公司有什么纠结啊?什么情况?

我一开篇,打开了他的"嘴龙头",他哗哗哗地讲起来。不但讲,还跑回家把乱七八糟的材料复印件,抱了一大堆给我。我假装认真看。看后,我说这个事你怎么早不找我呢?我现在是全国人大代表,这个事我揽了。我说话肯定比你管用,对吧?他说对呀。我说你埋怨公安局一点儿道理都没有,你们单位不报案公安局怎么可能立案?公安局经过侦查,你没问题,就把案件撤销了,这不是很好吗?至于你被处理是公司的事。你当时不服,为什么不及时向仲裁委申请仲裁?时过境迁,人家不受理也没毛病。我问你,你现在有什么要求?他说我想恢复公职。我说你信不信任我?他说我当然信任你。我说既然你信任我,从现在开始,我来介入这个事。你放心,我肯定会给你一个交代。他说好啊!我又说但是,你必须要听我的话,在我没有给你明确答复以前,你不要再到处跑,更不要干愚蠢的事!听见了吗?他说好,我听你的。我知道你现在是名人,又是全国人大代表,有你帮助我,这个事迟早会解决。我说好吧,咱俩君子一言!

接下来就看我的了。我首先到他单位找保卫科了解开除的事,问为什么到现在也不给他平反?保卫科的人说,黄云没受刑事处理,不说明他没事。但这个事也确实难查。托运时他有的不给票,有的给假票,关键是证人难找。当事人全国各地都有，到哪儿找去？没证人就没法儿取证。他在这里头捞了不少，开除他一点儿不冤。像他这种人不处理，车站就没办法干了。

一看基层铁嘴钢牙，我就往上跑，找到交通局，利用自己的人际关系见到了局领导。局领导说这个事我们知道，说实话我们也怕他上访，太影响绩效考核了。我们也想把这个事处理掉算了，免得老提心吊胆。说到这儿，局领导放低了声音，当年决定处理黄云的是我们党委书记，现在你叫他翻过来，他感情上过不去，自己否定自己？再有，当时处理了不少人，黄云解决了，其他人怎么办？先岩，你再等等，这位书记还有几个月就退休，等他退以后再说吧。

好，这是一种解决方案。我当然不能傻老婆等汉子，还要跑别的出路。

我想，黄云为此告了法院，跟法院结了疙瘩，这个疙瘩不解也不行，万一需要法院出面帮忙了，人家不愿意怎么办？我又以私人关系，找到了法院信访办的领导。她一脸委屈，说这个事实际上跟我们没关系，现在中院和高院老是催我们办好。我一听有门儿，能不能就此结成统一战线，给汽车公司施加压力，促成事情的解决？于是，我继续前进继续跑。

在这段时间里，黄云是警务室的常客。为了防止他搞出大事情，也防止他在"十七大"上访，我叫他每天下午四点到警务室来一趟。一个是跟他交心，再一个是看他在没在家。我说我这两天天天跑，你每天下午四点钟来一趟，听听我有没有新进展。他呢，特别听话，每天下午四点钟准来。来了以后就问，陈警长怎么样了？其实，我有时候是帮他在跑，有时候也没跑，干别的了。跑了我就有的说，没跑我也编点儿瞎话，说今天又跑哪个地方了,看看那个地方怎么说。实在编不出来了,就说我今天打电话到省里了,省里说这事他们知道,马上派人来。反正,真真假假,死活稳住他。

在这一年"两会"召开之前,我专门写了一封信给省高院的院长,说这个事从和谐社会角度出发,一定要妥善处理。黄云万一走了极端,对谁都不好。院长立马派了王庭长等三人来跟我谈。后来,省法院根据我的提议,给底下法院施加了压力,大家把劲儿拧起来,一致要求汽车公司尽快解决。公司迫于压力,开了若干次协调会,最终决定,不能恢复黄云的公职,但是给他买全额保险,另外再给一些生活补贴。至于给多少补贴,让我去找黄云谈,尽量少要点儿。

我就跟黄云说,我为你的事都跑半年了,真的很累。我俩也算是朋友了,你摸摸自己的心口,组织上处理你,你冤吗?应该庆幸的是,很多证人没找到,如果找到的话你早就坐牢了,还想恢复公职?我说这些,黄云听进去了,不再跟我争辩。我见他不吱声,进一步说,你见好就收吧,我给你跑了这么多地方,大家还是给我面子的。现在拿了一个方案,你看能不能接受?他问什么方案?我说你还有年把就该退休了,还恢复什么公职啊?我也就这么大本事了,你看得起我,我也尽了百分之百努力。现在最好的方案是单位给你把保险买了,你的退休金就在社保中心拿,看病也有医保,跟有公职的人待遇一样。还有,你这些年跑来跑去,破费不少,我让公司给你一些经济补贴,怎么样?黄云听我这样说,就点点头,好吧,陈警长,那我就不要求恢复公职了,公司能不能一次性补贴我六万块?我说你省省吧,要那么多钱干吗?公司把你的后顾之忧都解决了,你还要六万干吗？少点儿行不？我俩讨价还价，最后他同意只要四万。

我满心欢喜来到汽车公司，心想这点儿钱对公司来说是小意思。没想到，公司死活不肯给，说太多了。我没辙，就跟法院院长说，我的工作已经做到这份儿上了，我就这么大本事了，这四万块钱的事就交给法院了，你们看着办吧，我没招儿了。再见！

我这一再见，嘿，事情解决了，四万块落实了。到底谁出的，我不知道，反正法院通知我去领。我把黄云带到法院，他写了一份停访息诉承诺书，领了四万块，很开心。我说你还满意吗？他说满意，满意！

这件事，结局可以说皆大欢喜。

但是，也有人不冷不热的。这件事在他们手上走了五六年都没解决，我五六个月就解决了，他们不舒服，哼，就你能！

现实就是如此，你干好了，有高兴的，就有不高兴的。不但不高兴，还要整干事的。人心都变了。

黄云的事了了，让我感想N多。很多时候，老百姓对政府有意见，不能都怪老百姓。政府工作人员如果能多为老百姓考虑，社会就会和谐。就像一位同行说的，人家够不着，你帮着抬个凳子来行不？在这方面，我还有故事。

居民赵田住江边桥下二十多年了，靠出售水泥、黄沙度日，所住的破房子属于早年落实政策搭建的临时房。时代发展了，江桥要重建。赵田不让施工，要求赔偿十万块，要不就给解决住房。施工方说他的房子是违章建筑，要强行拆除。赵田就要点煤气拼命，施工方害怕了，只好停工。市政请我出面协调，我说不管违章不违章，人家都住二十多年了，应该给些补偿。市政说违章建筑不存在补偿。我说那你们也要人家生存啊，总不能赶到大街上去吧！我为赵田据理力争，最终市政同意给些补偿。明补每平方米给三千多，暗补在江桥施工中买他的沙子。我拿着两种方案找赵田商量，赵田一算，觉得买沙子合适，比明补钱多，就答应了。想不到，施工方提出赵田的沙子不标准，只能少买一点儿用于护路。赵田一听又不干了。施工方重新测量，说赵田的破房子不妨碍江桥建设，绕过去照样行。赵田说，好吧，绕就绕，只要你们施工有响声，我就点煤气！施工哪能没响声呢？得，事情又回到我这儿。怎么办？我找到市政，要了新桥效果图一看，立刻有了主意。我从多角度照了相，然后拿着资料找到市政领导。我说你看，新桥修好后，赵家的破房子多影响景观，到时候市长来剪彩，看到桥下的破房子，会不会当场表扬你啊？市政领导说，这不是让我找挨骂吗？不行，破房子必须要拆！我趁热打铁，又找到主管市长，反映赵田家的实际困难。最终，市政府给安置了新房。赵家欢天喜地乔迁，江桥顺利施工。

再有，社区居民小崔，因为下岗，买了一辆汽车拉黑活儿。一天，两个路政执法人员以钓鱼方式抓住他要罚款。小崔就跟他们争论。居民们都围上来帮小崔说话，一时间人多势众，执法人员处于劣势，被人揪扯衣领，还有人叫着要推翻他们的执法车。我闻讯赶来，对居民们说，我把这两个人带派出所去，大家请让开！大家都听我的，闪出一条路。可是，两个执法人员说什么也不上警车。我一生气，强行把他们推上警车，带离现场。到了派出所，两个人还埋怨我。我说你们看到局势的严重性了吗？再吵下去你们要吃大亏！场面一旦失控被坏人利用，后果不堪设想。你们钓鱼执法本来就有问题，群众对此有情绪，你们要想想为什么？我这样一说，两个人才不出声了。"宜散不宜聚，宜顺不宜激，宜解不宜结"，这是我处理此类事件的做法。

对老上访户也同样，宜顺不宜激。社区有位居民孙玉珍，跟黄云一样，也是老上访户，四十岁的女人剃个男人头。她丈夫去世，单位不景气，一个人带孩子日子很困难。她没有文化，很容易受人挑唆，动不动就到市政府去闹事，社区里没人看得起她。我来了以后，喊她大姐，她都不相信是喊她。我连喊几次，感动了她。我给她安排了打扫卫生的工作，每月可以拿二百块钱，春节又送去慰问金，让母女俩高高兴兴过了年关。女儿自行车丢了，她很着急，我就买了一辆送去。孙玉珍得到尊重，也找回自尊与自信，主动跟我说再也不去政府闹了。

一天夜里，我正在巡逻，忽然发现有个黑影在社区里转。

一看，是她！

大姐，这么晚了你还不睡？

陈警长，你一个人管这么大社区不容易，我也帮你看着点儿！

过招破烂王

老王是收废旧的,人称破烂王。他自己不出去收,而是坐在家里,别人往他那儿送,他再往上送,相当于"一级站"。

我到社区以后,对这一块儿抓得很严。因为卖破烂往往是销赃的源头。当年盗窃电缆犯罪现象很严重,不光电缆,工业用铜、扣件等金属一类东西,也时常被盗。

有一天晚上,我去查破烂王。他不在,老婆在。我来到他的库房,拿手电一照,发现了一大卷儿铜丝,还有一些铜块。我问他老婆,这是什么?他老婆装傻,说不知道。我说,你不知道我告诉你,这叫工业用铜,不属于生活废旧。这些东西我没收了,老王回来你告诉他,到派出所去接受罚款。

第二天,我穿着便服正在居委会谈事,老王进来了。居委会刘主任忙起来打招呼,哎,老王,快请坐!老王的库房是租居委会的,租金不薄,所以刘主任对他很热情。我呢,因为刚来社区没见过他,他也不认识我。

老王没坐,沉着脸说,刘主任,那个房子到年底我就不租了,我不干了!

刘主任吃了一惊,你搞得好好的,为什么不干了?

现在生意太难做了,也赚不到钱。派出所新调来一个姓陈的"侉子",好凶,我在这里干不下去了!

扬州人蔑称的"侉子",专指我们安徽人。

刘主任一听他叫我"侉子",急死了,拦也拦不住,只好苦笑笑,指着我说,老王,我给你介绍啊,这就是新来的陈警长!

老王当时就傻了,两眼瞪成牛蛋。

我笑了笑,你看我这个"侉子"有多凶啊?

老王的脸一下子紫了,抬起手给他自己一个嘴巴,啪!

哎呀,陈警长,我有眼不识泰山,我有眼不识泰山!

我说,我也不是什么泰山,就是个社区民警。

刘主任接上去说,老王,陈警长是部队转业干部,刚来咱们这儿,你不认识,闹误会了。

老王连连点头,误会,误会,陈警长,您大人大量啊!

我们就都坐下来。我问他什么时候来的,从哪儿来的。他说他是兴化人,原来在村里做会计,后来不干了,带着老婆来扬州收废旧。他这样一说,我就清楚了。兴化是个大县,有好多人来扬州干收废旧,不仅有陆地上的,还有水上的,开船沿运河走,用绳子拴一块大磁铁,放进水里拖着,遇到一些金属就粘上了,有时候还能粘上硬币。我就这个话题,跟老王拉起家常。我说咱们一回生二回熟,我没你讲的那么凶。可话说回来,我不管也不行。你知道那些铜丝铜块的来源吗?那不是生活用品,是工业用品,收这些你就超出范围了。他说哎呀,不收这些东西不挣钱。我说你要晓得,这些东西很可能就是偷来的。还有人把窨井盖都收了,结果人掉下去了。什么汽车轮胎的钢圈,像这些东西都收去了,那都是偷盗的。我们防偷盗要两手抓,一是抓现形,再一个就是堵销赃。对不?老王光点头不说话。

我跟老王见面不久,就是中秋节了。晚上,老王摸到我家,手里拎个蛇皮袋,进门就说陈警长,我昨天回兴化了,带点儿老家的黄鳝给你,不是买的,野生的,是老家的土产,给你尝尝鲜。

这倒让我为难了,怎么办呢?不接不近人情,接下来往后就不好说话了。我想想,只好先接下来。我看他抽烟,这就好办。这些黄鳝最多就百把块钱吧。第二天,我买了条"红南京"香烟,花了一百多,晚上去送给他。他怎么都不肯要,我说你要是不肯要,我就把黄鳝给你拎回来。他没辙了,只好要了。

不管送黄鳝也好,还是后来送猪蹄也好,他送给我,我绝不会白吃他的。我这个人就是怪,你不管送我什么,我照收,但是我肯定会返给你一样东西。千万别以为送来还去,有交情了,成兄弟了,就会放宽管理了,那就搞错了。我该怎么管还怎么管。老王觉得跟我套近乎白搭,过了一段,他真的撤走了。

老王走了,房子空了。刘主任很着急。我说别急,办法总比困难多。我早就注意到,像老王这样收破烂的人很多,进出社区没人管。不仅有销赃隐患，安全也成问题，有时收破烂的还为抢生意发生冲突。对这个乱相，我必须整治！

这天，我发了个通知，限制从今往后任何人都不许随便进社区收废旧。社区收废旧准备采取招标方式，不设标底，谁给的钱多，就让谁独家承包。通知一发出去，收废旧的顿时炸了窝，乖乖，社区这么大，谁中了标要发财呀！

招标当天，来了好几个投标的。当场发信封，每人一个，各装各的钱，五分钟后把信封交回来，当场清点报数，谁装的钱多谁就胜出。结果，有一对夫妻装的钱最多，巧了，也姓王。他们交的承包金，大大超过了老王原先的房屋租金，居委会的收入不但没少，反而多了。

收废旧规范了，社区也安全了。

到了年底，承包人真的发了财，非要请我吃饭。

我问，你打算请我吃多少钱？

他说，怎么也花个四五百！

我笑了，好，这饭当我吃了。明年承包费怎么也要提高四五百！

说老实话，像这些收破烂的、做零工的，都是社会最底层的老百姓，他们很难。政府也好，工作人员也好，要换位思考，尽可能体谅他们，方便他们，更不要利用手中的大小权力为难他们。现在，社会风气变了，这些社会最底层的人为了生存，不得不低三下四，讨好一切需要讨好的人，想想真让人心酸。

我们社区的金花，就是这样的可怜人。

金花是外来人口，比我大五六岁。她在社区门口开了一间皮鞋作坊，一天也做不了几双鞋。丈夫特别老实，一天到晚不吭声。那个时候,我们搞暂住人口登记,每月收十块钱管理费。我到她那里登记,她总是磨磨唧唧,不肯登记,又是讲又是哭,很伤心。我说你们两个人,一年满打满算也就240块,你真有困难,就先收一半。金花认为长期住在这里,年年都交钱,积累下来也是一笔不小的开支,就想跟我打商量。为这个,她多次要请我吃饭,陈警长,我想请你吃个饭,你赏光啊。当面说,我就当面谢绝了。又叫小陆子带信,请我吃饭。我说,我已胖得痛不欲生,谢谢她。

一天傍晚,居委会华主任对我说陈警长,我有个事想跟你说说。我说好啊,什么事?他说正是饭口上,咱们弄两口,边吃边说。我说那可说好了,我请你啊。他说嗨,咱俩谁跟谁啊?走吧!

这个华主任蛮缠人的,不大好对付。我心想,他主动喊我,不去不好,弄两口就两口,感情深一口闷,也听听他有什么事。

来到社区附近一家小饭店,才坐下来,金花就像鬼影一样闪进来。我说你怎么来了?她说华主任喊我来的。华主任就接上话,对,对,人多吃饭热闹!我明白了,这是一个局。

但凡请客吃饭都是一个局,要不怎么叫饭局呢。

这时,华主任把菜单往我这儿一放,陈警长,你点吧,喜欢吃什么就点什么。

我看这个架势,肯定是金花买单,她不容易。我就点了四菜一汤,什么韭黄炒鸡蛋这类便宜菜。华主任还要点一个硬菜,我说行了,一共就三个人。华主任又说酒呢,无酒不成席啊!说完,抬起屁股就跑到隔壁超市去。我的妈呀,他拿了一瓶"剑南春"过来,这酒当年卖一百多块。一瓶酒就是一个人一年的暂住费啊。

我说你怎么拿这个酒呢?他说这是一家小超市,这是最好的酒了。我说你没有领会我的意思,这个酒太好了,我是苦命人,不喜欢喝这个酒。华主任问那你喜欢喝什么呢?我说最喜欢喝二锅头。华主任说哎呀,那才两块多。我说酒好不在钱多少,二锅头好啊,曲香纯正的粮食酒!华主任只好去超市退了,换回四小瓶二锅头,一共十块钱。

席间,我跟金花说,都说吃人家嘴软,我这个人,吃了人家嘴照样硬,依法办事一点儿也不含糊。现在有规定要收暂住费,我就必须收。你有困难,我可以照顾你迟些日子交。你的钱真不凑手了,我也可以先替你交上,这都行。但是不交是不行的。听说这项规定很快就要取消,我也希望早点儿取消。老百姓不容易,政府别再这也收费那也收费了。如果有了准信儿,我第一个告诉你,好吗?你做皮鞋,也不是特殊行业,不需要我们管,只要你好好做生意就行。有什么问题,有什么人欺负你,我肯定帮助你,你只要跟我说一声就行,不用请客破费。

听我这样说,金花掉了泪。

饭局过后不久,快过春节了。一天晚上,我家门铃响了。谁来了?华主任!他哼哧哼哧扛着一个箱子。我说你扛的什么啊?他把箱子往地下一放,你猜?说完,不等我猜,自己就把箱子打开了。

我的妈呀,整整一箱二锅头!

我当时就傻了,你给我这么多二锅头干吗呀?

你不是喜欢喝这个吗?

我的华主任哎,我哪儿是喜欢,那不是想让金花省两个钱嘛!

吃打虫药拉金条

这天,我来社区上班,只见居委会门前的空地上人头攒动。一个穿白大褂的人,正在条桌前宣讲什么。桌上放了一排试管,还有实验用的瓶子、放大镜、显微镜。哎,这是搞什么?我也挤上去听。白大褂个子不高,四十来岁,一口川音。他说他是四川绵阳医学研究所的,这次到这边来收购人体寄生虫,也就是蛔虫。他问,大家小时候吃没吃过打虫子药?听的人都说吃过吃过。连我也犯贱,说吃过宝塔糖!白大褂说,对,宝塔糖就是打虫子药。你们不知道吧?这些虫子很值钱耶!大家都惊叫起来,啊?白大褂说,骗你们我是龟儿子!

这时,我才注意到桌上的瓶子里泡着各种各样的虫,有的像蚯蚓，有的像蚂蟥，还有的像蝴蝶。说实话，我从没见过这么多虫。

白大褂说，这些虫子对人体有害，可用于医学研究又很值钱。值多少钱？我报下价啊，普通的二十块一条，也有五十块的。少见的就贵了，像这种蝶状的，一条两千块！

哎哟喂！两千块，比我工资都高。我不上班了，在家拉虫子好了！

社区里弱势群体多，下岗工人多，一听虫子能卖钱，个个把肚子捂着，妈呀，我肚子里会不会有虫啊？要有两千的就发财啦！

一时间，人们乱起来。

白大褂翘起脚喊，别乱，别乱，有虫跑不了，没虫不白跑，你没虫，家里人有啊！来，来，来，让我看看你肚里有没有虫？

他这样说，我也好奇了，他长透视眼啦？

只见他拿起放大镜，拉过一个人的手就照，哎哟，你手上的纹路真典型啊，不但有虫，而且成堆啊，能做虫子代言人了！

好家伙，平常说谁肚里有一堆虫，还不把人吓半死？现在可不，这位一听肚里虫子成堆，当时就疯了，噢，噢，我有虫，我有虫，我要发财啦！

他一疯，大家都急了，争着抢着让白大褂看手。白大褂真热情，看一个，你有虫！再看一个，你也有虫！第三个呢，有大虫！走路别放屁啊，小心把虫子崩丢了。凡是有虫的，白大褂都顺手发药，回去就吃啊，吃药免费，打虫挣钱！明天早上大便别用抽水马桶，要拉在痰盂里。我一早就到这儿来等你们，按虫论价，童叟无欺！

不一会儿，到场人人都领了药，个个儿大嘴咧成瓢。我有虫,我老婆也有虫,我们全家都有虫,哈哈哈!

我又听又看,脑壳发蒙。他发药收虫,居民有收入又利健康,这是多好的事啊。再看他发的药,正规厂家驱虫药,也没毛病。转念又一想,天底下哪儿有这么便宜的事?

第二天,我一大早就赶过来。哎哟喂,院里的景象让我哭也不是,笑也不是,只见居民们排起几大队,个个端着痰盂,捂着鼻子,还有的提溜着裤子就跑出来了。急!白大褂认真观察着痰盂里的虫子,用镊子夹出来,放进瓶子里。他旁边多了一个女助手,帮助登记。白大褂问得很详细,你叫什么名字,在哪一栋住,一一登记下来。又说,这个虫子蛮好的,值五块钱!这个虫子更好,你真会拉,值二十块钱!他说值多少钱,女助手当场就兑现。排队的居民看到前头的人当真拿到了钱,更兴奋得抓耳挠腮。喂喂,你的虫卖了多少钱?哎哟,你拉了二十条?你是猪啊!

我纳了闷儿了,天上真掉馅儿饼啦?

不是我不明白,这世界变化快!

第三天,白大褂对小有收获的居民说,你身上还有虫,是更值钱的,药量不够没打下来。居民一听很着急,那怎么办?白大褂说,我不能老免费发药啊,你们还想打虫的,就花钱买药。得,他开始卖药了,二十块,五十块。再有,收押金。他对居民说,你肚里这个虫子老值钱了,起码是两千块一条,我看了,最少有三条!但国产药打不下来,得打进口针。进口针我就不收钱了,但是我要收押金。万一你把虫卖给别人怎么办?这些居民也真傻,就信了他的话,一交好几百,最多的上千。白大褂一边儿收一边儿登记,说明天你拿虫子来,我退押金买虫子。你今天交五百，明天只要拉出一条，我就连本带利给你一千五！拉出五条你就是万元户！来啊，快来争当万元户啊！

居民听他一吆喝，都抢着交押金，一边儿交一边儿说，我明天肯定把虫子卖给你，不卖给你卖给谁啊？白大褂说，嗨，那可不一定，现在到处都有收虫子的，连国营药店都收，价钱也许比我出的还高。万一你财迷卖给别人，我这进口针就白瞎了，一针一百多呢！

他这样一说，交押金的居民就更铁心了。白大褂收完押金就打针。往哪儿打？肚脐眼儿！好家伙，居民也豁出去了，不管有多少人站在旁边，衣服一掀，肚皮一亮，来吧！

扑！就是一针。

我一看，大尾巴狼终于现形了，居民肯定要受骗上当。

我马上冲过去拦住他，嘿，嘿！你这是干什么？收什么押金？

白大褂一下子傻眼了。

交了钱的居民乱起来，陈警长，这事不用你管，你当警察管你警察的事去！

社区的一个老护士长更是亮明身份，站出来力挺白大褂，说打虫是为了居民身体健康。我说你说这话太早了，他是为居民身体健康，还是行骗，咱们要冷静分析。这样吧，打针先停下来，把押金先退了！老护士长说你真是狗拿耗子！我说哎，这耗子我今天拿定了！老护士长还要吵，我顾不上她了，转而对大家说，居民们，我们吃的是大米饭，喝的是自来水，拉的只能是蛔虫！两千块能买一条金项链了，照他这样说，等于我们吃打虫药拉黄金，这可能吗？居民们，清醒清醒吧，让我说你们什么好啊！

居民说不用你操心啦，昨天他都给我钱啦！
我问给了你多少钱？
居民说好几十块呢！
我又问那你今天押金交了多少？
居民说好几百，他明天还退我呢。
我说能退当然好，就怕明天找不到他了！
居民一听，瞪眼了，这可能吗？
我说怎么不可能？
居民不吭声了，死羊眼盯住白大褂。

因为我是警察，白大褂做贼心虚，乖乖把押金退掉。我一看，好家伙，眨眼工夫已经收了两三万，再收下去还得了！他的行医证什么的都是复印件，我问原件在哪儿？他说在宾馆。我说你去把原件拿来。我扣下他的身份证，让他回宾馆取原件。

结果，人一走就没回来。

时隔不久，派出所接到报案，在工人新村社区，白大褂收了大笔押金，第二天老头儿老太端着痰盂再也找不到人。从早上一直等到中午，大便臭死了，只好倒掉。有的人还舍不得倒，端回家臭了两天。

我们社区可比工人新村大多了，要不是我出手快，居民损失就惨了！现在可好，不但没损失，有的还得了小利。

居民们听说工人新村被骗了，个个儿大惊失色。老护士长却不信，说我瞎诈唬。这天她去买菜，我主动喊她，护士长您慢点儿走，我跟您说说。她像见了大妖怪，扭头就走。谁知第二天她见到了我，离老远就招呼，先岩，先岩，喊得亲亲热热。

有人悄悄告诉我，她刚才去工人新村啦！

这帮家伙

这帮家伙都有谁?

白瓷八、马三、疤四、小光头和小平头。

白瓷八是当地带黑社会性质的人物。我来社区的时候,他已经被逮捕了。但残渣余孽还有,马三就是一个。他一报白瓷八的名字,别人就哆嗦。马三主要的罪行就是强收保护费。社区有一家歌厅,他经常到那里收保护费。我来了以后,重点打击收保护费。我跟歌厅老板说你不要信邪,不要给他什么保护费。老板害怕马三,当我面说不给了,背后还是悄悄给。我知道后很生气,把他叫来,说就是你们这些人把他喂大的!从今后你再也不要给了。别怕他,我给你撑腰!后来,马三去过两趟，没捞到好处。本来心有不甘，但是电视上对我的宣传很多，他知难而退。

有一天晚上，快十点了，我跟小陆子他们正在值班，忽然看见歌厅那边一下子来了五六辆出租车，停到门口后，每辆车里都下来三个小伙子。情况不对啊，怎么一下子冒出这么多出租车？正说着，又来了五辆出租车，又下来一帮人，一个个好像袖子里还藏了东西。我跟小陆子说你赶快打电话报警，就说这边儿要出大事！说完，我一口气跑到歌厅，往门口一站，横在那里。

我是警察，你们要干什么？

带头的小光头晃过来，警察怎么着？你少管闲事！这是我们跟他个人的事！

我说有什么事到派出所去说！如果你们今天想要进去，除非把我陈先岩打死了，从我身上踏过去！

小光头一听，陈先岩？哎哟，这是电视上老宣传的人啊，他嘴就软了。实际上，这些家伙欺软怕硬，你真比他狠，他也就软了。他知道跟警察斗没好处。道上人说，跟警察斗就是跟天斗。就在两下僵持的时候，远远的警车开来了，警报拉响了。小陆子报警成功。小光头听到警报响，慌了。他们中间有人喊，我们还等什么？赶紧撤吧！小光头说，撤！于是，所有的车都发动起来。他们走了以后，我出了一身冷汗。乖乖，今天真要是动起手来，恐怕要出人命啊！

疤四当年也曾与白瓷八一起称霸，后来被劳改了。释放回来后，他跟我说认栽了，愿意好好过日子。我说好啊，就帮他搭了个棚子，让他摆摊儿卖西瓜。他家比较困难，我又把他岳父岳母收编了,让他岳父看大门,岳母在社区扫地,都派上活儿,有些收入,一家人的生活就平稳了。昔日称霸的疤四,就这样被我"怀柔"了。类似疤四这样劳改释放回来的,还有一个叫阿丹的。他因为打架被判了六年,出来后没工作,社会上不三不四的人又来找他。他父母很着急,我也很着急。我跟阿丹谈话,从他父母春节探监说起。那年春节前,两位老人千里迢迢来探监,赶到的时候,时间已过。天黑了,刮着风,在新年的鞭炮声中,他们互相依偎着取暖,在痛苦不安中,在饥寒交迫中,度过大年三十……我的话让阿丹落泪,他说要好好过日子孝敬老人。我为他媳妇解决了户口,使他孩子上幼儿园免了赞助费。当初我为此写了好几页申请材料,同事们都说,你别白费工夫了,写了也不会批。但我坚持争取,最终感动了领导,破例批了。接着,我又为阿丹的生计奔忙。有关部门给我盖了警务室,我分出一块儿给阿丹当门脸儿,做点儿小生意。我问他想卖什么?阿丹说院里老人多,我开个寿衣花圈店吧。我说使不得,不死也让你吓死了。后来,阿丹开了个肉店,生意很好。有一天,工商来了,说无照经营,要他停业。我跑到工商去,说这是他的饭碗。工商说,你给他这个饭碗,我们的饭碗就丢了,他必须办照。可是,办照就要有经营地点房产证。警务室没房产证,我到处跑求爷爷告奶奶,说挽救一个人走上正道不容易,最终说服有关部门,给阿丹办了照。阿丹的肉店越开越好,又添上蔬菜,老婆也参加经营了。家里的两位老人感动得给局里写了感谢信,还非要给我一千块钱。我不收,他们就长跪不起。

话扯远了。白瓷八还有个弟子,也是个小平头,十八九岁,个子长得挺高。他来到胡老板开的浴室洗澡，洗完后竟然想敲诈，说放在衣服口袋里的七百块钱被人偷了，非叫老板赔，还报了警。胡老板没辙就打电话给我。我一看，哎哟，是胡老板求助。当初他叫电工为我的警务室接上了电，后来我几次给他电费他都不要。我跟他说有需要帮忙的就找我，他也从没找过。看来，今天他真有麻烦了。我赶到后，胡老板就跟我诉苦，说这家伙经常来洗澡，从不给钱。今天他不给就算了，倒来要我赔他七百块！

我问小平头，你的钱是怎么丢的？

他说是放在衣服柜子里丢的，柜子被撬开了。

我来到衣柜前仔细查看。门上有个锁，的确是被撬开了。可是，我再细看撬痕，发现了问题。

我马上把他喊过来，你老实说，这锁是不是你自己搞的？

我吃饱了撑的？

好，不是你对吧？现在你给我看清楚，锁舌朝里弯还是朝外弯？

朝外弯。

好，朝外弯是吧？你再看啊，我现在把锁舌还原，把门锁上，我再从外面把它撬开，你看看锁舌朝哪边儿弯？

当场一撬，锁舌朝里弯了。小平头眼睛直了。

我大声问，锁舌朝哪边儿弯？

小平头不吭声。

你说不说？啊！

……朝里。

我啪地一拍柜子，你好大胆，竟敢伪造现场！你拿钥匙打开门后,用手把锁舌朝外一掰,就去敲诈人家,是不是?

小平头还想耍赖,说没有。

你还敢说没有?现场你已经看过了,这个小儿科你不要跟我玩!再说,你那七百块是从哪儿来的?

是我妈给的。

你妈什么时候给的?

昨天给的。

好,我马上打电话给你妈,问她是不是给了你这么多钱!

小平头不吱声了。

实话告诉你,就凭你伪造现场报假警,我现在就可以把你带派出所去!

别,别……

这小子吓得往地上一跪,我以后再也不敢了……

小平头被制服了。

其实,别说小平头这样的下三滥了,谁想跟我耍赖都没好果子。有几个企业老总的驾驶员,仗着跟我们派出所领导关系密切,在另一家浴室洗了澡不但不给钱,还把老板打了,把浴室砸了。我向所长报告了情况,所长半天没吭声,我把帽子往桌上一放,说如果不依法查处,我这个警察就不当了!所长叫起来,谁说不抓啦?于是,这些仗势欺人的家伙都得到了应有惩治。

小平头被制服后不久,又有四个家伙故伎重演,也说钱放衣柜里没了,让胡老板赔。其中一个自称是副市长的侄子。他们在浴室里洗完澡后,住了一晚上,第二天说衣服里的两千块钱没了。胡老板只好再次找我。他说以前这些家伙没少找麻烦,我都私了了。这回他们的胃口太大了,实在没办法。

我来到浴室,只见四个家伙还睡在里面。我问你们是什么地方的?叫什么?其他三个都老实说了,剩下这个家伙说,我叫王什么,我父亲是谁谁。我说你们的名字都报过了,现在该轮到我报名了。我叫陈先岩,本社区警察。你们是什么情况我很清楚,你们少跟我来这一套!要生是非,在我这儿搞错了地方!我指着那个姓王的家伙说,你刚才讲你是王副市长的侄子对不对?我告诉你,王副市长当年当综治办主任的时候,我们就打过交道。你叔叔我也认识。你的父辈都是领导干部,你不为他们争光,反而到这儿来偷鸡摸狗,学地痞流氓那套,你还好意思把他们抬出来说。你信不信,我现在就给王副市长打电话,叫他亲自来领人!

这小子马上叫起来,别,别打电话,千万别打电话!陈警长,我在电视上经常看到你,我有眼不识泰山,对不起了,对不起,我们现在就走,那钱不要了……

这帮家伙溜了以后,我问胡老板,你怎么惹上这些人啦?

胡老板说,嗨,我没惹他们,他们是受雇来炒我堂子的!

啊?是谁雇他们来的?

春光浴室的老板呗!前几天他派人来找我,让我跟他一块儿涨价。我没理,也没涨价,所以我的客人就多,他就叫人来收拾我。

我一听,好啊,拔出萝卜带出泥,这回我又有事干了!

无锡警察的故事

妙光塔下一金鹏

妙光塔,始建于北宋雍熙年间,七级八角高挑,楼阁飞檐凌空,巍然屹立于无锡南隅河畔,乃南禅寺内一胜景。明代诗人冯善有诗赞:"十里传闻金铎响,半天飞下玉龙来。"

无锡古城寺院林立,"梁溪十大名刹,首惠山,次南禅"。沧桑历尽,各留遗憾。惠山寺有寺有塔却无佛,崇安寺有名有塔却无寺,祥符寺有寺有佛却无塔。唯有南禅寺,有寺有佛又有塔。宋代两朝皇帝为南禅寺塔赐名,宋仁宗赐南禅寺为"福圣禅院",宋徽宗赐塔为"妙光塔"。"南禅宝塔"遂成为"锡山八景"之一。

南禅寺的地位,得益于妙光塔的存在。相传建塔与治水有关。无锡旧时多水患，百姓惶恐，商贾堪忧。有僧持钵而来，对众人曰：水患系蛟龙作祟，宜建浮屠镇之，遂召集众人募化建造而成。"青瓦粉墙，宝蟠绝顶，飞甍凌空，金铎入云"。

闲笔写罢妙光塔，回头说说"妙光塔下一金鹏"。

看字面，好像是：妙光塔下飞来一只金翅大鹏。

不对。

也对。

说不对，此金鹏非金翅大鹏也，乃一社区民警，姓金名鹏。

说对，在社区百姓眼里，他就是一金翅大鹏，振羽飞来送吉祥。所以被老百姓评为无锡市十大爱民标兵。

哎，民警金鹏，怎么跟妙光塔连上了？

你问的，也是我想知道的。

咱们一起听听金鹏怎么说——

1998年12月，我来到南禅寺附近的一个社区当民警。这个社区的名字真好，妙光塔社区。为什么这样叫？因为社区就在妙光塔下。抬头见塔，巍然屹立；低头还见塔，水中塔影更秀丽。我来到社区，扎根社区，所以——

妙光塔下一金鹏。

说起来好听，这金鹏可不好当。

我以前没做过社区民警，倒是做过五年特警。特警是对付坏人的，社区民警是服务百姓的，老经验不好使。你要得到老百姓的认可不是那么容易的事，要靠自己摸索。慢慢地，我有了体会，社区工作重点是抓好两大块儿，一是社会治安，再一个是邻里关系。说白了，就是让老百姓的日子过得放心、舒心。

我先说说社会治安。当然，是讲故事，而且是两个故事。

妙光塔社区原有三千多户居民，随着改革开放，外来人口如潮涌来，本地居民成了房屋出租户，房产中介公司一家接着一家开。人多了，治安问题就来了。抓治安首要任务是管理好外来人口，建立入住登记，签订治安责任书。有的人说，我把房子交给中介出租就好了，哪有那么多事要办？我就挨家挨户讲道理，跑断腿，磨破嘴。你家万一住进个杀人犯你怕不怕？别说杀人犯了，来个强奸犯怎么样？老百姓一听，乖乖，两眼瞪成大汤圆，赶紧到我这儿登记。通过登记，我也让租住户明白，你住在这里我为你服务好，同时我也要监督你。

除了建立登记制度，我还发动门楼里的老头儿老太太当我的情报员。平时我为他们服务得好，储蓄了感情。现在，我一发动，个个儿都上心。金警官，这家人白天睡觉，晚上出去，不正常！金警官，这家人夫妻俩带个小孩儿，每天正常上班！

好了，我心里有数了。哪个放心，哪个不放心。

有一天，居民刘老头儿跟我说，他家旁边有一个出租户，男的是东北人，女的是无锡人，这俩人老吵架，不会有什么事吧？我说，刘大爷，多亏您提醒，这个东北人没登记，我正要找他呢！

说完，我就去了。到了地方，敲门进屋，男的不在，女的在。我问她，你俩是什么关系？

女的说，他是我的丈夫。

说实话，我比较人性化，你说是你丈夫，这话是不能随便说的，我不会逼你拿结婚证。我就说，你丈夫能不能登个记啊？

她说，登什么记？自己家人还要登记啊！

好吧，不愿意我也不勉强，绕个弯儿，找到女房东王姐。我问，那女的是你什么人？

王姐说，是我表妹。

我说，这可是你说的，我要记录在案，几月几号，你说租户是你表妹。

她听我这样讲，欲言又止。我猜她说谎了，也不好当面揭穿，要给她留面子。我自己多个心眼儿就行。

但是，事情就这么巧，过了十来天，四个东北女人找到我，人高马大。其中一个拿着结婚证，说这上面的男人是我丈夫，现在失联了。我得到了可靠情报，他就住在你管的社区，你要帮我找！

我一听，又是失联又是可靠情报，来者不善啊！再一看结婚证，哎哟喂，正是没登记的那个东北男人！我脑瓜转了转，要息事宁人才好，不管她们是从哪儿来的，都是老百姓。既然找到我了，我就要对她们负责。我说，好好，你们留下手机号，先找个旅店住下，我帮你们找，找到后告诉你们。

她们走了以后，我马上找到王姐，你不是说那个女的是你表妹吗？你表妹说那个男的是她丈夫。现在好了，人家老婆拿着结婚证找来了，你去接待一下吧。

王姐傻眼了，说金警官对不起，我错了，我骗了你。

我说，你是成年人，要承担责任。我的身份是人民警察，你怎么能随便骗我呢？你表妹勾引人家丈夫，你还提供房子，人家老婆当然要找你算账。其实，她根本不是你表妹，你说你冤不冤？

她说，我肠子都悔青了，这可怎么办？

我说，两个办法，一是我来处理，一是你自己去见这四个东北女人。

她说，妈妈呀，她们还不把我当饭吃了？还是麻烦你吧。

我说，那也可以。不过我要先处理你，你说了谎，没按无锡暂住人口管理条例办，要罚你款！

她说，我认罚，我认罚。

我说，罚款也为了让你长记性。

她说，我长记性了，以后再不说谎了。

我说，王姐，你是社区居民，我是社区民警，妙光塔下一天见好几回。本来嘛，按规定你要交出租房收入，还要罚月租金的五倍。你月租金一千，要罚五千。现在，你的房租我也不叫你吐了，也不罚你五倍了，就罚你两千块。你有没有意见？

王姐说，我谢都谢不过来，金警官，你真是个大好人……

说着，她就哭了。

我赶紧递纸巾给她。

接下来，我又找到那个东北女人。我说，你丈夫我找到了。但我有一个要求，如果你按我的要求做，我就告诉你。否则，我也可以不告诉你。因为你们感情上的事情，不是我们管。

那个东北女人说，你说吧，我按你的要求做。

我说，好，你给我写个保证书，你丈夫愿意跟你回去就回去，如果不愿意，你不许在这里闹事。

那个东北女人说，行，我不闹事，我写。

我拿着她写的保证书，把那个东北男人单独约出来，跟他讲了这件事，还给他看了保证书。我说，你没按规定登记，本来该受处罚,现在给你一个改正错误的机会,就是处理好你老婆还有你无锡女伴的关系。你也给我写下保证书,保证不闹事。

东北男人问,金警官,你跟我老婆说我在这儿找女伴了吗?

我说,你以为我脑子进了水吗?那是要命的话!

东北男人说,谢谢你金警官,我写保证书。

东北男人写了保证书,又补了外来人口登记,我就把他老婆住的旅店告诉了他,你快去吧,一日夫妻百日恩!

东北男人一去,再也没人找过我了。

风平浪静,妙光塔铃声悦耳。

你问我他们是怎么处理的?我也不知道。

不闹,就好。

我再讲一个——

有一天,居民顾老太太找到我,金警官,我家楼上有个租房子的人很怪,我从没看见他住过。他花钱租房子干什么?也不睡觉,也不见人影。

我说,顾老,您留心帮我个忙,只要有动静,马上给我打电话。

顾老太太说,行,我就当个"地下工作者",我老看电视剧,知道怎么当!

这天下午两三点,老太太打来电话,说,来人了!

我马上赶去,上楼敲门。我印象很深,这家一进门是厨房,再进去是客厅,往里再走是一个房间,房间里有阳台。开门的是个女人,我一进去就感觉有个人影往阳台一闪。

我问她,你是哪里的?

女人说我是本地的。

我说身份证拿给我看看。她拿给我看了，没什么问题。

说实话，本地区有前科劣迹的都挂在我的心上，这叫明的。孙猴子跑不出如来佛掌心，一举一动，隔壁邻居一问就知道了，跑不掉。但是，出租户里住的是人是鬼，脸上又不写字，是暗的。发现暗的要靠功夫。我进屋时感觉有人影往阳台闪，我就往阳台走去。到阳台一看，果然，一个男人坐在那儿，两眼看着窗外。

我说，请把身份证给我看看。

他回头说，我身份证被偷了。

我问，你叫什么？他吞吞吐吐。

我说，好吧，你要早点儿补办身份证啊。说完我就走了。一出楼门，马上打电话叫增援。

这时，这个男人也出来了，一脸惊慌。我迎上去问，你去哪儿？他一看见是我，扭头想跑，我上去一把揪住，你跑什么？他抬手就是一拳。嗬，跟老特警玩这套！我低头躲过，顺势一个抱臂摔，甩了他个满地滚。

紧跟着，警笛大作，增援赶到了。把这家伙带到派出所一查，原来是从东北监狱里逃出来的罪犯！

这个故事简单吧，嗨，这才是上集，还有下集呢。

过了些日子，顾老太太再来找我，说房东把房子又租给了一个广东人，这个人也是不来住。我说，您继续做好地下工作。顾老太太说，行！

这天，还是下午两三点，老太太来电，说来人了！

我赶过去，一敲门，很快有人开了，正是那个广东人。我说要登记身份,他很配合。我一看,他把房间当仓库了,里面堆了很多东西,百货、文具、化妆品,什么都有,大包小包。突然,几个黑塑料袋吸引了我的眼球。这几个塑料袋,捆得严严实实,黑漆漆地堆在客厅角落里,很像毒品。

我一下子紧张起来,这是什么?

广东人也紧张起来,支支吾吾。

我立刻后退两步。想不到,我退,他跟。

我大声说,你退后!

他不听,还往前凑,一只手还往兜里掏。毒犯有枪的不少,这可不是闹着玩儿的。我急了,打开手机叫增援,谁知他过来就抢。我一看不好,转身冲进厨房,抄起一把菜刀。

你别过来,再过来我砍死你!

那时候不像现在,有单警装备。我当时是赤手空拳,幸亏熟悉房间结构,冲进厨房抄了一把菜刀。

听见没有,你再过来我就砍死你!

广东人结结巴巴地说,不要拿刀砍啦,很疼的噢!不要打电话叫人啦,我……我掏皮夹,给你拿点钱去喝茶好啦……

我说,你少来这套,蹲下,两手抱头!

他乖乖照做了。

我反而纳闷儿了。这么多毒品是死罪啊,他怎么乖成这样?

后来,增援赶到,把塑料袋打开一看,嗨,全是黄碟!

原来,这家伙以卖百货生意为幌子,暗地批发色情光碟。他有一个小本子,详细记录着每笔交易。我们照单请客,把那些违法售黄的摊主一个个都抓住了。

其实,在我的社区民警生活中,这样的惊心动魄并不多见,更多的是鸡毛蒜皮家长里短,调解纠纷大事化小,让街坊邻居心平气顺过日子,妙光塔下常妙光。再有呢,就是力所能及帮老百姓解决点儿实际困难,人家不容易。如果这老百姓是你爸你妈,你又会怎样?

举两个小例子——

社区有几排老平房,八十二岁的余老汉就住在这里。他性格孤僻,打了一辈子光棍儿。这天早上,天下小雨,他拄着拐棍来警务室找我,说隔壁孙老太破坏他的房子,眼看房要塌了!

我吃了一惊,急忙跟他回家查看。两间小房,黑咕隆咚。靠里边儿一间整个墙都湿了,有一条缝儿往下流雨水。这堵墙后就是孙老太家。孙老太也是单身一人,腿脚都抖了,怎么还能搞破坏呢?我一打听,原来两家积怨已久。为什么?当初盖房的时候,孙家老汉就说余老汉的房起高了,挡了他家的风水,两人为此还干了仗,谁也不服谁。后来,孙老汉得病死了,孙老太钻牛角尖,说是被余老汉的房子害的。于是,她隔三差五跑过来叫,老光棍儿,我要把你房子推倒!

这两家儿,隔着两堵墙啊。屋里一堵,心里一堵!

我说,余大爷,我看了,您这墙是年久失修!

余老汉瞪起眼,不是孙老太搞破坏?

我笑了,她是孙老太,不是孙悟空。

眼看着余老汉的房漏,我不能不管啊。怎么办呢?一着急,想起一个人来,谁呀?社区外来户老黄。

老黄经营沙子水泥外带土建零活儿。当初办营业执照的时候,他跑前跑后,腿跑短了也没办成,还是我出面找了工商,这才拿下。老黄多次想请我吃饭,嘴皮子都说薄了也没吃,更别提红包了。老黄心里不落忍,一见到我就说,金警官,以后您有需要帮忙的事就叫我。我说,得嘞,哪天我盖大别墅就找你!现在,我真要找老黄了。

这天上午,我看见余老汉出门了,就赶快找到老黄。老黄见我找他,喜出望外,金警官,您要盖大别墅了?

我说,是啊,是啊,你有工人吗?

老黄说,有,有!什么时候开工?

我说,现在就开工。你带工人先帮我修一堵墙,我看看手艺。

老黄说,您就瞧好吧!

我领着他往平房走,指着余老汉家说,你看见没有?就是那堵墙,你帮忙修一下。说完,我又嘱咐一句,等会儿余大爷回来,问是谁让修的,你就说是他家隔壁孙老太请你修的。

老黄一听,眼珠子差点儿掉出来,金警官,您这是演的哪一出啊?

我说,你别问了,就照我的话说。

老黄翻翻白眼儿,带着工人干起来。

余老汉外出回来,发现自家门外热火朝天,搬砖的,弄沙的,还有扒墙的。啊?孙老太动真格的,叫人来拆我房啦?这还了得!他紧走两步,大喝一声,住手!

没人住手。

余老汉赶到房前一看,哎哟喂,这哪儿是拆房啊,这是谁在给我修墙啊。把外层的破砖烂砖扒下来,重砌一层新砖,结结实实,漂漂亮亮。余老汉乐得合不拢嘴。

老黄迎上来说，余大爷，您回来了？您打开门，叫工人从里边儿抹一层水泥，保证光滑成镜子面儿，再涂上大白粉。

余老汉说，慢着，我先问问，这是谁请你们修的？谁出钱？

老黄往隔壁一指，是孙老太！

余老汉一下子傻了。

老黄说，以后你对人家客气点儿，不要老记仇！

余老汉嘴唇哆嗦着说不出话。

当然，纸里包不住火，我这个小把戏很快露了馅儿。但从此后，余老汉和孙老太和睦相处，胜过远亲。

事后，我跟老黄结账，他死活不要，还说，金警官，只许你做好事，就不许我做一回？

你看，就这样，矛盾化解了，街坊邻居心平气顺了。

再说个例子，讲讲真心帮老百姓——

前两天，社区居民杨大姐找到我，说金警官我有个事想求你！

我问什么事？

她说，前两年她买了一套房子，中介公司姓王的说能帮我补交社保，补齐了我到退休就好吃社保了。我就把钱给了他，两万七千块。我给他了，他就没回音了。我打他电话不接，找他人也不见。

我说，杨大姐你别着急，你把他手机号给我。

我拿到手机号后，用派出所座机打过去，姓王的接了。

我说，我们现在接到一个姓杨的大姐报案，说你拿了人家一笔钱，没帮人办事也不肯还给人家。

他说，没有啊，哪有这种事？我几次打电话叫她来拿她都不来，反而去报案，难道我还诈骗她吗？

我说，哦，是这样啊，那是她理解错了。她现在就在我旁边，让她跟你通电话，你别挂！

我就把电话给了杨大姐，电话机上有个免提键，我按下来，也跟着听。

姓王的说，杨姐，你什么时候有空儿来拿钱？

杨大姐说，我现在就有空儿，要不我现在就过去，你在哪里？

姓王的说，现在几点了，这么晚了，明天再说吧！

我一看表，才下午三点，哪里晚啊！

杨大姐问，明天什么时候，到哪里？

姓王的说，明天中午，你到东桥易初莲花超市门口……

我实在听不下去了，啪地抢过电话来，你叫人家到超市门口去干吗？你把钱还给人家，要不要叫人家写条？难道站在那里写？你别烦了，为了你们双方都好，明天上午九点到派出所来，你把该带的钱带好，到派出所交接，听见没有？你要不来，我们就去抓你，你跑不了！说完，我啪地把电话挂了。

杨大姐说，他以前就是这样忽悠我的，说到这里他不来，说到那里人找不到，今天要不是你说，我明天肯定白跑。

我想想还是不踏实，怕这家伙借故不来，我就拿手机发个短信给他，说杨大姐是到派出所来求助的，你明天九点钟必须到派出所来，把这个事当面了结。如果你不来，我们就正式受案处理，不会跟你客气！姓王的马上回了个短消息给我：好的。

结果，第二天早上九点钟，他准时来了，把钱如数还给了杨大姐。

过后，杨大姐对我千恩万谢。

我说，这谢什么，我不过打了个电话。

她说，金警官，昨天你一把电话抢过去说，我就知道今天遇到贵人了。对你来说，就是一个电话的事，对我来说腿都跑断了也解决不了。我怎么能不谢谢你呢？要是警察都像你这样，老百姓就没愁发了。

杨大姐的话对我是感谢也是提醒，我们对老百姓的需求，多用一份心，多走一小步，就可能帮他们把事情解决。对你来说，可能就是一个电话的事，对老百姓来说可就是大事。不要让他们一趟两趟地跑。退一万步来说，你尽到力了，事情就算没解决，老百姓同样会感激你。人心是秤一点儿不假，人家能感觉到你是真心实意帮他，还是敷衍了事。只有真正把老百姓的安危冷暖放在心上，及时了解他们的所思、所盼、所忧、所急，才能赢得老百姓发自内心的拥护和支持。

李老师，大道理不讲了，还是讲故事吧。

我讲三个帮助老百姓的故事——

社区六号楼有两家人，一个住楼上，夫妻俩，男的是个农行职员，叫刘广。一个住楼下，也是夫妻俩，女的叫艾并，是小学老师。艾并爱生病，整天不上班。男的叫罗索，是粮食局的公务员。罗索很啰唆，单位领导见他都怕，说你最好不要在我眼前晃，我看见你就头晕。

刘广家漏水，漏到罗索家。罗索上去两次碰不到人，就去居委会告状。居委会把楼上楼下约到一起谈，楼上蛮好，说我承担责任，但我也不懂怎么修。居委会通过电视台《阿福帮忙》的节目，请个师傅来修。修好以后，过段时间又漏了。楼下上来敲门，咚咚！

什么事？

你家又漏水了！

没办法，你凑合过吧！

嘭！把门关了。再怎么敲也不开了。

楼下的罗索很生气，后果很严重。怎么严重啦？电表箱在楼下，罗索找出老虎钳，咔吧！你凑合过吧！

楼上的刘广赶上调休，正躲在家里看大片儿，刚到要紧处，两眼突然失明了！再一感觉，不对啊，整个儿屋子都穿越到白垩纪了。他以为电表的保险丝断了，拿起老虎钳下楼。一下楼，正看见罗索的鬼祟身形，他怒火中烧——

哪里跑，看钳！

于是，短兵器挥舞。才两个回合，罗索左眼中招，鲜血突突，老虎钳也掉了。他忍痛还击，一个老拳勾去，正中刘广鼻梁，血流如注。两人同时发出惨叫。

邻居见义勇为，急电110：110杀人啦！

您倒是点个逗号啊！

闻听这声吼，全楼人都蹦出来，杀谁啦？

谁也没杀。罗刘对决，各受其伤。

110把这事交给了我。我先带他们去医院，又为他们调解。不行，双方态度都很强硬。我说你们各自先把伤养好，养好后我带你们到法院去做鉴定。

养伤期间，我也没闲着，赶紧找人修漏水。这个毛病不彻底解决，还会引发二次大战。我联系了几家维修公司到刘广家现场比武，看谁能彻底解决漏水。工钱不是问题，刘广不出我出，关键要一劳永逸。重赏之下，必有勇夫。还别说，高手在民间，真有一户接下了这活儿，还说保五十年不漏。刘广说，用不了五十年这楼都得拆了，保那么长时间没用。行，这工钱料钱我都出了！

漏水大事解决了，接下来就解决打架的事。一个鼻梁，一个眼眶，楼上楼下俩伤兵。市局法医对我说，看来楼上的伤得比楼下的重，可能会构成伤势，最起码是轻伤。听法医这样一说，我就拼命做楼下的工作。我说，楼上比你重，你赶快赔点儿钱，万一鉴定下来，构成轻伤，人家不要你赔钱，要你坐牢，你这个公务员的身份就保不住了。楼下一听有道理，虽然他在单位混混的，公务员的身份还是值点儿钱。他就跟楼上的谈赔钱，谈到两万块。

我跟楼上的刘广说，两万可以了，你就拿着吧！

想不到，他还尾巴翘起来，啊哈，不是要断电让我当恐龙吗？怎么，服软啦？

我说，远亲不如近邻，你就收下这两万，签了调解协议得啦！

刘广说，慢，我们夫妻俩还要商量商量！

我说，过了这村没这店，协议书不签，万一楼下反悔呢？

刘广说，还能反到天上去？长翅膀了吗？

两天后，楼下的罗索果然反悔了，说我也要做伤势鉴定，我现在视力不好。

结果，鉴定一做，法医又说，哎哟，可能楼下的比楼上的还严重!

啊?结论反过来了!我前面的工作白做了。

刘广一听不服,上次法医不是说我重吗?怎么现在变成他重了?

法医为了堵他的嘴,就来了个三堂会审,法院的,检察院的,医院的主治医生,三方都到了,都说楼下的比楼上的严重。

刘广还是不服,夫妻俩跑到市纪委去告。市纪委找到我,小金,你帮帮忙,他到纪委来闹,我们不当回事儿不好,当回事儿又不是我们能管的。求你帮帮忙做做工作。楼下的两夫妻一看,你们到市纪委去闹,好啊,我们就到你农行行长办公室闹,拿着血衣去!

你也去闹,他也去闹。结果,双方单位领导都来找我。农行行长说,金警官,我们实在没办法,你一定要帮帮忙,这个事把我头都搞大了。粮食局的头儿更逗了,说金警官,你要帮帮忙,光是一个啰唆我就头晕了,现在又来个叫刘广的,真要把我逼疯了。要不,你去我粮食局当局长,我不当了,在你这儿当警察得了!说着,一屁股坐下不走了,端起我的茶喝上了。

我答应了二位,把刘广叫到派出所,整整跟他谈了五个小时。我说法院真的判下来,你就吃官司了。到时候法警一来,手铐一铐,我也拦不住。你刚修好的马桶也用不上了,到监狱里去蹲坑吧!挺好的银行工作也丢了。出来以后说不定要靠捡垃圾过日子,要不就去过街天桥上卖唱。我听说你卡拉OK唱得不错。你现在就唱个我听听,看卖唱行不行?

刘广说,得了,金警官,你饶了我吧,你说怎么办?

我说,我去做做楼下的工作,你赔点儿钱给他调解得了。

都是邻居，都在妙光塔下过日子，抬头见塔，低头见人。你每天下楼都要经过他家，街里街坊的，冤家宜解不宜结啊！

刘广说，好吧，两伤相抵，我再赔他五千块行不？

我说，行，我跟楼下的说说去。

我又跟楼下的磨了两个小时嘴皮，好歹说通了。

整整七个小时，饿得我前心贴后背，眼冒五朵金花。

好在，事情解决了。楼上赔楼下五千块，双方签了和解协议。

过后，刘广给我来了个电话。

我吓了一跳，怎么，又漏水了？

他说，没有，没漏。

我问，那你为什么打电话？

他说，想跟你谈谈体会。

我问，什么体会？

他说，过了这村没这店！

我笑了，说我今晚请你吃饭，王兴记小笼蒸包怎么样？

……

好，这个故事就到这儿，再往下讲，就是吃小笼蒸包的故事了。结果那天下楼时，碰上罗索，他非要一起去，还说，讲好了我请客，你们谁也别跟我啰唆，我啰唆是出了名的！

你看，邻居就是这样的，处好了，远亲不如近邻。

再讲一个——

社区居民老赵以摆摊儿修皮鞋为生，风吹日晒的，坐在路边两眼盯着路人的脚。他老婆是一个瘫子，离不开轮椅。老赵做活儿，她就坐在轮椅上陪着。老赵有两个女儿，大女儿在银行，不跟他们住一起。小女儿不学好，在外面瞎混，是老两口的心病，就怕外人提起。

老赵家住五楼，破轮椅平时就扔在楼下。一楼有一对老夫妻，都姓张。老太太和善，老头子用无锡话讲，臭肉！就是脾气很差不讲道理的那种人。这老头子经常为了轮椅跟老赵家生是非，你别放在我这儿，这窗户底下是我家的地方，你干吗放这儿？他要么跑出来把轮椅推远，要么一脚踢过去，嘭！有两次把脚踢肿了，躲在家里生闷气，琢磨着哪天非大吵一场，以报足仇。

这一天终于来了。瘫老太从外边回来，照旧把轮椅放一楼，自己拿两个小凳子，轮流倒换着往楼上移动。坐一个，往前移动另一个，再坐过去，再移。很困难。她一天基本上就上下楼一个来回。这天，她放好轮椅，坐着凳子往前移，刚好移到张老头儿家门口，埋伏在里面的张老头儿就冲出来，死瘫子你前世造了多少孽啊，还不老实在家待着，窜出来吓人！瘫老太身瘫嘴不瘫，跟张老头儿对骂，说你才窜出来吓人呢，昨晚上你不是吃屎噎死了吗？

两个人越骂越难听，隔壁邻居黄阿姨出来劝架，你们不要吵了，很难听的！

瘫老太正在气头上，拿起凳子朝张老头儿扔过去。她天天移凳子，手练得老有劲儿了，一扔，凳子飞出，呼！有劲儿没准儿，啪！正砸在黄阿姨手上，疼得黄阿姨鬼叫。张老头儿一看，你敢拿凳子砸我，跑回家拿了一把菜刀出来，你再扔，我砍死你！

瘫老太没法儿再扔了,一个凳子出了手,另一个坐在屁股底下呢。

张老头儿更勇猛,连声叫道,你扔啊,你再扔!

这时候,我闻讯赶到,制止了大战。一看现场,双方都没伤,倒是好心劝架的黄阿姨中了一板凳,手都砸肿了。

我说,谁砸的谁赔医药费!

瘫老太说,你把他的菜刀没收了,我就赔!

我说,行,这个条件我答应!

说完,我就把张老头儿的菜刀拿过来。

想不到瘫老太哈哈大笑,说我怎么知道你什么时候又把菜刀偷偷还给他?我可不能赔医药费!

我一听差点儿吐血。好啊,这瘫老太拿我开涮呢,她根本没想赔医药费!可是,转念又想,她是老百姓,我是警察,是百姓的亲人,亲人被耍弄就当开玩笑,必须忍了,不能发火儿。

我说,好,我明白了,你根本就不想赔医药费。我认了,你不赔我赔,这样总可以了吧?我只有一个要求,以后你们不要再吵了,街里街坊的,都在妙光塔下,大家要相互忍让,和睦相处。

黄阿姨说,金警官,我不会让你赔,就算我认倒霉。以后他们砍死跟我也没关系!

她这样一说,张老头儿倒不好意思了,大妹子,你为我挨了这一下,我赔!

我一听,挺感动,就对瘫老太说,你看,老张多懂理啊,你要向人家学,回家跟老伴儿好好商量一下,看看怎么解决。

不料,瘫老太瞪我一眼,你活够啦?我家的事用不着你管!

这是多狠的话。我苦笑一下，什么也没说。

过了几天，瘫老太的小女儿偷钱包被人抓住，送到我这儿来了。你看看，瘫老太的话说早了，她家真出了事，我能不管吗？我一看，钱包里就五十块钱，案值不大，又看她哭成个泪人，心就软了。

我说，这次就不处理你了，你可要记住教训啊，不能再偷了。再偷就把你关起来！

小女儿连连点头。

我又说，趁这事儿还没什么人知道，你快回家吧！

她说，回家我妈老骂我。我想找个工作，不瞎混了。

我说，好啊，这就对了，我帮你找找看！

我跑断腿磨破嘴，给她找了个理发店的工作。我跟老板娘说，她会理发，你看我面子收下她。但是，她做了头发你不要马上就分钱给她，怕她乱花，还是按工资一个月发一次。发了多少钱最好也跟我讲一下，让我心里有个数。

就这样，这个女孩子相对稳定下来。后来，理发的时候认识一个男的，就跟那个男的同居了。我听老板娘说那个男的不是好人，我马上找她谈话，劝她分手。她答应了，可背地里还跟那男的往来。结果，怀孕了。我一调查，那个男的吸毒，又听说女孩儿还跟他来往，这还了得！我跟女孩儿严肃起来，说你再来往，早晚也会吸毒，我把你们俩都关起来！她一听这个，就同意分手了。就在这时候，那个男的吸毒过量死了。我说，他死了，他是吸毒的，你不能要他的孩子，很可能生下来带病，去做个人流吧。她答应得好好的，可是，她没做，还是偷偷去医院生下来了。生的时候不敢讲自己的真名，出生证上母亲一栏填的是假名。结果，小孩儿报户口，碰到麻烦了，派出所说母亲一栏不是你，你怎么来报户口？

她走投无路，只好来找我。金叔叔，我错了，对不起，求求您帮帮我吧！

我说，我不是说你，如果照我的心情，我真不想帮你，你不听劝，不值得帮，我对你实在失望透了。

她说，金叔叔，全是我的错。我妈对您说了那么狠的话，我犯了那么多错，您都没有抛弃我。我求求您，再帮我最后这一回，我再也不犯错了。求求您了！说着，她的眼泪就流下来了。

面对她的眼泪，面对刚出生的可怜的孩子，我也忍不住流下了泪水。这个女孩子多难啊，自己刚有口饭吃，还坚强地把孩子生下来。孩子无罪，母爱伟大。我还能说什么呢？

我说，谁叫我是你管片儿民警呢？谁叫我是金鹏呢？

我跑到医院，找到院长，以人格作担保，请医院帮忙修改出生证。这也是唯一能解决户口问题的办法。院长说，金警官，你是无锡十大爱民标兵，我相信你，敬佩你。我签这个字，出了事我担着！

就这样，出生证改好了，小孩儿户口报上了，女孩子又哭成了泪人。

我说，你别哭了，你要好好的，现在你是做母亲的人了，一切都要为孩子想。好好工作，把孩子带大。有什么难处，就来找我！

后来，我到处托人帮忙，终于，一个有爱心的男子来到这女孩子身边。他有工作，有房子，爱她，也爱孩子。他们结婚了。

一个温馨的家。一种全新的生活。

修鞋的老赵,用轮椅推着老伴儿来找我。还离老远,就"扑通"一声跪下,什么话也说不出来。他老伴儿更是哭得跟什么似的,反反复复就说一句,我没脸见你啊,没脸见你……

讲到这儿,金鹏讲不下去了。

抬眼远望,太湖浩荡,风起浪涌,无边无际。

沉默良久,他说,李老师,你要是春三月来这里更美。我带你沿湖岸一路走,一路走,一棵桃,一棵柳。

金鹏的第三个故事,就在这桃红柳绿的憧憬中开始了——

社区有个朱大妈,丈夫已经退休了,她自己早先就没有工作。她有两个儿子,大儿子是残疾人,坐轮椅,从小就这样。二儿子一身病,不能自理。后来,不到三十岁就死了。她做母亲的,要服侍这两个儿子,心情很糟糕,也很敏感,哪个邻居讲话难听一点儿,她就跟人家吵,邻居关系很糟糕。不仅是跟邻居,跟居委会干部,跟丈夫单位的领导,关系都很糟糕。她在这个糟糕的环境中没有好心情,觉得自己命很苦。我怎么就摊上这样两个儿子?我这么大年纪,按道理要抱孙子了,可现在还在服侍两个没用的儿子。她一想不开,就把坐轮椅的儿子往市政府门口一推,自己扭头就走掉了。市政府工作人员一看,这是谁家的?问她儿子,哇哇呜,话也讲不清。再问,呜呜哇,谁也听不懂。只好通知公安局来认领。公安局就挨社区查,查到我这儿。我一听,坏了,是朱大妈家的,赶紧去领回来。过了几天,她又推去展示了。一来一去,工作人员都清楚了,门口再出现哇哇呜,就直接打电话给我,喊我去领人。反复几次,人家也烦了,金警官,把你傻儿子推走!我赶紧去领。有不明白的还追着看。我说看什么看?人家说,看不出你遗传的啊,你不是挺正常的吗?

再一个,她每年年底都要到居委会去讨要补助,居委会不能满足,她就在居委会里大吵大闹,居委会就叫我去处理。

通过这两件事,我跟朱大妈的接触越来越多,话也越来越多。我说,大妈,我知道您日子过得很苦,心里很难过,我要尽全力帮助您。她开始也不相信我,谁帮过她?都是听她说说不了了之,没人真正帮过她。她看我诚心诚意的,几次把她儿子从市政府推回来,跑得一头大汗,从没有过一句怨言,慢慢对我有了好感,开始向我倒苦水了。我这才明白,一,她为什么要把儿子推到市政府门口去。她儿子小时候出了车祸,送到医院去看,结果成了残疾。她认为医院没看好,有责任,为这个跟医院也打过官司,但一直没结果。所以她对政府有意见,认为政府跟医院是皮裤套棉裤;二,为什么跟居委会闹。她家里很困难,两个儿子要去医院看病,费用很高,又没低保,经济上受不了。虽然她丈夫是退休工人,有退休金,她本人每月有一百多块补助,但家里有四张嘴,要吃要喝要看病,困难得没法儿承受了。朱大妈说,我死的心都有!

我说,大妈,我这回全明白了。您的困难就是我的困难,我既然说要帮您,您就相信我,给我时间,让我想想办法,一件一件解决。

朱大妈露出少有的笑,我信你,金警官,都说你是好人!

接下来,我就开始行动。我分析了一下,朱大妈丈夫的退休工资，加上她自己的一百多块，家里四口人，一除，正好不够领低保的条件。如果把她大儿子的户口从家里分出来，单独立个户口，那他一个人就符合领低保的条件了。我的想法得到所里的支持，作为特例，报局特批。获得批准后，分户成功。可是，居委会说，办低保要公示。我说，公示就公示，不怕。居委会说，朱大妈跟邻居关系不好，磕磕绊绊的，公示出来怕有人出来叫呢！我说，我相信没人反对。她家的情况社区没有可比性，再困难的也比她强。万一有人出来反对，我去做工作。你们就大胆公示吧！

结果，公示出来，没人反对。

朱大妈的大儿子低保问题解决了，卸下一个包袱。

可是，她的二儿子突然病得很厉害，危在旦夕，居委会也没办法拿出钱来。朱大妈急了，做出大举动，跑到市民政局要跳楼。

我接到消息，赶紧跑过去。哎哟妈耶，她趴在九楼的窗口，做出要跳楼的样子。天知道她是怎么进去的，反正她进去了，上楼了。我的事找你民政部门，不接待，不解决，我就跳楼，死在你们这里！民政局的人都不敢碰她，谁敢碰啊，一个老太太，吓死他们了，就打电话叫我去。

我一看不好，仰起头大声喊，朱大妈，您别跳，我来了！您等着我，我这就上去！喊完了，我就上了楼。正因为前面我跟她有过交流，帮她解决了大儿子的事，所以她还能听我的。我来到她面前，她就坐在窗口。我说，大妈，您有什么跟我说，千万别想不开！说着，我上去一把揪住她，把她从窗口拉下来。一拉，我也坐地上了，顺势抱住她。楼下的人群都鼓掌叫好。

朱大妈说，金警官，我跟你讲，今天你把我揪下来，我一点儿都不怪你，你是好人。如果换成别人，我今天就跟他走了，就抱着他腿跟他回家，让他养我。

我说，行，大妈，说明您信得过我。您信得过我，就要信到底！您先回家吧，您的事我都知道了，我来跟他们商量，您说行不行。

她说，行，我信得过你，我回家。

事后，我跟民政部门说，她家的确有实际困难，的确没可比性，你们是不是能照顾照顾。民政部门说，行，我们认真研究，能破例一定破例。回到社区，我又跟居委会商量，我说这样好不好，我们给朱大妈一个饭碗，社区现在虽然有保安看门，再多双眼睛更好。我们叫朱大妈上午也帮着看看大门看看院子，每个月给她点儿钱，这样说出来她也是劳动所得，不要说是施舍给她的，难听。而且，她还能跟居民们融洽关系，好不好？居委会说，这个主意不错，哪怕一个月给她两百块，一年也两千四百块，蛮好。居委会同意了。

我跟朱大妈说，您老闷在家里对身体也不好，就当到外面散散心，晒晒太阳，一个上午，三个小时。也不要您干坐在那里，您在小区里到处转转。如果下雨了，您就回家好了。行不行？

朱大妈说，好的，我听你的，谢谢你！

这以后，朱大妈家的情况有了好转。她二儿子死了。她也难过，也解脱了。大儿子享受低保，朱大妈每天看看院子，也有了收入，跟居委会和邻居的关系也好了，当然更不会到市政府门口闹事了。

面对太湖，春暖花开。

后来，我离开了妙光塔社区，去南禅寺派出所任教导员。人离开了，心却还在。一直到现在，朱大妈都是我的帮扶对象，逢年过节我都要带上礼物去看她。

平日，她也常打电话给我，金警官，我想你了。

我说，我知道了，我这就过来看您！

我一去，朱大妈就拉住我的手哭，哭得我也掉了泪。

远远的，风中传来妙光塔的铜铃声，叮咚，叮咚……

玉碎及其他

金鹏的故事我没听够,他答应我下午再接着讲。

现在,他说,我要去找周队长,有个交通事故请他帮忙调解。

我问,是周五南吗?

对,你怎么知道?

他是我下一个要采访的对象啊!

太好了,正好坐我的车。走吧!

走在路上,金鹏说,我跟你讲了这么多帮助老百姓的事,其实,老百姓给我的帮助更多,工作上的,思想上的,都不说啦,我给你说个难忘的。有一年冬天,我骑着电动车去社区,刚到门口,一个四十来岁的女人骑着电动车拐过来。她不是我们社区的,是来找人的。她把电动车当成本田歌诗图了,在门口猛一拐弯,啪嚓!撞上了我。好家伙,两个人都从车上摔下来。我的警服成了出泥藕,她的羽绒服成了土猴。我翻爬起来,忙把她扶起来,问她有没有事?

拐弯让直行,她明显违规。但这时候我不能跟她讲对错,就问她摔着没有。她上看下看,说身上没事,就是羽绒服破了。

我一看,可不是,她的羽绒服被车刮了个口子。

这时候,很多居民就围过来看。我怕人多闹事,赶忙说,我赔你好了,多少钱?女人张口就说五百块。

我一听她就要多了,算了,息事宁人吧。

我说,行,我给你。不过,我有个要求,你买了新衣服,这件破的如果不要了,就把它给我,我缝缝可以送给困难户。

那女人说,给你就给你。

我掏出五百块递过去,她接过钱马上就塞兜儿里了。

这时候,人群中有人大声叫,你敲诈人家!人家警察好说话,你就敲诈人家!我一看你这衣服就是地摊儿上买的,最多三百!

老百姓们七嘴八舌——

你是哪儿来的?

跑这儿敲诈来了!

你不还人家两百,我们就不放你走!

还有人不由分说,上去就把她兜儿里的钱掏出来。

这女人只好退我两百。

我呢,也不客气了。客气就对不起帮我说话的百姓了。

我对这女人说,你回去以后,如果身体还不舒服,我警务站就在里面,你可以过来找我,我姓金。她说谢谢了不好意思,就走了。

这件事我一直难忘。

我们跟老百姓的感情就像储蓄一样,你平时不存,到时候就想取,行吗?

周五南是交警高速二大队副大队长,分管交通事故的调解。

我对他的名字很感兴趣,周五南?

他笑了,呵呵,李老师,我家有九个孩子,我最小。上边有四个姐姐,四个哥哥,我在男孩儿里排第五,父母就起了这个名字,南押男的音。我真感谢父母,把我养大了,还给我起了这个名字。要是叫周老五就坏了,叫着叫着,叫成周老虎,人家一听就害怕了,那还怎么做调解工作?我的工作,说白了,就是做和事佬,给双方搭一座桥,渡过纠纷河,化解不愉快。来的都是平头老百姓,大官用不着你。两个人本来就是闹僵了才来的,让你评评理,你一句话讲不好倒把矛盾激化了。首先要尊重双方,一方跟你讲话,另外一方也在看,你每一个眼神,每一个动作,人家都看在眼里。他递烟给你能不能接,你说话口气对不对,他讲话语言挖苦又可笑,你听后表情如何?这不是听相声,你笑了,对方就来气,认为你警察办事不公。作为人民警察,我们做任何事都要对得起自己的良心。有些事情,按照法律程序说,我们已经做到位了,可以放手了。但如果我们再帮老百姓走完最后几步,他们也就达到各自的彼岸,这才叫圆满。

一句话，老百姓是天，老百姓是地，咱为老百姓办事就要全心全意。让天地待见！

李老师，我每天都要见不同的人，知道不同的人有不同的需要。您呢？不需要听道理，需要听故事，对吧？

我忙点头儿。

周五南说，瞌睡来了碰着枕头，我没别的，就是故事多。先讲个刚发生的——

无锡老百姓骑电动车的多，呜呜呜，蛮威风。因此，电动车事故也多。电动车与电动车事故难处理，电动车与行人事故也难处理。为什么？电动车不上车险，出了事找不到保险公司，全要自己掏口袋。

这天，马师傅骑电动车来到西山医院门口，迎面逆行骑来一辆电动车，咣！撞上了。哎哟嗨，两人摔个满地滚。马师傅爬起来，没事儿。照他的话说，我是一匹好马，打个滚儿起来了，当蹭痒痒。对面那位不行了，小腿摔断了。他姓什么？姓冯，比马字多了两点儿，小腿也断了两截儿。

事故处理到了我这儿。住院动手术，医疗费明摆着。但这个钱又不是好拿的，双方都担心自己的利益受侵害，很少考虑对方。冯家说，马家无论如何也要出点儿钱。我跟马家说了几次，嘴皮子磨破了也不行。马师傅两眼一瞪，我一分也不出！谁让他逆行呢？不行就上法院！我不生气，强扭的瓜不甜，先冷处理两天，心急吃不了热豆腐。我冷处理了，冯师傅却不干了，他要热处理。他人躺在医院，就让朋友去马师傅家闹，又砸门，又用胶水堵锁眼儿，还说要玩儿命。

三天后，马师傅夫妻哭丧着脸来找我，周警官，日子过不下去了，求你帮帮忙！

我脑筋急转弯儿，对不起，我为你们的事也很忙啊，抽不开身。

马师傅不明白，你为我们忙什么呢？

我说，天天跑法院，为你们打官司告状做准备啊！

马师傅的老婆说，嗨，周警官，你别听老东西胡说！孩子正准备结婚呢，我俩往法庭一站，成被告了，赢了输了都没脸，快算了吧！

我一听，转机来了。马师傅，老伴儿说的有道理。冯师傅毕竟伤了，真要闹到法院，也要判主次责任。医药费、护理费什么的，就算三七开，次要责任也得出三成。如果叫护工，全程护理一天最起码二百块，这些费用将来你们都要出三成。你们要是听我的，我就出个主意，也许好使啊！

马师傅的老婆抢着问，什么主意？

我说，冯师傅的老伴儿有病，不能去医院照顾，不如你去照顾冯师傅，一方面让他看到你们的诚意，他就不会闹了；另一方面也等于节约了你们的开支。怎么样？

马师傅的老婆说，好，我去！

就这样，马师傅的老婆去医院服侍了半个月，尽心尽意。其间，我和马师傅也没少去，买这个带那个的。冯师傅生铁化成了水。他对马师傅的老婆说，妹子，以前我们是冤家，现在变成亲戚了。感谢你对我的服侍，你回去忙家里的事吧，我快好了！

接下来，我再做冯家的工作也好做了。两家以三七开解决了费用。签和解协议书那天,我特别找了个法官朋友出席。他对双方说,要我判也是这个结果,你们还省了律师费呢,聪明啊!马冯两家都乐了。

后来,马家儿子结婚,冯家也去了。马师傅问冯师傅,你腿脚怎么样?冯师傅紧走两步,你看,冯字就算多两点儿,也是一匹好马!

我呢,不光参加了婚礼,还当了证婚人。

好,再讲几起电动车事故。谁让无锡电动车多呢?这几个事故不光都是电动车,还都跟玉有关。怎么跟玉有关?你往下听啊——

这天,两个骑电动车的姑娘相撞了。高个儿叫陈珍,矮个儿叫刘玲。刘玲骑得快,一超车,把陈珍别倒了。啪嗒嗒!车倒人翻,花容失色。陈珍开口就骂,你眼瞎啦?

她人长得很漂亮,像个模特儿,可说话很难听。

刘玲自觉理亏,忍了没吭声。

还好,陈珍没摔坏,爬起来掸掸身上的土。就在这时,她惊叫起来,哎呀,我的镯子!

她的翡翠镯子摔碎了。

刘玲一看,也傻眼了。

你把我的镯子摔碎了!

我又不是故意的!

不是故意的怎么啦?你赔!玻璃种的!

你干吗骂人啊?

谁骂你啦?

你！你说狗杂种的！

傻帽儿，我说这镯子是玻璃种的！我跟你说不清，走，咱们找警察去！

陈珍冲上去扭住刘玲，两个人吵闹着来到我这儿。

陈珍说，周警官，你看看，我的手镯是玻璃种的，是我男朋友从缅甸带来的，少了五万我今天不饶她！

我接过碎玉一看，心里有了数。我说，这样吧，你先跟我到楼上去，我有话对你说。刘玲你先在楼下等会儿。

来到楼上，我对陈珍说，内外都美的人才配得上这块美玉，你有个好镯子也不要盛气凌人，话要讲一半留一半。看条件刘玲好像不如你，但她会一辈子都不如你吗？你跟她吵了半天，说她是傻帽儿，可我有句话说了你可别生气。

陈珍说，你说吧，我不生气。

我说，这个镯子，如果真的是玻璃种，你知道值多少钱吗？打底150万！说300万也不为过！

啊？

你这个镯子，我们讲叫水磨石。它不是翡翠，是一种翡翠的包裹体。值多少？要我说，六七百块。

陈珍的脸一下子变成了白纸。

我说，我不是专家，我的话只是给你做参考，让你心里有准备。无锡市有法院指定的玉石检测机构，我带你们一起去做第三方检测。好吗？

陈珍将信将疑。忐忑不安。

我带她下楼了，看到刘玲也紧张得不行。我说，刘玲，你别紧张，事情发生了，总要面对。走，我们一起去做鉴定。

刘玲忐忑不安。

一检测,水磨石。市场估价六百块。

刘玲当场拿出钱来。

我私下对陈珍说,你答应我,回去不要跟男朋友吵架。他跟我一样不是专家,难免会看走眼。但他那么老远带来送你的是一片心意,心意无价!

陈珍说,我答应你。又问我,周警官,你怎么还懂玉呢?

我笑而未答。

第二天,又碰到一桩,还是玉碎。

苏老太是一位国学教授,八十八岁了,鹤发童颜,齿若编贝。她说,廉颇老矣尚能饭否?古人把能不能吃当成老不老的标志。我现在一顿饭还能吃两个馒头,不老!问她养生秘诀,她哈哈一笑,秘诀不密,饭后百步走,活到九十九。

这天饭后,苏老太又百步走。本来走在社区很安全,偏偏农民工小郑骑辆破电动车飞过来,一下子把她撞倒了。好家伙,老太太"扑通"一下坐地上了,吓得小郑都神经了,您您您……您了半天也没您出个名堂。谁想到,奇迹出现,老人整个一活神仙,自己站起来了,胳膊腿儿的一点儿没事。小郑赶紧给她掸土,一低头,傻了眼——

一只玉镯,摔成了三截儿!

一时间苏老太只有进气儿,没了出气儿。她不心疼自己的身体,心疼玉镯,拿布包好了找到我。

我一看,也傻了,正儿八经的新疆和田玉!打死小郑也赔不起啊!这可怎么办?赶快,脑筋急转弯儿!我喘了口大气儿,忽然转忧为喜,苏奶奶,我恭喜您啊!

苏老太说，我倒霉死了，你还恭喜我？

我说，我当然要恭喜您，您看，您说话九十高寿了，像您这把年纪的老人，骨质非常疏松，摔不得！屁股往下一坐，尾巴骨就断；腰往下一蹾，胯就断；手往下一撑，腕儿就断。您呢？没事儿。这还不要恭喜吗？您老这是修的好，积了福！

苏老太说，对，对，对，我一直资助穷学生，还养流浪猫。

我说，还有一点很重要，这个玉镯保佑了您啊！为什么人们都爱买玉戴玉，因为玉能辟邪保平安。

苏老太说，对，对，对，我老伴儿也这么说。这是我八十岁生日那天，他为我买的。我俩同岁，他身子骨儿赶不上我！

我说，您老伴儿真有眼力，生日不买别的，送您个玉！说明什么呢？第一，你们夫妻恩爱；第二，他祝您平安长寿。您看，灵验了。八十八岁也是个坎儿，您摔一跤，玉碎了，您没事儿，玉保佑您过了这个坎儿！第三，您这玉是好玉，正儿八经的新疆和田糖料，颜色跟红茶一样。这么好的玉碎了，您心疼，我也心疼。但是，我劝您不要心疼，它为你挡了灾，立了功，是大功臣！

苏老太说，对，对，对，这玉救了我！

我说，这么好的玉，别说小郑他买不起了，就算他买得起，再买个一模一样的，里头也少了您老伴儿的情分。您呢，离不开老伴儿，也离不开这玉。对不对？

苏老太说，对，对，对，再买什么样儿的也不可心。可是……

我说，苏奶奶，您要说什么我知道。现如今玉器修补工艺很发达，用金箍儿把断裂处一包，又是一只完整的镯子。金镶玉,您戴上更漂亮!

苏老太两眼一下子亮了,啊,是吗?

我说,是啊,而且还花不了几个钱,顶多三四千。

小郑抢着说,奶奶,我给您包!

苏老太说,你这孩子,不用你。你先谢谢周警官,今天他帮你讲了多少好话啊!我也表个态,原谅你了,下回你骑车多加小心!

小郑说,奶奶,谢谢您!镯子让我包吧。还有,往后您家里有出力的活儿,您就叫我,我随叫随到。

我说,苏奶奶,您就让小郑包吧。让他承担他的责任,也得个教训,更念着您的好!

苏老太说,行,听你的!

得,皆大欢喜。

过后,苏奶奶问我,周警官,你怎么还懂玉呢?

我笑而未答。

刚化了苏老太的玉碎,又来一档。怎么回事?租住在社区的打工妹丹丹骑着电动车去上班,刚到大门口,少妇刘霞骑着电动车突然从侧面拐进来,"嘭"的一声,两车相撞,二女失容,噼里啪啦掉下车来。还好,两个人都年轻,活鱼似的,没摔着!

人没摔着,可东西要了命。

丹丹的镯子摔成一地碎玻璃,当场就哭起来。

拐弯儿让直行,现场一看就是刘霞的错。

刘霞一撇嘴,你多少钱买的玻璃玩意儿?十块够不够?

丹丹马上叫起来,什么玻璃玩意儿?我花一万六买的!

哈哈哈！你怎么不说十万六呢？你能花一万六买镯子？

我为什么不能？我就是一万六买的！

好啊，你想敲诈我！

谁敲诈你啦？

走，咱们找警察去！

去就去！

两个人就这样找到我这儿了。

丹丹说，周警官，她看不起人！我来这儿打工都八年了，这个镯子是去年我给自己买的生日礼物，真的花了一万六……

我问，你有发票吗？

丹丹说，买完镯子第二天钱包被小偷偷了，发票就夹在里边。

刘霞笑起来，你编，你再编！你当周警官是瓜娃子？

我说，我瓜不瓜的没关系，咱们还是说说这个镯子吧。要让我看呢，它是真的，是翡翠冰种，应该是值钱的。但我说的不算，咱们现在就去做个鉴定，行不行？

刘霞说，去就去，我不信她买得起！

我说，要是怎么办？

刘霞说，我赔！

不料，丹丹却说，我不去！我买的就是真的，凭什么还要做鉴定？她不赔，我就上法院告她！

我笑了，丹丹，你不去就不去。我和刘霞去，你等消息吧！

我带刘霞来到玉石鉴定机构。临进门儿，我问她，你真的要做鉴定吗？

刘霞说，真的！

我又说，万一结果不是你想的，你会反悔吗？

刘霞丹凤眼儿一瞪，反悔是小狗！

我大拇指一伸，女汉子！

鉴定结果出来了：翡翠冰种，估值二万六。

刘霞二话没说，从银行取出二万六，让我转交。

晚上，我找到刘霞，说我没完成任务。

刘霞一愣，她想要多少？

我笑了，丹丹说她还戴着美了一年呢，只留下一万四！

刘霞的脸一下子红了。

她脸红了，我也就不多说了。胶多不粘，话多不甜。

过后，她问我，周警官，你怎么还懂玉呢？

我笑了，没说话。

李老师，说实在的，调解这碗饭不好吃。双方都是老百姓，都是我们的亲人，要理解他们，亲近他们，要会说话，还要懂行。你当不成专家，起码也要当个杂家。要下死功夫，嘴勤腿快，去跑，去问，去学，去长眼，去拜师。跑医院，跑得我都快成大夫了，摔了碰了伤筋动骨说起来我的话才靠谱。玉石书画水儿更深得没底儿，人家开口就说我那画是唐伯虎的，他赔得起吗？你都听不懂，还问人家什么虎？人家再瞪你一眼，说东北虎，那你也太露怯了，你还调解什么呀？哪凉快哪儿待着去吧！

好了，以上讲的都是电动车的事故调解，再讲下去，人家还以为无锡只有电动车呢。我讲讲机动车的吧——

这天，装潢公司的万老板开车回家，右拐弯儿时，撞翻了一辆在非机动车道里行驶的残疾车。巧了，车上的两个人都有残疾。开车的王建没双腿，上下车要人扶着。坐车的胡东是智障，数起数来，无论多少，都说是五。翻车了，两个人都滚落在地。送到医院一诊断，两个都摔坏了腰。王建轻点儿，胡东说他腿断了，其实是腰椎骨折。腿好好的。事故发生后，万老板知道是自己的全责，把医药费、护理费、营养费交足了。

可是，在误工费赔偿上，双方有了分歧。

摔倒的两位都是残疾人，谁还有误工费呢？

原来，王建用残疾车拉客，来往于车站宾馆，一趟下来挣个三块五块的，虽不合法，但属自食其力之举，令人敬佩。我常看到有人冒充残疾人行乞骗钱的新闻，对此深恶痛绝。而王建失去双腿还要自苦自吃，我想起来心里都酸酸的。胡东就是他拉的一位客人。伤筋动骨一百天，王建一个月开不了车挣不了钱，所以就出现了误工费的问题。他提出一百五十块一天，万老板认为太高了，不可能一天拉这么多钱。为了这个，他还去劳动仲裁部门咨询过，人家说对方必须要提供合法的工资单，月收入如超过三千五百块要提供税后证明。如果什么都没有，只能按每天四十四块计算误工费。这个说法支持了万老板。王建拿不出什么收入证明，更别说税单了。每天四十四块，我周五南再周旋周旋，每天五十块也到头了。但是，王建坚持要一百五十块。他给万老板打电话，万老板就叫他去法院起诉。王建去法院一打听，什么？你开残疾车非法运营，还让我们支持你一百五十块？你想清楚了吗？王建去法院碰了钉子，我劝他少要点儿，他仍不改口。

两边的钱相差很大，这怎么办？

每个人都考虑自己的利益,这是正常的,没有过错。

但王建是弱势群体,无论如何,我都要为他争取最大利益。

我掰着脑瓜冥思苦想。

脑瓜快被掰成两半儿时,有了主意。

这天,我把两人同时约到办公室来。时间呢,错开十五分钟,让王建先来。

我的办公室在楼上。王建来了,我把他抱上了楼。

王建说,真不好意思。

我说,中午我能多吃一碗饭!

进屋后,我让他填写会见登记。他的字写得真好,横竖撇捺,赏心悦目,简直就是硬笔书法。这笔好字,在他第一次填写调解申请时我就发现了。

我说,你字写得这么好,自苦自吃也让我感动。你是身残志坚,不是耍赖的人。我还想问你,为什么你坚持要一百五十块一天呢?

王建说,周警官,你已经问过两次了,本来我不想说。事不过三,我今天就跟你说了吧……

王建跟我说了他的真实想法,让我既震惊又惭愧。

我说,这回我真正理解你了。一会儿,你把这个想法也跟万老板说说,我相信人心都是肉长的。

这时,万老板来了。大家打完招呼后,我让他填写会见登记。哎哟妈耶,那字写得像狗爬一样,还不如学前班的小孩子。写完了,他看了王建一眼,不由地说,你的字写得真好!

我想要的就是他这句话。

我说,万老板,你说王建的字好,你知道吗?他从小学二年级就开始练字了。

万老板抓抓脑壳，真的？

王建说，真的，我从小学就开始练字了，要不是没腿了……

他叹了口气，讲起自己的不幸。原来，他的双腿是在上幼儿园的时候，因为车祸断的。他并没有向命运低头，小小年纪就有一颗不屈的心。上学是姐姐背着上的。读到四年级，胳膊刚能挂起双拐了，他就不让姐姐背了，自己挂着拐上学。他们班的教室在楼上，老师和同学们轮流背他上楼。天再热，口再渴，他都忍住不喝水，为的是少上厕所，少给别人添麻烦。下学了，他一拐一拐地走回家。路上遇到坏孩子，喊他瘸子，嘲笑他，学他，羞辱他，还用石头打他。他躲不开，好几次被打破脑袋，流着血回家。第二天，包上纱布又拐到学校。没有眼泪，没有悲伤，有的是奋发图强学好功课。他的学习成绩，从小学一直到高中，都是全班最好的。当然，字也是全班写得最好的。高昂的学费，让他上不起大学了，只好辍学。受过多少委屈，挨过多少白眼，他都没掉过泪。当放下书包告别校园的时候，他哭了。眼泪不是流下来的，是大坨大坨掉下来的。就这样，他挂着双拐走入社会。可想而知，找工作比登天还难。谁要他？他又能干什么？电脑早已代替了书写，字写得再好也不能当饭吃。面对一次次碰壁，他不甘心，也不灰心，开起残疾车，奔走于车站宾馆，以廉价的辛苦，在出租车的夹缝中求生存……

王建的话还没说完，万老板已泪流满面。

我说，万老板，人跟人不一样。你开的是皇冠车，王建开的是残疾车；你是代步工具，他是糊口工具；你的车用于谈生意，动不动十几万，几十万。王建呢？开个残疾车拉客，如果说今天下雨，没有客人，他就空手而回。如果他今天能挣二十块，他才有可能吃一个带几片肉的菜，改善一下生活。而多数日子，他根本就没菜吃。这样的苦日子并没难倒他。在学校里，他学习成绩最好，我相信如果他有腿，来到社会上也绝不会差。现在，他为什么不如你，就是因为他没腿，他矮人一头。可他的心气很高，他的人品可以说胜过你……

万老板说，周警官，你别说了，再说下去我就是个罪人了！

王建说，万老板，有些话本来我不想说的，现在我跟你说吧。你想过没有？同样摔着了的胡东是智障人，他是我拉的客人，他摔着了我要负责。可我怎么负责？我只能跟你多要点儿钱给他。他智障，他们家的人也智障，所以他和他们家里人什么要求都没跟我提。让人家说这叫傻。实际情况也的确是如此。可是，我不傻，我们都不傻，我们不能欺负傻人。对吧？我实话告诉你，我是要为胡东多要一点儿，而不是为我自己……

故事讲到这儿，结局都出来了。

我只讲个有趣的尾巴，胡东一下子得到这么多的钱，高兴得只知道笑。后来，又把钱摊在地上数，数来数去，总是五。

得，我又添了心病，就是怎样帮助他管好这笔钱，别让坏人骗了。

好了，机动车，非机动车，我都讲了。最后，我再讲个什么都不是的车，既不是机动车，也不是非机动车。

那是什么车？

叉车！

对，就是货场装货卸货用的那种车。前面有个钢叉，往货箱下一叉就走，搬来运去，代替了装卸工。叉车是生产设备，既不是机动车，也不是非机动车，不属于我们交警管理的范围。

可是，这天，妞妞的母亲却找到了我，一见到我就哭。我忙问怎么回事？她说，妞妞被叉车叉了，求你救救孩子啊！

妞妞的父母从外地来无锡打工，他们的小女儿妞妞才五岁，三天前在住房附近玩，被物流公司的叉车叉伤了。这家物流公司在民居中租了房子当仓库，院里堆了一些货，老板雇了叉车司机杨远来运货。叉车是杨远自己刚买的，想不到接第一个活儿就出了事儿。货堆得很高，他没看见妞妞在后边玩，一叉子下去，哇的一声惨叫。杨远吓坏了，急忙下车去看，还好，只伤了后背，再重点儿命就没了。他赶紧把妞妞送到医院，自己凑了两千块先垫上。当然，这点儿钱根本不够。妞妞的父母闻讯发疯一样赶到医院，把打工存下的一万二全拿出来了，还是不够。跟杨远要吧，他说刚买了叉车，实在拿不出。跟物流公司要吧，老板说谁叉的找谁去。打官司告状吧，夫妻俩都不认字，一看那些要填要写的东西就晕了。妞妞的母亲走投无路，从法院直接就找到了我。

可是，这不归我管啊！

妞妞的母亲一听不归我管，叫了一声，老天啊，这是不让老百姓活啊！就哭倒在地。

我赶紧扶她起来，说，你别哭了，当心哭坏了，孩子这时候需要你。走，我先跟你去医院。

来到医院，一看那可怜的小女孩儿浑身缠着纱布，小脸儿蜡黄，我当时就掉了泪。我想，这件事虽然不归我管，可他们一个外地来无锡打工的穷苦人家，摊上了这样的事，找到了我，我不管，谁管？难道就看着他们无路可走吗？不行，我管定了。就是一个普通的无锡市民我也要管，更别说我头上还顶着人民警察的警徽！

我把案子接下来。首先要让妞妞的父母明白，作为孩子的监护人，在这起事故中要担50%的责任。我说，不管将来花多少钱，你们自己要拿一半。

妞妞的父母说，周警官，我们外地人到这个地方来，没有亲人可靠，你就是我们的亲人。我们听你的，信你的，你说怎么办，我们就怎么办，割肉也要救孩子！

接下来，我找到杨远。我上来就问，你开叉车有没有证？

杨远的脸一红，我还没办，老板就雇我搬货，我急着挣钱先干上了。

我又问，你在居民区开叉车有危险，事先在前后安放警示牌了吗？

杨远的脸又一红，没有。

我说，无证开车，又不安放警示牌，结果造成事故，你要承担法律责任，我依法查扣你的叉车。

杨远的脸一下子又白了，周警官，我不是不愿意赔，我的钱都买叉车用了，刚揽到这个活儿又出了事儿，眼下实在拿不出钱。我跟老板借，他小气得很，不借！

我问，你受雇这家物流公司生意如何？

杨远说，火透了，钱赚得没数！

我找到老板。老板牛眼一瞪，谁叉的找谁！关我什么事？

我说，错，不但关你事，还关你大事！一，你作为公司法人，雇用无证人员开叉车，知法犯法；二，公司在生活区从事危险作业，不安放警示牌，管理不当；三，事发后公司无任何人看望伤者，视生命冷漠，令人发指。受害人没文化，你有，我也有。走，你现在就跟我去法院！

老板一下子软了，能……不去法院吗？私了行不？

我问，你打算怎么私了？

他说，孩子治伤，该拿多少钱我就拿多少钱，行不？

我说，你这样的态度就对了。但是，这个事故，也不能都让你负担，有法管着，我们要依法办案。说白了，孩子小不懂事，她家、司机和你的公司三方都有责任。大家坐下来协商解决好不好？

好，好，好！

我找司机杨远谈过了，他愿意赔偿。因为刚买了叉车，手头儿紧，想跟你借点儿，以后从他工钱里扣，行不行？

行，行，行！

故事讲到这儿打住。欲知后事如何，请到妙光寺社区，茶水沏上，听姐姐的母亲接着讲。

李老师，我每天都行走在调解的路上，也可以说每天都有故事。我作为故事的主人公之一，感想很多。一句话，还是我开头说的，老百姓是天，老百姓是地，咱为老百姓办事就要全心全意。让天地待见！什么叫全心全意？其实就是搭一把手。苹果在高处，人家吃不到。你帮忙拿个凳子来，把脚垫一下，人家就能吃到了。

三个怪老头儿

王峰的"被人质",以特殊方式表达了无锡警方做百姓亲人的赤子之心,让我为之动容,而接下来对钱政峰的采访,又让我百感交集。

交通治安分局执法三大队民警钱政峰,专职处理公共交通车上发生的民事纠纷。

公交车啦,出租车啦,长途客车啦,开车的坐车的都是老百姓。发生纠纷的,不是坐车的跟开车的,就是坐车的跟坐车的。嗨呀呀,你想想,无锡城里城外整天跑着多少车啊!有车就有人,有人就少不了你踩我脚我撞你头。大小纠纷天天有,好比天天出考题,考我们的爱心,考我们的诚心,也考我们的调解技巧。脑袋不能进水,嘴巴要对心。一句话,都是老百姓,都是好乡亲,都要对得起!

李老师,你要听,我就讲两个怪老头儿的故事——

先说三条筋胡老头儿。

胡老头儿孤身一人,靠卖花过日子。社区里没人理他,说人有五条筋他断了两条,只剩下吃饭筋、睁眼筋和走路筋,叫他三条筋。谁提到他都头疼。他家徒四壁,穷得叮当响,门上却挂了两条锁三轮车的大号链条锁,说防贼。他不睡床上,钻进门口的破衣柜里,两扇木门一拉,用绳一拴,就这么睡啦。那床干吗呀?种花!把外面的黄沙土运进家里,铺在床上。这就都不说了,更有奇葩的,把自己拉的大便拌进沙土里当肥!邻居经过他家,如果正赶上他开门,当场能熏过去。

胡大老爷,胡皇上,求求您把门关上好不好?

这是我家的门,我想开就开!我就开,我就开!

得,门开得更大。一览无余,臭气熏天。

邻居拿他没办法,暗地里说,叫他早点儿死吧,要不然叫他搬家,我送钱给他。只要搬走,多少钱都行。

就是这样一个叫人头疼的老头儿,他每天至少还要打三次以上的110。干吗呀?说他家里少了东西。有时候说少了两块钱,有时候说少了一把钥匙,说邻居拿了他的钥匙,要进他家偷东西。

邻居说,你有什么可偷的?小偷摸进你家,不熏死也吓死。你冷不丁从衣柜里钻出来问你找谁,哪个小偷受得了?

去年夏天,胡老头儿坐公交车出门,车行半途,有路人乱穿，司机紧急刹车。吱！车停了，人摔了。不是车下的人摔了，是车上的人。谁呀？胡老头儿。一车人都没事儿，就他摔倒了，头撞在铁椅子上磕破了。用他的话说，流了三碗血！司机赶紧停车下人，把车直接开进医院。一看，伤口超过五厘米，缝了五针。伤好了，赔偿问题跟着就来了。他去汽车公司索赔，汽车公司也愿意赔。可是，他要价太高，五六万，人家没法儿给。让他去打官司，他不打，每天去公司大闹天宫，兜儿里装着拌了大便的沙土，臭得人家捂着鼻子满屋子乱窜。

半年下来，汽车公司实在受不了，就来执法大队求助。我了解了事故情况后，问公司来人，你们打算赔多少钱？回答说，五千怎么样？我说，合着一针一千！你们那么大个汽车公司，拿得出手吗？怪不得他闹。公司来人犯了难，您说赔多少钱合适？我说，怎么也要一万块起步！当然，能少点儿当然好，但也要在合理范围内。这样吧，现在谁说了都不算，都没谱儿，还是要跟当事人商量才行，求得人家谅解，你们也要给出合理的赔偿，这才能达到调解双方两满意。来人说，得啦，算我们倒霉，全拜托您给说好话啦！

我接待了汽车公司的人后，马上按地址去找胡老头儿。不找不知道，一找吓一跳。这才认识了三条筋。床上养花，土里拌屎。

执法队的女警邵奕叶跟我一起去。我俩凑了礼拜天，放弃休息，前往家访。大夏天的，四十度高温，离胡老头儿家还有十来米，就臭得近不了身。门一开，奕叶差点儿昏过去。我呢，也被熏得说不出话来。那个味道实在是受不了。我也五十多岁的人了，从没闻过这个味道。我后来给新民警讲课时，讲到这里,还差点儿吐出来。

我做纠纷调解,运用中医的"望、闻、问、切"。看人看事,听你听他,问问诉求,切脉把脉,最后出方下药。那个闻,是听,这回可好,一进屋真闻上了!臭得我实在没办法讲话。李老师,真的不骗你,后来我几天都没吃好饭。我就喝酒,麻醉麻醉。

但是,他是老百姓,是我的亲人,他受了伤,他要求赔偿,这是正当的,合理的,我不能不管!假如他是我父亲,病在床上,要拉屎撒尿,我还会嫌弃吗?还想吐吗?仔细想想,这胡老头儿确实也可怜,靠种花卖花过日子,没有亲人,没人关心,邻居都盼他死,他活得真难。胡老头儿每天都打110,这说明什么?说明他心烦,他寂寞,他心里有话,他想找人说说。他天天跑汽车公司闹,是为了要赔偿,也是为了寻开心排遣寂寞。因为,没人理他。好吧,谁都不理,我理!

真的,这不是大话,我当时就是这么想的,要把别人看不上眼的三条筋当成自己的亲人。没人理他,我理!

我带着邵奕叶三天两头往胡老头儿家跑。对这样的怪老头儿,要先交朋友,后谈问题。上去直奔主题,肯定吃闭门羹。从哪儿入手交朋友呢?我掰着脑壳,想来想去,突然有啦,胡老头儿不是种花卖花吗?他喜欢什么?喜欢花啊!他喜欢花,我就凑过去跟他说花。

我一进门就说,胡师傅,您种花为什么种得这么好?我为什么就种不好?今天特来请教!

胡老头儿一听我说种花,马上高兴了,大脏手一拍我新换的短袖衬衫,当时就留下了手印。我连看都不看,追着讨教他的"花经"。他呢,拿出一个已经霉烂的橘子递给我。我接过来,就着屋里的臭味儿吃下去。吃完了,我说,真甜!胡老头儿又递给我一个,干得像石头一样,我又吃了。

胡老头儿乐滋滋地问,钱警官,你也种花?

我说,是啊,就是种不好,跟您来学学。

胡老头儿的嘴龙头一下子打开了,种地不上粪,等于瞎胡混。种花也如是,粪臭花香啊!钱警官,你过来闻闻床上的花,香不香?

好嘛,土里刚拌了大便,能香吗?

我说,香!

我俩就从种花谈起,越说越亲。其实我也没瞎说,办公室的花都是我养的,花开得好极了。我俩谈到了中午,胡老头儿非要留我吃饭。什么饭?搁了几天都长霉了的饭。他说,开水一泡,很好吃的!

可怜的老人,他已经百毒不侵了。

就这样,一来二去,我跟胡老头儿混熟了,无话不说了。

我说,胡师傅,汽车公司的事,您都闹半年了,也该收了。

他说,我听你的,你不会给我亏吃吧?

我说,您是我的长辈,我不能让您吃亏!我帮你问过法院,这样的情况,顶多赔五六千。昨天我去公司跟他们谈了,我说您一个人生活很困难,能不能多给一些温暖,多给一些补偿。他们答应医药费给六千,营养费给三千,公司领导还要当面给您赔礼道歉。您见好就收吧!

胡老头儿说,都惊动您大驾了,真不好意思。让他们凑个整儿行吗?您不知道,血流了三碗。医院看我穿得破,缝针都没给打麻药,疼得我眼珠子都掉出来了!

我说,好,我去说说,让他们再凑点儿!

胡老头儿说,好的。他们给我道歉,我去闹也不对。

我说,哎,您这样就有风度了!

胡老头儿笑了。

我又跑汽车公司。妥了,凑整。

胡老头儿说,谢谢你,钱警官,明天就办吧。

我一听他明天就要办,开心得不得了。

第二天,我带胡老头儿去签和解、领钱。走半道儿,他又要回去。

我还以为他变卦了,忙问,您干吗去?

他说,我回去拿血衣!

好家伙,半年多了,血衣还留着。

我说,嗨,不用了,人家认!

胡老头儿的问题不但解决了,还跟我们成了好朋友。有时还跑到我们单位来坐坐。邵奕叶忙着沏茶倒水,说,大爷,有什么需要我们做的,您说!

胡老头儿笑笑,没事儿,就是想你们了!

好,再讲一个周老头儿和万老头儿。

与其说周老头儿是个怪老头儿,不如说故事中的两个老头儿各有各的怪。当然,我这个人也怪,凡是老百姓的事,越不好办,我越要办,不办好不吃饭!

这天,公交车上有两个老头儿。站在前面的,姓周,七十岁出头儿。后面的姓万,六十岁出头儿。万老头儿一直在用吸管喝盒装牛奶。吸着吸着，忽然看到站在他前面的周老头儿的头发蛮好玩，就用手去撩。周老头儿说你别动我头发。万老头儿偏要动。周老头儿发火儿了，说你别看我年纪比你大，你斗不过我的，你不相信，咱们就比一比！万老头儿说，比就比！公交车上有铁杠子，两个怪老头儿把它当单杠耍起来。你拉个引体向上，我也拉个；你打个秋千，我也打个，两个人面对面比上了。比来比去不相上下，万老头儿突然飞起一脚，踹在周老头儿腿上。好，这下比武成动武了，两个人就扭打起来。周老头儿毕竟年纪大了，被万老头儿按倒在凳子上。司机一看，说你俩这不是没事儿找事儿吗？都给我下车！话音刚落，噗嗤！哎哟！周老头儿叫起来。得，出事了。

　　赶紧上医院，一看，周老头儿第三根肋骨骨折。这一下，连医带治四千多块，周老头儿找到我请求解决。

　　解铃还需系铃人啊，万老头儿应该赔偿。可是，当我和邵奕叶找到万家，一看就傻了：一地砖头瓦块，横七竖八，整个一拆迁工地。一打听，断壁残垣中只剩下万家没拆了，钉子户！

　　八十多岁的万老太坐在破藤椅上，冲我们大声叫着——

　　你们来干吗？要钱没有，要命一条！

　　我的妈呀！头一次碰上这样的主儿，我心里暗暗叫苦。

　　我试探着说，大妈，咱们可以沟通吗？

　　万老太手往地上一指，要沟，你跟他沟去，人是他打的！

　　我这才发现，墙角蹲着一个小老头儿，很乖的，像个老小孩儿。老鼠在他脚下跑来跑去。哎哟，这是肇事者吗？

　　我问，是你在车上打了周老头儿吗？

　　万老头儿冲我做个鬼脸，舌头伸出半尺长。

我心说这老头儿是怎么回事啊？

这时，万老太说话了，我儿子阿三是神经病！

我大吃一惊！

万老太说，你不信？他有执照！阿三，把执照拿下来！

噢，万老头儿乖乖答应着，站起来，从墙上取下一张纸递给我。

我一看，彻底傻了。这是一张医院开的证明，证明万老头儿有神经病。怪不得他在车上玩人家头发。神经病不负法律责任，万家又是这个状况，这样一来，周老头儿的赔偿可就麻烦了。

万老太说，我儿子惹了祸，按说该我管，该怎么赔就怎么赔。可是，你看我们家都成这样了，哪儿有钱赔啊？

我说，大妈，别人都搬走了，您怎么还不搬啊？

万老太叹口气，唉，开发商欺负人！看我们家老的老、残的残、傻的傻，就欺负我们，给的补偿比谁家都低，想说理都没地方。我们不走，就在这儿等着活埋了！我们早就活够了……

说着，跟我诉起了苦。

万老太的命真苦，丈夫死得早，扔下她和三个儿子。大儿子在"文化大革命"中被打死了，二儿子的一只手在工厂劳动时被机器轧断了，三儿子又是个神经病。一家人靠低保过日子，唯一的收入就是二儿子每天出去捡破烂卖。这样困难的家庭，还要受开发商欺负。万老太说，大儿子死得冤，二儿子手断了工厂也不赔，现在开发商又欺负人，她忍不下这口气，要去法院告工厂告开发商。可是，哪有钱请律师呢？也就是嘴上说说吧。说着,万老太就抹起眼泪。

万老太难过,我也很难过,想不到找赔偿找到这么困难的一家人!

眼看快到中午了,我说,万老太,您中午吃什么啊?

万老太说,我牙都没了,只能吃煮青豆蒸南瓜。这不是你们来了吗?我还没出去买呢。

我说,您坐着别动,我们去买!

我和邵奕叶开车去街上买了三十斤青豆,又买了两个大南瓜。

万老太说,真不好意思,赔钱拿不出,倒让你们破费!

我说,哪儿的话,这不是赶上了吗?这些豆剥出来晒晒,要吃的时候一蒸就行了。

我们坐下来,一边儿帮万老太剥蚕豆,一边儿安慰她。

我说,大妈,赔偿的事,我们回去再跟对方商量。不管商量得如何,都不用您操心了。我们哪怕发动捐款也要帮您把这件事处理好。今后,我们会经常来看您,帮助您!

万老太又抹泪了,说你们是世界上最好的警察。又说,我本来都不相信政府了,看到你们我又相信了……

从万老太家出来后,我找到周老头儿,把万家的情况跟他一说,周老头儿说这不可能吧,他们是不想赔。我说你不相信,我带你去看看。周老头儿说,行,我去!

我又联系万老太,说周老头儿要过你家来看看。

万老太说,好啊,我也正想问问这位老弟是怎么跟我儿子打起来的,我儿子有神经病,他有什么病?

我心里一哆嗦,两人见面可别吵起来,年纪都大了,再有个好歹的。我可得盯住了。

想不到,两个老人一见面,越说越亲近,把我晾一边了!

什么情况?周老头儿一见万家的惨景,马上说,万老太,我不要你赔偿了。你说吧,你要告谁?我帮你,我年轻的时候干过律师!

这怪老头儿,真可爱!

李老师,我的工作就是这样,有苦,有累,有烦恼,有快乐,也有被冤枉,被骂,甚至被打。但是,我最终都为老百姓解决了矛盾。看着他们吵着来笑着走,我什么都忘了。就算自己被打伤了,过几天就会好的。谁让我是人民的警察呢?

好像一只蝴蝶飞进我的窗口

徐勇的故事戛然而止。说三个,就三个,干巴利落脆!
李老师,你还要到哪里去采访?我叫车送你。
我依依不舍。
徐勇说,你多采访采访别人吧,都比我出彩!

我来到北塘分局。
随着一支熟悉的歌,她走来了。

> 你从哪里来我的朋友,
> 好像一只蝴蝶飞进我的窗口……

她出生在草长莺飞的季节。油菜花黄,彩蝶纷飞。

家里成分不好。下放到农场劳动的父亲说,女儿,你就叫蝶吧!

就这样,像一只蝴蝶,她飞到了我的面前。

女刑警徐蝶,我一来无锡公安就听说了她的名字。凡跟我说起她的,都叫她"女汉子"。当我见到她,倾听她,才理解同事为何如此称呼,一个字——

赞!

徐蝶,干练,机敏,屡破命案。有男之强悍,亦有女之缜密。白皙的脸,一双能看透人心的眼。语速很急,话不重复,笑起来快,收起笑也快。我见到她时,做过刑警、刑警大队副大队长、派出所所长的她,已升任北塘分局政委。

我说,你们领导啊,眼真毒!

她笑了。没容我看清,已收起。

在这个阳光灿烂的下午,窗外,姹紫嫣红,生机盎然。我却听了三个死亡的故事。

他吐的第一句话:两个小时。

——徐蝶用杀人犯的话,开始了她的第一个命案故事。

2013年6月1日,租住辖区的东北人关平报警,说昨天中午他老婆梅丽开着奔驰越野车,把他送到单位后,驱车前往就职的江南大学,自此失踪。我一听情况不对,就问他老婆平时的生活规律。关平说因为孩子小,夫妻俩的生活非常有规律,白天各自忙于工作,晚上必定回家。既没有仇家,也没有债务。

我感到很蹊跷。通过公安平台一调,发现梅丽是二婚。我就问关平，你和你老婆关系好不好？他说我和老婆关系很好，感情很深。她父母为我们照顾孩子。我说，这样，把你岳父岳母都叫过来。老人过来后，我就跟他岳母单独接触，问问失踪人的情况。老人说，关平跟梅丽关系很好，不知道她之前还有一次婚姻。梅丽与前夫没有孩子，离婚几年以后才找的关平，不是搭上这个撇那个，没有旧情纠缠。梅丽在马路上看到以前的婆婆，还停下车打招呼。

听完老人说的，我有了几分底。作为女人和职业的敏感，我背着关平找到梅丽的前夫，进一步摸排。我要把梅丽所有的关系人都排除，看有没有什么可疑的，心里才有方向。当然，这个工作量是非常大的。同时，技侦人员查找这个女人开着奔驰越野车去过哪些地方。结果，车的最后去向定格在太湖边一个很偏僻的地方，距江南大学七八公里。

我跟关平说，我们找到了奔驰越野车最后的轨迹，你开车过来，我们一起沿着这个方向去寻找奔驰越野车。他开车来了，我坐他的车，叫我们的警车跟在后面。我为什么要坐他的车，就为一路上跟他聊，聊生活琐事，聊他跟老婆的交往，以女人的视角察言观色，看他对梅丽的感情真不真。因为我有过经历，报案人就是嫌疑人。一路上，关平说起梅丽很动情，眼泪在眼眶里直打转。说万一出了什么事，我愿意出事的是我。孩子还小，孩子不能没有妈。一路聊下来，我判断，关平不是嫌疑人。结果果然如我的判断。现在，我们成为朋友了，他管我叫姐。

我们在湖边转来转去，没有找到奔驰越野车。包括梅丽前夫在内，所有人的怀疑也都排除了，最后剩下一种可能，梅丽被害了！

这时，技术室送来监控最后拍到的照片，开车的人已经不是梅丽。

我对关平说，我的感觉很不好。

我一步一步给他心理暗示，让他慢慢接受这个现实。

关平当时就哭起来。唉，他怎么走出这个情感的黑天啊！

我心里很沉重。奔驰越野车最后消失的地方已不属于我们派出所管辖，我可以撒手，把案子推给当地警方。但是，我没有撒手。既然上手了，就要查个水落石出。不管在哪儿，都是无锡百姓。不管归谁，都是无锡警方。我决定配合当地警方侦破，抓住凶手，为死者申冤。

很快，梅丽的手机异常情况也到手了。当天，她的手机在车上，一直没关。遇害时，凶手的手机也处于开机状态，仿佛冤死的孤魂在施法，这个荒郊野外的手机持有人无疑就是凶手！我们很快查到这个人的信息，通过比对，正是后来开奔驰越野车的男人。他杀人和抛尸都在这辆车上。

当晚，锁定犯罪嫌疑人。此时，人已在苏州。

别说在苏州，什么州也跑不掉！

犯罪嫌疑人叫刘瑞。死不认账。但是，我在他车上发现了一把奔驰车钥匙。我马上给关平打电话，你有没有备用钥匙？他说有。我说你马上送来。奔驰车钥匙上都有一串数码，代表身份。

两把钥匙一对，一模一样！

刘瑞的脖子软了。

我和刑警支队的高昆大队长一起审。审杀人犯不用太威严，就是跟他聊天。聊了十来分钟，刘瑞吐出了第一句话——

两个小时。

跟着,他提了个要求。一般犯罪嫌疑人提要求的时候,就是准备开口的时候。他提了什么要求?说想上厕所。我说可以,就叫民警陪他去。上完厕所,全招了。

原来,刘瑞老婆要生了。从杀人到被抓这两天,就是他老婆要生的两天。他需要两万块,生孩子用。这家伙吸过毒,盗过窃,家里人都不爱理他。他从苏州来无锡,找他妈要这两万块钱,他妈不给。他就出去抢劫了。抢劫杀人回到家,正好两个小时。想不到,他妈又给他钱了。如果他妈早两个小时给他,也许惨案就不会发生了。

所以,他第一句话是,两个小时。

在江南大学对面,有一个华润万家超市。梅丽跟丈夫分手后,开车来超市买东西。之后,到地下停车场取车。在这里,她不幸遇到了死神。因为反抗,死于刘瑞的铁棍下。刘瑞怕她不死,还用铅丝勒她的脖子。然后,把她放在车上,开到湖边,拖进水里。后来,刘瑞带我们找到尸体的时候,人已经不像样儿了。黑黑的,一脸蛆。再晚几天,就剩一堆白骨了。

为了自己的老婆,杀了别人的老婆。

我问他,你抢到了什么?

只有一包孩子吃的东西。

那是梅丽给自己孩子买的,为了六一儿童节。可怜的母亲!

钱都在信用卡上,有几十万。刘瑞没搞到。

梅丽死在豪车上。如果开的是一辆破车,也可能没事。

刘瑞打算开着这辆奔驰越野车先去云南,然后越境到缅甸去混社会。想不到,两天后,他的人生旅程就终止在无锡。

杀人犯的血衣，死者的包，都被扔进湖里，我们请人打捞上来。信用卡、手机、手表、车，全都追回来了。证据确凿，铁案如山。

我打电话给关平，说父母受不了女儿这样的惨状。就这么一个女儿，从小养到大，受不了。你去帮老婆把衣服买好，火化前给她穿好衣服，化好妆，再让她父母见最后一面。

梅丽火化后，关平把自己锁在房子里，什么也不吃，就是想死……

说到这儿，徐蝶沉默了。

窗外传来鸟儿叫，布谷，布谷！

我们都把脸转向窗外。布谷，布谷！

徐蝶说，春天都过了，鸟儿还在催人播种谷子，播种生命。生命多美好啊，可我接下来要讲的，还是关于死亡的故事——

连破命案，有人问我有什么窍门儿？

我说，机会总是留给有准备的人。

问我的人抓抓脑壳，走了。不甚了了。

其实，这话是我从心里说出的。

下面这个女出租车司机被害案就很说明问题。

接到报案的时候，这个可怜的女人被扔在了山里，像一堆柴草。无冬历夏，起早摸黑，挣的都是辛苦钱。作为一个女出租车司机，谁知道她的酸甜苦辣雨雪风霜？可就是这样，她还惨遭杀害，弃尸荒野。想起这些，我恨不得马上抓获毫无人性的罪犯，千刀万剐！

女司机人被害了，车被扔在离抛尸地不远的一个池塘边。寻找凶手的工作重点还是放在排查上，以现场为主，向四周扩散。有直接关系的找直接关系，没直接关系的大量工作就放在排查上。与被害人有矛盾的有交往的关系先查，被排查的对象是否有手机或 BP 机等。这个现场偏僻，连吃饭的地方都难找。我们早上赶到，中午就摸到附近一个警务站里凑合。

当时，我的任务是排查，一个线索一个线索地寻找。几天下来，毫无进展。这天中午，我刚在警务站凑合吃了午饭，有一个男人来到站里，说要找站长。我帮着一问，站长外出还没回来。男人说，哦，那我等会儿再来。过了一会儿，他又来了，站长还没回来。他扭头要走，我拦住他，问你有什么事吗？他欲言又止。我就打电话给站长，说有人来找你两次了。站长说，嗨，山里人闲得没事就往我这儿跑，都是鸡毛蒜皮的！我还回不去呢，让他明天再来吧，没什么大事儿！我放下电话，第六感告诉我，不能这样回答人家，没事儿人家干吗跑来跑去的？

我就跟这个男人说，站长这会儿忙着呢，他让我先接待你。有什么事你先跟我说，我记录下来再转告他。你看，这是我的工作证和警号。

这个男人不好意思地说，还看什么工作证啊，哪有老百姓不相信警察的？其实，也没什么，就是我老母亲捡到了一个香烟壳，里面有一个号码，不知道是谁的，有没有用？

我立刻警觉起来，啊？在哪里捡到的？你带来了吗？

男人说，前两天我出差不在家，我母亲到池塘打水，池塘里有个香烟壳在漂，老太太就用桶打上来。她眼睛不好，看见上面有字，就拿回家。我回来后，她告诉我，我一看，不是文字，是几个数字。我听说池塘这边出了人命，就把它带来了。

说着，他从口袋里掏出香烟壳，递给我。

我一看，这不是随意写的数字，而是传呼机号码。

后来，我才了解到，这个男人是村支书，做过治保主任，很敏感。母亲也受他影响，人老了，警惕性不老。

站长回来后，我把这件事告诉他。他没当回事儿，一个烂烟壳！

我以情况反映的书面形式，把这个传呼机号码汇报到刑警支队。

报告当晚十点报上。第二天一早，命案告破。

刑警支队通过侦查，找到这个号码的主人，发现他是毒贩，立刻决定抓捕。与命案有没有关都要抓。毒贩落网后，供出向他买毒的一些嫌疑人，这些人都有他的传呼机号，以便联系他买毒品。我们从最近跟他联系过的人开始梳理抓捕，想不到，第一个落网的就出乎预料——

你知道为什么抓你吗？

我杀人了。

所有参加抓捕的人都愣住了。本以为他会说买毒吸毒，没想到他说杀人了。

你杀谁了？

开出租的。

男的女的？

女的。

人呢？

扔山里了。

车呢？

扔池塘了。

得,不用再问了。走,带我们去指认!

这个杀人犯就这样抓到了。以前,他也开过出租车,知道出租车驾驶员身上总有那么几百块钱。为了抢钱买毒,他向同行下手了。他以乘客的身份上了车,出其不意用铁丝勒死了女司机,抢了钱,又开车进山,把尸体扔在山上。做完这一切,他已经变成魔鬼。他开车下山,路过池塘的时候,停下车去洗手,一弯腰,上衣口袋里的香烟壳掉到水里了。起初他没在意,继续洗手。突然,他想起香烟壳上有他写的毒贩的呼机号,大吃一惊,头发都竖起来了。再想去捞,香烟壳已被水流冲走。他想了想,没事儿,冲哪儿去谁知道,说不定一会儿就沉下去了。他回过头又去开车,却怎么也打不着火。没辙,他只好打消了把车卖到外地的念头,丢下车,逃离池塘。

人在做,天在看。

他想不到,香烟壳没沉。

他想不到,池塘是封闭的。水流转来转去,又把香烟壳推送到岸边。此刻,村长的警惕性很高的老母亲,正提着水桶朝岸边走来。

所以说,要想人不知,除非己莫为。

听徐蝶讲到这儿,我跟上一句——

又所以说,机会总是留给有准备的人!

徐蝶会心一笑。

不等我看清,笑容又瞬间消失。

多亏了这个香烟壳!我们的人去抓这个杀人犯的时候,他预感危机,正想逃进山里去。一旦他逃进山里,破案就难了!

她最后补充了一句,又讲起第三起命案——

被害的也是一个女人。

为什么被害的尽是女人？

徐蝶这样发问。

这个女人蜷着双腿，可怜地缩在一个空调室外机的包装箱里，发现时已僵硬了。生前所有的追求与爱恨，骤然石化。纸箱被抛弃在无锡农村的一条小河边。这个地方叫蠡园。捡垃圾的人老远看到，兴奋地跑过去。一拖，死沉。莫非连室外机一起扔了？打开一看，魂飞魄散，嗷的一声，跑出二里地。真是，人死如虎。

接到报警后，我赶到现场。惨不忍睹也要睹，这是一条生命啊！首先，要确定尸源。她是谁？她叫什么，是哪里人。很明显，这里不是第一现场，而是抛尸地。女人身上翻遍了，什么东西也没有。唯一有价值的，就是这个纸箱。纸箱很新，看出是机主安装后有意保留下来备用的，万一有毛病返修或退换时好用。

这是小天鹅空调专用纸箱，上面有一个条形码。

这个条形码成为我寻找线索的突破口。我父亲恰好在小天鹅集团工作，他告诉我，通过这个条形码，可以到厂里去找与之对应的空调安装地点。厂里有备案，哪台机器安装过，同样的条形码要贴在保修卡上，由安装人员带回去留做售后服务。好，太好了，我带人来到厂里，在电脑里把本地的和以前外地录入的资料都查了一遍，没有！我父亲说，这就怪了，这不可能，凡出厂安装的都有回执！这时，有个工作人员说，会不会还没来得及录入？从全国各地寄回的包裹，有些还没来得及拆包录入呢！这一提醒，让我看到亮光，忙问，没拆的在哪儿呢？

工作人员领我去看，妈呀，傻眼了，小山似的堆了一地。我挠挠脑袋，拆！再多也拆！

大海捞针，真的捞到了！本案的经典也就在这里，通过包装箱的条形码，找到了装机地点。在哪儿？上海的一幢居民楼。杀人凶手如果就地取材，被害人无疑就在此居住。当然，也不排除凶手是从另外一处找来的包装箱。不管如何，专案组先赴上海。一查，这家是出租的，租住的女人失踪了。拿照片让房东辨认，房东差点儿被吓死，就是她，黄玲！

黄玲是歌厅里的小姐。出租房是杀人第一现场。歌厅的妈咪提供了重要线索，两个抢劫杀人犯很快就落网了。他们已经得手了，抢了钱和金项链，还有一个手机。为灭口，掐死了黄玲，顺手用屋里的空调包装箱装了尸体，找了一辆出租车，谎称给朋友送空调，让出租车开出了城。天黑，也不知道开到了什么地方，认为很远了，就停下来，说到了。司机感到不对劲儿，荒郊野外的哪有人家，但是他不敢出声，拿到车钱，开车就跑。

两个杀人犯，一个有前科，一个没前科。没前科的被抓后，没费事儿，立刻就交代了。从作案到抛尸，再到抓获，前后只有一个礼拜。但是，命案光凭口供不完全，我手上没有直接证据。也就是说，要有罪犯抢劫到的死者的赃物，最起码要有一件。钱挥霍了。项链和手机都卖了。项链卖给了一个小金店，我带人赶到，老板说已经卖了。什么人买的，记不清了。我怎么知道是赃物？老板说完，打了个喷嚏。这喷嚏也太大了，都能浇花了。喷嚏往往是连串的，不等他再打第二个，我抽身就走了。其实，我也想到了，就算是找到，又有谁能证明这项链就是黄玲的？相同的项链太多了，证明的过程肯定很痛苦。

剩下的，只有手机了。当然，也卖了。卖给了一家二手店。

三星的，红色的，新款的。妈咪和歌厅的几个小姐都写了证明，她们的证明，与犯罪嫌疑人的交代相吻合。

现在，关键在于找到它！

我追到二手店，女老板说出同样的话，我怎么知道是赃物？昨天让人买走了！

谁买走的？

是个男的，我没登记。

我一听，这可抓瞎了。

人海茫茫，三星何处觅？

正着急时，店里进来一位买主儿，趴在柜台上挑来挑去，挑上一款。拿在手里问，这是好的吗？女老板说，不好你摔了听响儿！你打我手机试试？买主儿把自己旧手机里的卡抽出来，插进选好的二手机，老板，你手机多少号？女老板说了。买主儿一拨，"路边的野花你不要采"！嘿，二手机唱上了。好的。女老板当然没接，直接就给按了，交钱吧！买主儿交钱走人。

我眼睛一亮，老板，昨天来买三星的男人也这样试了？

女老板说，对啊，谁买二手机不试啊？

我说，麻烦把你手机让我看看。

女老板痛快地递给我，我打开手机，抄下了昨天所有的未接来电。

回到办公室后，我挨个儿重拨这些未接来电——

喂，我是三星公司售后服务，请问您是刚买了一款三星手机吗？使用情况怎么样？

一连打了十九个,都说没买。还有一个骂,神经病!

打到第二十个,接电话的是个男人,哈哈,是的,我昨天刚买的,二手的,很好使啊!

哦,恭喜您!您买的这款是本公司的最新产品,红色机身。

对,对,是红的!

得,买主儿就是他了!

当他用黄玲的手机,插入自己的电话卡拨打女老板的手机时,就在女老板的手机里留下了号码。

对我们来说,通过手机号码找到这个买主儿,小菜一碟儿。

很快的,黄玲的手机找到了,作为定案的赃物。至此,这起抢劫杀人案证据链完整,办成了铁案。

在审问中,那个没有前科的杀人犯求我一件事。我问什么事?他说知道自己必死无疑,有些后事求我安排。我答应了。我帮他安排了后事,并且一直跟踪到他被执行死刑,通知他弟弟前来领取骨灰。

结束语,沉重又温情。

大家爱管徐蝶叫"女汉子",可她到底是个女人!

对徐蝶的采访结束了。她看我记得密密麻麻的,说,李老师,每个案件的侦破,都是集体的智慧,我不过是其中的一个参与者。

分手的时候,我问徐蝶,你像一只蝴蝶要飞走了,还记得你飞来时的那支歌,最后一句是怎么唱的?

她笑了,难道你又要匆匆离去,又把聚会当作一次分手……

她是轻声说的,还是轻声唱的,我想不起来了。

丹东看守所的故事

等你到天亮

这是春节前一个寒冷的早晨。

风刮得邪乎,天黑得吓人。白天看去很像战士头盔的帽盔山,此刻似巨兽匍匐在通往看守所的公路边沉睡。公路不宽,刚够错车。路两头淹没在无尽的黑暗中。没有车来,也没有车往,更没有行人。

这严冬的寒晨,这荒寂的郊外。

谁也想不到,就在这时候,在看守所的铁门下,坐着一个人。

他是谁?

他为什么要坐在凛冽的寒风中,为什么要坐在看守所的铁门下？

  他叫西宝，四十来岁，丹东本地人。因伤害罪进了看守所。这西宝，说起来是条汉子，脾气大，心眼好；能吃苦，肯出力。干起活儿来浑身有使不完的劲儿。可就有一样，让他媳妇玉珠受不了。什么？喝酒打仗！丹东人把打架叫打仗，听起来比真枪真刀的更猛。西宝爱喝酒，酒后爱打仗。为朋友不平，为自己不平，有时候则什么也不为，纯粹酒烧的。酒壮手狠没轻重，打完仗回家，血呼啦。玉珠说两句，他还辣手摧花。一个弱女子，哪儿经得起大拳如斗？他可倒好，人也打了，酒也醉了，爬上床，呼噜噜，死猪一头。第二天啥都忘了，见媳妇两眼成熊猫，还问咋儿摔的？一而再，再而三。

  玉珠受够了，我下辈子当牛做马，也不跟你！

  西宝眼一瞪，你下辈子当牛，我就当个宰牛的！

  玉珠气死了，跟你离婚！

  西宝鸭子闭眼嘴壳硬，离就离！

  俩人就这么离了。有个小女儿，判给了玉珠。西宝负责生活费。

  好好一个家没了。暖暖的鸟窝被一竹竿捅翻。

  风里雨里，白天黑夜，一晃八年过去了。

  玉珠带着女儿，起早摸晚。忙了外边忙家里，洗洗涮涮，点火做饭。西宝领着民工，披星戴月，搬不完的水泥，和不完的灰。一座座高楼立起来了，仰头望望，望掉头上的柳条帽。楼再高没他的，捡起帽子拍拍土，又朝新的工地走去。发钱了，大泥手捻了又捻，留下填肚子的，都给女儿捎去。中秋的月光透过破工棚照进来，西宝躺在狗窝样的地铺上，咬着干了三天的硬馍，想起女儿，想起家，想起孩儿她妈。女儿今年快十二了，长得像我也像她。老远见到就张开小手叫爸爸、爸爸……玉珠漂亮贤惠，心疼我也心疼娃。每次从工地回家，进屋就有热茶。一碗最爱吃的西红柿鸡蛋面香喷喷撒着绿葱花。这样难找的好媳妇，我怎么能下手打？这样想着，西宝掉泪了。他想复婚，他想回家，他希望玉珠能原谅他。

经过几次电话联系，又托人说好话，玉珠终于同意见个面。再三说，只是见个面，别的什么都不应。西宝高兴得如回到初恋，行，见个面就行！我请客！

见面这天，西宝翻出件干净衣裳。民工看他乐成三瓣嘴儿，问他今天高兴的什么？他说，今天高兴的就是从没有这么高兴！

瞧瞧，说了跟没说一样。

在小饭铺花二十九块八毛摆了一桌"豪华"的菜，两人见了面。饭还没吃，西宝就说，玉珠，咱们复婚吧！玉珠说，不是只见面吗？西宝说，我装不住话，咱们复婚吧！玉珠说，你还打仗吗？西宝说，不打了，不打了。玉珠说，我不信！狗改……话到嘴边又咽了。狗改不了吃屎，难听。西宝接过话儿，狗改吃狗粮啦！玉珠笑了。西宝还以为成了呢，不料玉珠又沉下脸，你难改。

得，面见了，饭也吃了。有希望，没结果。

出了小饭铺，西宝冲玉珠拍胸脯，我说不打仗就不打仗了。话才落地，一人高马大的家伙就横过来挡住玉珠，哎哟喂，鲜花儿插在了驴粪上，带到这么个狗食馆来也不嫌埋汰！说着就上手摸玉珠的脸。西宝火冒四丈，狮吼一声扑上去——

开打！

一仗下来，那厮才知撞上武林高手。满地找牙不说，还差点儿被抓瞎了眼。为这一传说中的鹰爪，西宝也付出了惨重代价——法院以伤害罪判他八个月。因为刑期短，就留在看守所服刑。

丹东看守所月押量超过五百人。被判死刑的，等着死；被判长刑的，等着去监狱；刑期短的，留在所里熬。期满了就地释放。这其中，有身体健康的，也有带病的，甚至还有带艾滋病的！可想而知，要管好这五百来号案情不同前景各异的在押人员，像所长戴晓军常挂在嘴边的"俺家那五百口子谁也不能出事"，几十位管教要承担多大压力，付出多少艰辛——

日复一日，年复一年！

西宝被分到管教魏红召负责的监室。自从进来，就没人给他送过衣物，也没人来看他，成了孤家寡人。但是，一个大老爷们儿，身体壮刑期短，按理不会有大问题。孤家寡人就孤家寡人，反正呆几个月就出去了，天高任鸟飞。

可细心的魏红召却发现，西宝很郁闷，少言无语，眉头紧锁。"不怕说这说那，就怕不说话！"这是魏红召的经验。在押人员有话不说，非憋出病不可。只有让他们说，听他们说，才知道他们想什么、要什么，才能帮他们、助他们。魏红召就找西宝谈心。你心里有什么愁事？没事。再问，还是没事。魏红召没放下，西宝缺穿的，他买来；伙房有好菜，他掏钱给添一份儿。监室里还有一个叫铁元的，进来时身上生个火疖子，晚上疼得睡不着觉。魏红召领着去医院看了几回也不行。魏红召不死心，到处打听药方、偏方，终于买到一种叫"独角膏"的膏药，用火烤烤，亲手为铁元贴上。一连几天，天天换。不嫌脏，不间断，硬是把病治好了。西宝看在眼里。一天，他主动找魏红召谈心，魏管教，你是好人，你有人性。你问我有什么事，唉，说了怕你也管不了。再说这事也不该你管，我自作自受。魏红召一拍他肩头，你说说，什么事？西宝就把心里话全掏出来。末了，巴望着两眼，你能不能帮着问问，她愿不愿意？八年了，我想她，想女儿……

说着，眼窝就红了。

魏红召也难过起来，想不到西宝会说想复婚的事。不知为什么，他眼前忽然浮现出妻子温柔甜美的笑脸。不管自己从看守所回家多晚，妻子总是说饭在锅里！打开锅盖，香气扑鼻，是他最爱吃的手擀面，西红柿鸡蛋绿葱花；他的眼前，又浮现出女儿乖巧可爱的脸儿，张着小手大声叫着爸爸、爸爸，叫得让人心疼……这就是他的家，他生命的全部。他离不开妻子、孩子；妻子、孩子也离不开他。

他对西宝说，兄弟，别难过。这事，我帮你！

打这以后——

魏红召把西宝的事装在了心里，他有了心事。

西宝把自己的事交给了魏红召，他没了心事。

监室里的人第一次听到西宝的笑声。

没过多久，西宝判下来了，八个月。刨去已经在看守所关押的日子，所剩时间不多了。按规定，一判下来，西宝就可以跟家人见面了。

所里通知了玉珠，可是她没来。

魏红召很着急，就去找戴所。

戴所，丹东看守所所长戴晓军的爱称。不论是管教，还是在押人员，都这么叫他。少了个长字，更亲。

戴所说，通知了家里，家里不来，这也常有。

魏红召就向戴所讲了西宝想复婚的事。

戴所一听来了神，好事啊！应该！就是为了孩子，也绝对应该！关进看守所的有多少单亲的？他们犯罪很大程度跟父母离异有关。一个家破裂了，就给社会带来一分不安定。精卫填海，咱们能挽救一个就挽救一个。你再去联系玉珠，只要联系上了，我就再安排一次会见！

魏红召信心满满，马上赶回监室，问西宝怎么才能找到玉珠？西宝给了他一个电话。魏红召一打，电话不是玉珠的，是离她家不远的一个小卖部的。劳驾请帮忙叫叫玉珠，谢谢啦！魏红召客气得不行。谁知对方连哼都没哼，啪哒一下就给扣了。热脸贴上冷屁股。难道这主儿对警察有气？我也没亮身份啊？魏红召苦笑笑，又拨通，麻烦您帮忙叫叫玉珠，谢谢您啦！魏红召对电话直鞠躬，人家也看不见呀！还别说，好像管点儿事，小卖部这回没有"啪哒"，听声音像是把话筒放一边找去啦。魏红召笑了，看看，文明礼貌，管事！他边等边琢磨，怎么对玉珠讲第一句话呢？你好，打扰了……您好！真对不起，打扰您了……正琢磨呢，啪哒！小卖部那边又给扣了。根本没去找。嘿！你再扣我还打！魏红召又打通第三遍。这回也不客气了，你别扣我电话！我是警察！找玉珠了解点儿事。你快去给我叫！小卖部吓一跳，啊？对不起，对不起！麻烦您等等，麻烦您等等……

得，轮着他给电话鞠躬了。

结果是，等也等了，叫也叫了。但是玉珠没来接。没接就没接吧，还让小卖部传了个话，她说知道啦，回头给您回电话！

她知道什么啦？我也没留电话她给谁回啊？没辙，魏红召又主动鞠了个躬，把自己的电话号码留给小卖部，麻烦人家转告。

首战未捷，魏红召很郁闷。可回监室见了西宝，又假装刚捡了个大元宝，嗨呀呀，这两天太忙啦！迎接上面检查。等忙过这阵儿，我就帮你打电话。西宝，你别急啊！

魏管教，不急，您先忙正事。我不急！

不急？俩人讲的都是假话。

但要说急，魏红召比西宝还急。一天过去了，两天过去了，三天过去了。电话左等不着，右等不着。吃不下睡不安，脑门儿还直发烫。照镜子看看，可别在这儿生了火疖子，就算"独角膏"能治，拔出火来再落下个疤！干脆，直接找她去！魏红召查到了玉珠的地址，在五龙背。他收拾收拾就出发。风风火火上了车，又一拍脑门儿下来了。不中！他心里打起了架。连河南乡音都急了出来。不请自到太突然。这不是办案子，穿警服不好，不穿警服也不好，街坊四邻议论起来能把事弄砸了。毕竟人家离婚八年了，不是短日子。她不回电话，说明有想法。操之过急，适得其反。要打算把好事办好，就不能急。

等等，再等等！

一天又一天，西宝刑满释放的日子越来越近，说话就要破月。玉珠还是没回电话。魏红召急得要上房。他不敢看西宝的眼，因为那双眼里全是话。还让我说什么呢？上面来检查？不好使。电话坏了？也不好使。不能再这么傻等了，再等下去，西宝就该放了。不能让他这样没头没脑地走，一定要在走前帮他落实这事儿,哪怕是不同意复婚的坏消息。

魏红召发起了新攻势,接连五天,每天往小卖部打一次电话——

你把我电话给玉珠了吗?

给了,给了!

那为什么接不到她回话?

啊!她还没给您回话?这不是害我吗!我真给她了。我,我,我向毛主席保证!

向毛主席保证?你得与时俱进啊!你再去告诉她,让她无论如何给我回个电话!

好,好,我这就去。哎哟喂,我的小姑奶奶,快给你魏爷回话吧!

到了第六天,天都黑完了,魏红召正要睡觉,突然,电话响了。一接,正是玉珠。

你是谁啊?找我什么事?

魏红召急忙说,啊,啊,我姓魏,我是……

得,准备好的文明礼貌一句没用上。

你是不是想为西宝说好话?

这一问,让魏红召动了感情——

玉珠,你说对了。西宝心里一直装着你!他进看守所七个多月,我俩谈话记不清次数,他跟我说得最多的还是你,谈他父母都少。可见对你感情有多深!这回他为什么进来?还不是为了你?尽管打仗不对,但他是为了你啊!再有就是谈孩子。他想你,想孩子,想你们这个家。过去他爱打仗,也跟你动过手,你们为这个分手了。他现在想起来就后悔,想起来就难过。

他知错了,他想跟你和好,希望你能原谅他!这几年,你一人带孩子很辛苦。可你知道吗,他又是怎么过来的?领着一帮民工,没黑没白,土猴儿似的在工地上卖命。饥一顿饱一顿,冷一天热一天。为什么?还不是想给孩子多挣点儿钱?离婚这么多年,他没找过别的女人,没少给你一分钱。宁肯自己没吃没喝,成天像叫花子一样。我见过那么多人,我敢说西宝不是坏人。相反,他是个好人,是个重感情重情义的男人。我接连打电话找你,就是想对你说,你原谅西宝吧,他是个好人,他没有乱七八糟的事,他靠得住。你们合好吧,把日子重新过起来,互相有个依靠,也让孩子有一个完整的家!

电话那头儿,一点儿声音也没有。

魏红召更加恳切,玉珠,如果你觉得我是一片真心,你就听听我的建议:你来我们这儿一趟,跟西宝见个面,坐下来好好谈谈。如果行,到他出来的日子,你们就手拉手回家;如果不行,你也给西宝一个痛快话,让他死了心。你说呢?

电话那头儿还是没有一句话。

魏红召不急,玉珠,虽然我们没见过,但我理解你。你是一个要强的人,是一个好母亲,也是一个好妻子。毕竟分手八年了!你需要好好考虑。但是,我希望在西宝出来之前,你能给个答复。你看,已经没几天了。这就是我为啥要急着找你的原因。真对不起,打扰你了!

说着说着,文明礼貌自己冒出来了。

谢谢你!电话那头儿终于开口了——

魏管教,你讲了这么多,我很感动!见不见西宝,我还没想好。等我想好了,就给你打电话。

说完，电话就挂了。

魏红召的心又悬了起来。

盼星星盼月亮，仿佛要见玉珠的不是西宝，而是他。

三天后的一个晚上，电话到底打来了。见！

戴所一听消息，笑了。说，眼看过春节了，要是能在节前复婚，那可就太美了。马上安排他俩见面！

说完，又找补一句，小魏，你可以改行干婚介了。

日思夜念，西宝终于又见到玉珠。

魏红召轻轻带上门，你俩好好谈吧，我等着听喜讯。

会见室里，话说了一箩筐又一箩筐。

会见室外，魏红召看看表又看看表。

按规定，会见只给半小时。

可谈了一个多小时，还没完。不顺利。

怎么办？再等等。

又过了半点钟。

下一拨等待会见的家属都来了，眼巴巴地站在门外。

魏红召一看，不能再等了，只好推门进去。

你俩还没谈好？

两人都不吭声。

看这架势，魏红召心里来了主意。笑着说，我看这样吧，生扭的瓜不甜。玉珠，你回去再想想，西宝还有三天就出去了，你要是同意复婚，那天早上六点半就来这儿接他；要是不同意，就别来。好吗？

玉珠点点头，走了。

西宝叹口气，也走了。

转眼两天过去了。明天一早,西宝就要离开看守所了。

入夜,他躺在铺上睁大着双眼。被铁窗分割的月光,冷冷地打在脸上。玉珠,你明天来接我吗?西宝心里不停地叨念着。突然,身上像过了电,他想起看过的一部电影。电影里那个走出监狱的汉子一翻过山头,就看见自家屋顶上挂满了黄手帕!那是妻子等待他回家的标志,那是妻子欢迎他回家的旗帜,那是幸福的黄手帕!

西宝落泪了。玉珠,你欢迎我回家吗……

这天晚上,在看守所值夜班的魏红召同样失眠。

下午下班的时候,妻子约他到商场买年货,还要给女儿挑过年的新衣服。夫妻俩信步鸭绿江畔,江风习习,江水漫漫。鸭绿江啊,你日夜流淌,历经了多少岁月,见过多少悲欢。

台阶上有人叫着,过年了,点个灯,许个愿吧!

那是一种长方形的红纸灯,灯身从上到下是密封的,底座留口。底座的竹架上有一小盒固体燃料,点燃后,热气蒸腾,纸灯便带着主人心中许下的愿,脱手升空了。

妻子说,咱们许个愿吧!

魏红召说,好。

卖灯的说,心里许愿,嘴上别说。

夫妻俩共同点燃了许愿灯。红彤彤,亮闪闪。双手一松,纸灯飘然升起。带着他们的心,飘向夜空。

妻子默默许愿。

魏红召也默默许愿。

许愿灯越升越高,越升越高。终于,化作一颗星。

妻子问,你许的什么愿?

魏红召摇摇头，说出来就不灵了。

妻子笑了，肯定是为咱们家！

魏红召还是摇摇头……

第二天一早，天还黑得吓人，魏红召就爬起来为西宝办了释放手续。眼看六点半了，急忙领西宝走出号筒。来到看守所前院，他对西宝说，外面冷得要命，你在传达室里坐一会儿，我先出去看看。

他不放心，自己要先出去看看。

迎着寒风，魏红召吃力地推开看守所的小门。

出门一看，没人！

他的心，咯噔一下。

再等等，也许就来了。

黑暗无边，望眼欲穿。

六点五十了，还是没来。

怎么办？先回吧，西宝等急了。

回到传达室，见西宝的两眼大灯似的追着自己，魏红召使劲儿挤出笑，还没来呢，天黑，路远。别急，再等等……

与其说安慰西宝，不如说安慰他自己。

西宝收回目光，低下头，半天没说话。

传达室里静如死。

终于，还是西宝先说话了，从五龙背坐 11 路车进城，有十多里，终点是站前。到了站前还要走一大段路，才能坐上 20 路车到这儿，又有二十里。加起来三十多里地……

魏红召说，兴许她没赶上头班车……

西宝又沉闷了。

时间一分一秒过去了。

眼看七点十五了,大门外好像来了 20 路车。魏红召和西宝同时站起来,跑出去一看,果然!20 路车来了。

但是,没人下,也没人上。只有风声嗖嗖,只有枯叶抖抖。

西宝小声说,兴许,家里有事走不开?

魏红召点点头,兴许,家里有事走不开……

西宝一卷衣服,蹲在了大铁门下。

魏红召衣服一卷,蹲在了西宝身旁。

两个老爷们儿,两双大眼睛。一个 20 路车站。

七点半了。离约定的时间整整过了一个小时,玉珠还没来。

这时,所里有事找魏红召。他掏出五十块钱塞给西宝,我要去办事,不能陪你了。都过一个小时了,玉珠……天这么冷,一会儿她再不来,你就自己坐车回去吧。是回你妈家?还是去五龙背?

西宝没吭声。

魏红召拍拍他肩膀,爷们儿,别灰心。回去以后,再找她好好谈谈。需要的话,约好了我陪你一块儿去!

魏红召离开了西宝。

人离开了,心还蹲在寒风中。

所里要办的事不大,很快就办完了。看看表,已经快八点了。

玉珠来了吗?

西宝走了吗?

魏红召放不下,三步并两步,推开小门,出去一看——

冰冷的铁门下,冰冷的石地上,有一个冰冷的人。

他一动不动地坐着，如同雕刻。

白天看去很像战士头盔的帽盔山，此刻似巨兽匍匐在通往看守所的公路边沉睡。路两头淹没在无尽的黑暗中。

没有车来，也没有车往，更没有行人。

魏红召心里一热，眼潮了。

他不声不响地走过去，走到西宝身旁，坐了下来，肩靠着肩。

西宝看了他一眼，没出声。

魏红召掏出了烟，西宝一支，自己一支。

两个爷们儿，两支烟，一个车站。

风刮得邪乎，天渐渐亮了。

没有话。一支抽完了，又掏出一支。

就在第二支烟点亮的时候，20路来了。

车上下来一个人。

只下来一个人。

一个女人！

风中的红雨伞

这是一个永远难忘的故事。

这是一把永远难忘的红雨伞。

1998年8月中旬的一天,看守所铁门一响,送进来一个女人,脚镣蹚得哗啦响。当时所里只有王晶一个女民警,分管几十个女在押人员。她迎上去问,什么案?送人的狠狠地说,杀人!被送来的女人叫周杰。人高马大,大背心大裤裆,一身恶臭。她的身世非常不幸,一生下来就因为是女婴而被父母丢在医院。多亏养父母抱走养大。周杰结婚生子后,靠开出租车糊口。车是借钱买的。她原本想吃些苦挣上钱,让养父母过上好日子,谁知刚开一个多月车就被撞坏了。债主催得紧,她拿不出钱又躲不了，一急眼就掐死了债主。她被捕后，丈夫离家出走，养父母生活困难养不起外孙。八岁的孩子眼看就要没人管了。

就这样，带着揪心的牵挂，周杰来到看守所。她想到了死，偷偷做好准备，穿上要穿的衣服，不吃不喝不言语。王晶不嫌弃她，回家缝了两个脚套，给她套在脚上隔住脚镣的冰凉；又帮她洗澡、洗衣被，拿钱为她加了好菜，劝她吃；她有妇科病，就买来药让她外敷内服。王晶的善举终于感动了这个不开口的女人。她向王晶讲述了自己的悲惨身世，讲述了放不下的心事：

"这么多年了，我不知道亲生父母什么样，兄弟姊妹什么样，我想见见他们，求他们在我死了以后帮助照顾我的孩子。"

周杰的话让王晶心里很难受。养父母一旦没能力养活孩子，孩子就可能会流落街头。这太可怜了！如果把两个家庭联系上，合起来也许就能养活孩子。

想到这儿，她两眼盯住周杰："我去帮你找亲生父母！但是你要答应我，你得活着。你得等我。行吗？"

周杰说："我不死。我等你。"

可周杰对亲生父母的情况一点儿都不知道，找起来真比大海捞针还难。王晶白天要上班，只能下班后去找。这要找到什么时候呢？她回家跟父母说起这件事，想请他们一起帮着找。两位老人马上答应了，说人家有难咱应该帮。

就这样，一家三口，踏上了为死刑犯寻找亲生父母的路。披星戴月，风尘仆仆。几天下来，收获甚微。

王晶心想，周杰的养父母很可能知道一些线索。但人家愿意说吗？周杰杀人入监，人家愿意配合吗？可事已至此，无论如何也要去碰一碰。相信人心都是肉长的。她找到周杰的养父母,一讲明来意,养母就哭了。说就知道早晚会有这一天,到底是抱来的。又说为保住这个秘密我们前后搬了六次家。现在没有必要了,就满足孩子最后的要求吧。她淌着泪告诉王晶,周杰亲生父母住在老商场胡同里,父亲姓阚。得到线索后,王晶一家人把老商场胡同里里外外都找遍了。终于有一天,当他们敲开一家大门,问是不是姓阚时,开门的老人愣了一下,说是。

面对周杰的骨肉亲人,王晶话还没说,泪就下来了。

周杰的亲生父母怎么也没想到,被自己遗弃了几十年的孩子竟然犯下死罪。他们号啕大哭,他们肝肠寸断,他们喊着,天杀的啊当初不丢下孩儿她不会走到今天啊!他们紧紧拉着王晶的手,哭叫着马上就要去见孩子。

可是,当时的法律不允许见面。王晶苦思苦想,终于想出了一个办法。

她赶回看守所,迎接她的是一双充满渴望的眼睛。她拉住周杰,说:"你的亲生父母找到了!他们都很好。答应照顾你的孩子,你就放心吧。你上路那天,车先开到广场,在那儿开大会。你的家人会打着一把红雨伞去。伞下的老人就是你父母,年轻人就是你的兄弟姊妹。"

周杰一听哭得不成人样儿,大把大把揪下自己的头发。

周杰很快就要被执行死刑了。这个消息只有王晶知道。她小心地问周杰喜欢穿什么衣服。不知情的周杰说自己以前是练柔道的,喜欢穿运动衣。王晶就偷偷为她买了一身运动衣。刑前的晚上,王晶安排监室的人帮她洗了个澡。

第二天一早,周杰还在睡觉,提人的法警就来了。

王晶走进监室,看着熟睡的周杰,真不忍心叫醒她。但是,没办法，还得叫。她轻轻拍醒周杰，说了一句自己一辈子也忘不了的话：

"周杰，我要送你走了！"

监室里的人一听，全哭了。

人非草木，谁没感情？

周杰更是哭得喘不过气来。

王晶强忍着泪，说："周杰，咱不哭。咱要做出女人的样子。咱做了错事，就要敢于承担！大家也别哭了，来，咱们把周杰打扮得漂漂亮亮的！"

大家擦干了泪，一起为周杰洗了脸，梳了头，换上王晶为她准备好的运动衣。

王晶拿出自己的化妆品，正要给她画画淡妆，周杰突然跪下了来，放声大哭。王晶忙去拉她，周杰抬起泪眼说：

"你别拉我，我有话要说。我杀了人，我认罪！我进来以后没人来看我，没人给我送衣裳。我感激你，你把我一个犯了死罪的人当人看。现在我要走了，我有三个要求。第一，你能不能不嫌弃我，让我叫你一声姐？第二，你能不能帮我照顾照顾我那可怜的孩子？我养父母年纪都大了，有事也求你帮一帮。"

王晶说："好，我答应你！"

周杰接着说："第三，在这一年，你为我花的钱，我一笔一笔都记着。我没有机会还了。我想好了，我死了以后，叫人把我尸体卖了，换成钱还给你。我知道你身体不好，动了手术。我到了那边把害你的小鬼儿一个个都掐死……"

正说着，提人的法警催了。

周杰冲王晶大叫一声；"姐啊！——"

王晶再也忍不住泪。

为了能看一眼孩子,周杰的亲生父母早早就赶到了广场。他们挤在最前面。车还没到,一家人就抱在一起,哭成一团。

风中,那一把颤抖的红雨伞!

周杰被五花大绑推上了卡车。一上车就瞪着两眼找。车刚一开到广场,她就找到了,她就看到了——

红雨伞,红雨伞!

她看见了红雨伞,她看见了亲人们。那伞下飘飞的白发,那伞下模糊的泪眼。

她像疯了一样大声叫着:"妈,妈呀!你快来救我,快来救我呀!——"

伞下的老人早已哭昏过去。

"孩子,妈对不起你,妈害了你啊!……"

大会结束了。卡车开动了。向着刑场,向着死亡。

一家人哭着,叫着,没命地跑,没命地追。

枪响了。周杰没了。

"好,我答应你!"王晶牢牢记住了自己对她的承诺。

兑现承诺,哪怕用一生。

一晃十几年过去了。当我在2009年冬天第一次来到看守所,听到这个故事的时候,王晶已经从一名普通管教成长为副所长。她始终没有忘记自己的承诺。周杰养父母生病,她出资医治。二老相继去世,她又像女儿一样送终。周杰的孩子更是成了她的"干儿"。王晶供他上学,供他学技术。如今,孩子已成为小有名气的厨师。

"妈,妈,"他这样叫着王晶。

周杰,你听到了吗?

穿蓝马甲的女人

梁月杀人了!

认识她的人都不信。家人不信,朋友不信,邻居也不信。

三十七岁的梁月,白净,俊俏,身材姣好,看上去柔弱文静,彬彬有礼。她怎么会杀人呢?

但是,她的确杀了人。

2007年5月25日晚上,刑警突然出现在她面前,是梁月吗?跟我们走一趟!再没多余的话,铐上铐子,押上警车。

在场的人,大眼瞪小眼。

梁月是凤城人,家住丹东。十三岁父亲去世,一直跟着母亲过。十九岁就结了婚。爱唱爱跳又爱美的她,经人介绍,认识了部队干部张成,两人看对眼,很快就成了家,有了一个女儿,起名叫红红。婚前花前月下甜如蜜,婚后柴米油盐酱醋茶。没了浪漫,没了歌舞,现实生活与憧憬的反差,让本来还是念书年龄的梁月心慌意乱,魂不守舍。孩子两岁多时,她死活闹着离了婚。张成留下了红红,梁月放了单飞。

离婚时间不长,一个叫刘江的帅哥闯进梁月的视线。风流倜傥,眉眼传情,正是她心中的白马王子。两人认识半年就要结婚,梁月的妈妈一听刘江没个正经工作就不同意。梁月哭着喊着非刘江不嫁。结果,结婚一个多月就后悔了。白马王子婚后变黑脸李逵,动不动就打人。梁月怀孕了,照打不误。梁月悔得肠子都青了,想想真不该跟张成离婚!她偷偷打听张成的情况,得到的消息是人家也结了婚。得,回头路堵了,一步错棋终生悔。梁月只好认命。可时间一长,她实在受不了打骂,就跟刘江提出离婚。刘江一听,抓起她的头发,把她脑袋往墙上撞。咚咚咚!撞完了,又拿湿毛巾抽。边抽边叫,你再敢离婚,我就去打你妈!梁月害怕他动真的,只好忍了。后来,孩子生下来了,又是个女孩儿,起名叫容容。梁月养孩子含辛茹苦,刘江却领了个年轻女孩儿到家里来。当着她的面,两人就抱在一起啃。梁月气得把结婚照烧了,再次提出离婚。刘江打了她一个嘴巴,又跑去打她妈。梁月抱着妈大哭一场。妈劝她,家丑不可往外扬,看在你们有了孩子,就委屈了吧。一天,刘江不在家,女孩儿又来找。梁月跟她说,咱们两个女人坐下来谈谈吧,如果你喜欢他,你们真好,我可以离开。想不到女孩儿说,你就凑合过吧,我才不会跟他结婚,就是玩玩。这样令人羞辱的日子,让梁月感到生不如死。她实在想不开了,决定割腕自杀。一刀下去，血溅一墙。想到自己死了孩子受罪，又断了念头，跑到医院包好伤口。为了孩子，再委屈也得过。孩子一天天长大了，刘江好像没看见，往家领的女人三天两头换。梁月终于忍不下去，跑到法院起诉离婚。开庭那天，刘江没到，法院照样判离了。

离婚后，梁月一个人带着孩子过。为了生活，她学会缝纫，进了缝纫组。缝纫组加班非常多，没日没夜的。弟弟看她很辛苦，就帮她开了一个小饭馆。

开饭馆就要有厨师。招厨师的小广告一贴出去，头大脖子粗的马明第一个来了。人说头大脖子粗不是老板就是伙夫，马明不是老板，是伙夫。他说，他四十八岁，媳妇跑了，自己领着孩子过。梁月问你会做饭吗？马明没言语，拧开火，支上锅，当当当，掂了两个菜。一看，再一尝，色香味没挑！行了，同意了，留下了。

谁也想不到，半年后的一天晚上，梁月杀了他！

一个是文弱女子，一个是操刀壮汉。

梁月为什么要杀马明？

梁月又是怎么杀的马明？

2007年5月26日凌晨一点，梁月被刑警队送进丹东看守所。接收她的是现任副所长王晶。当时，她还是一名普通管教。

王晶看梁月进来的时候，没有恐惧，没有眼泪，感到有些反常。依据入所程序，她跟梁月进行了第一次谈话，想要了解案情掌握心态，以便接下来好做工作。但是，她的目的没达到。一个人说了半天，梁月只回了一句话：我做了我该做的，要枪毙就枪毙！

2007年11月5日，法院以故意杀人罪一审判处梁月死刑，剥夺政治权利终身。宣判后，按看守所的规定，梁月脱下印有"丹看"二字的黄马甲，换上了蓝马甲。

在丹东看守所，在押人员穿的马甲分为粉、黄、蓝三种颜色。

有些人因为罪轻刑期短，几个月大半年，不值得投放监狱了，就留所服刑。刑满以后直接释放。这些人在所内做些如打扫卫生、送水送饭等杂活儿，他们穿的是粉马甲。其他大部分未决或未终决的人员，穿的都是黄马甲。这中间如有人被一审判死，就要脱下黄马甲换上蓝马甲，同时戴上脚镣，成为所里重点监管对象。他们穿着蓝马甲，在看守所里等待二审和终审。如果二审和终审都维持死刑，那么，在终审宣判当天，法警就从看守所里把他们提出来，直接押赴刑场执行。

蓝马甲，死亡的标志！

穿上蓝马甲，就成了等死的人。

梁月就穿上了蓝马甲，成了一个等死的人。

"我虽说读书不多，可欠债还钱杀人偿命这个道理，我懂。我杀了人，做了我该做的事，我不后悔！我进了看守所，万念俱灰，一门心思想死。有人说死是可怕的，可我说死并不可怕，可怕的是穿着蓝马甲等死！每天都生活在死的阴影下，随时都有可能被执行枪决，这种日子实在太难熬了。横竖是个死，还不如让这一天早点儿到来。死亡对我来说是解脱，是摆脱心灵煎熬的最好途径！"

这是梁月后来面对我的采访时说的话。

当她能敞开心扉讲出这些话的时候，她已经在看守所度过了数不清的日子。在这些难忘的日子里，她不孤独，有人像亲姐妹一样陪伴着她,跟她想在一起,跟她说在一起,跟她泪流在一起。这个人,就是管教王晶。

自从梁月进了看守所,王晶几乎天天把她提到办公室,跟她谈心,开导她,安慰她。最初,梁月一句也听不进去,觉得没有哪个人真的同情自己,理解自己,都是猫哭耗子。可是,王晶不抛弃不放弃,不讲大道理,而从日常生活入手关心帮助她,所谈的也都是与她切身利益有关的话题。梁月冰冻的心慢慢复苏了,她觉得王晶是自己认识的最善良、最美丽的人。她向王晶说出了案情,王晶听了流下同情的泪。

梁月这样对我讲起她和王晶的故事:

"一审判死后,我就不想活了。我不打算上诉。王管教说,我听了你的案情,你有原因,你有委屈,你一定要上诉。可是我不想上诉,就是想死。王管教就劝我,一直劝到上诉期都过一天了,我还是没上诉。王管教没有放弃我,还是劝。我终于被感动了,同意上诉。王管教立刻找人帮我写了上诉状。当她拿着上诉状送去的时候,值班的说上诉期已经过一天了,不收了。王管教赔着笑脸,好说歹说,这才递了上去。检察院来人核实的时候,王管教追着人家说,事出有因,梁月不是蓄谋杀人,现场有一条重要线索不实,求求你们调查清楚,救人一命。检察院的人走了,王管教对我说,你别急,有希望,咱们等二审吧。说实话,我真感激王管教,我本来不想活了,她说的那条不实的重要线索就是我编的,为的是加重罪行以求速死。因此,法院的死刑判决对我来说不突然,我也不害怕。可是,我内心还有放不下的,那就是我的女儿容容,她还未成年,又是个女孩儿。我走了以后,她怎么办?我妈年纪大了,没条件管她。王管教知道了我的心病，多次跟我谈话，帮我想主意。想来想去，认为把容容放在她二姑家最放心。虽说她有个大姑在丹东，可两口子都是下岗工人，家里不宽裕。二姑、二姑父家虽然在大连，可两口子是公务员，生活条件挺好，也挺富裕，孩子放在她家我放心。王管教看我拿定了主意，立刻给容容她二姑打电话联系。谁知道，二姑一听十分生气，坚决不同意。王管教没有灰心，三番五次打电话讲道理，摆亲情，到底感动了容容她二姑，说要是孩子真没人管了，她同意收养。我悬着的心，这才放了下来。我的监室和王管教的办公室是挨着的，只要监室这边有什么动静，她都能听见。11月5日一审判决下来那天，法院来人提我接判决，王管教听见了就立马跑了过来，问我，月啊，干什么去？我说，王管教，今天接判决。王管教就把我搂在怀里，轻轻摸摸我的头发，拍拍我的脸，跟我说，月啊，坚强点儿，会有好结果的。王管教就这样站在办公室门口，一直目送着我出了中岗。我接判决回来以后，王管教还站在办公室门口等我。她一听我从中岗那边回来了，就快步向我跑过来。我看见从远处向我跑来的她，心里突然一热，那种感觉就像一个走丢了的孩子，猛地见到了自己亲人一样。说实话，接判决时我都没掉泪，看见王管教向我跑来，我的眼泪立刻流了出来。我抱着王管教放声痛哭。王管教问，月啊，怎么样？我说，是死刑！王管教也哭了，眼泪哗哗地流下来。她把我搂得紧紧的，一路搂着我，把我领到办公室，给我倒一杯开水，像姐一样握着我的手，月啊，别灰心，这是一审，还有二审呢。要坚强，不能放弃！我说，王管教，死刑判决对我来说并不突然，我早做好准备。我死了没什么可惜的。容容现在有了着落，可我还有一个大女儿,只是生下来见过,到现在她长大了还从没见过,真是太遗憾了!王管教十分惊讶,啊,你怎么还有个大女儿呢?怎么从来都没跟我说过呢?我就跟王管教讲了我的经历:我结过两次婚,头一次婚姻是我十九岁那年,婚后生了一个女儿,取名叫红红。孩子不到两岁的时候,我走错一步离了婚。没多久我又结婚了,生了二女儿容容。在孩子两岁多的时候,我又离婚了。这么多年了,我十分想念大女儿红红。可是,孩子她爸不让我见,说怕影响孩子的成长。屈指十七年,我只能默默承受着母女分离的痛苦。我不敢去找她,怕影响她。现在,我接到了死刑判决,我真想在最后的时间里,见一见我的大女儿。王管教听了我这话,十分生气。她说,你也真是的,怎么不早点儿跟我说?早点儿说,不就早一点儿能见到吗?说着,她让我把张成和红红的姓名和住址都写下来。她很快在公安网上把红红的照片查到,给我打印出来。人都说母女心灵相通,虽说十七年没见面,我看到大女儿的照片,一眼就认出来了。我说王管教,就是她!她就是我的女儿红红!看到红红的照片,更勾起了我对她的想念。但是,我知道,为了这件事,不知又要给王管教带来多大麻烦添多大累!大约过了一个星期,有一天,王管教把我带到办公室,对我说,月啊,我跟你说件事,你别激动,经过大家努力和所领导争取,同意让你和大女儿见一面。可是,孩子他爸虽然同意你们见面,却不同意你们相认。我还告诉你,张成的第二次婚姻不成功,也离了,现在他跟孩子过,日子很平静,所以不愿意让你见孩子。我们再三做工作,他才同意了。但就是不许你们相认。我们答应了他的条件。这事你自己看着办,如果到时候忍不住了,你实在想认就认吧！母女相认，人之常情，谁也阻挡不了！王管教的话，简直是冬天的阳光旱天的雨，我一时高兴得哭不出泪笑不出声，像傻了一样。王管教说完，叫人把我的脚镣摘了，还精心给我化了妆。我来到会见的地方，先是见到了张成。他一进来，我就给他跪下了。我说，我对不起你，对不起孩子！谢谢你同意让我看孩子一眼，我死了也放心了，死了也感你的大恩大德！张成铁着脸说，不是因为你判了死刑，我不会带孩子来。孩子什么都不知道，你不许叫她，不许害她！我告诉她你是我战友的老婆，是她干妈。你听见没有？我忍着泪说，听见了，听见了，我谢谢你！就这样，隔着铁窗，我见到了十七年未见面的女儿红红。看她长得很健康，也很阳光，我心里又高兴又惭愧。我真想大声喊一声，红红，我的女儿！可是，我不敢。我也不能这样做。我怕给管教带来麻烦，怕给所里带来麻烦。我压抑着无法压抑的情绪，轻轻地，摸着女儿的手，摸着女儿的脸。我对女儿说，孩子，你能叫我一声妈吗？红红看看我，又看看她爸。她爸说，这就是我说的战友的老婆，也是你干妈，你就叫一声吧。孩子听了这话，小声喊了一声，妈！就在这时，见面时间到了。我看着女儿渐渐远去的背影，再也控制不住感情了。我什么也不顾了，抓住铁窗大声喊，红红，红红，我是你妈，我是你亲妈！你还有一个妹妹，叫容容！妈妈就要走了，你记着去找你妹妹，你记着我是你亲妈！女儿听到我的喊话，转过身看着我。突然，她叫了一声妈，就向我这边跑来。她爸一把就拽住她，死死拽住！我们母女相见就这样结束了，我们母女就这样被分开了。虽说我再也没能看见我的红红，可我心里已经很满足了。因为我的心愿已经完成了，而我这个美好的心愿，是在好心的所领导和王晶管教的帮助下完成的。我死也安心了，死也认命了……"

梁月见了女儿，当夜无法入睡。

她给女儿写了一封信，不管女儿能不能看到，她也要写——

我亲爱的女儿，你好吗？

这么长时间了，妈妈今天终于鼓足勇气给你写这封信，其实这是一封你早就应该收到的信，因为妈妈欠你一个解释。可是，提起笔来，却似千斤重。女儿，妈真不知该怎么对你讲，妈妈和你爸爸之间的恩恩怨怨，这么多年都过去了，妈妈都已经把它忘了，不想也不愿再提起它，一切都是过往烟云。妈只想告诉你一句话，妈妈爱你，想你，这么多年了，一直在想你。小的时候，妈妈就要去看你，可你爸爸说你还小，不想让你分心，怕你受伤害，让我等一等，说是等到你过了十八岁。妈当时也怕你知道事情真相后会分心，不能好好学习，也就同意了你爸爸的建议。再有，就是妈妈当时没钱，生活过得不好。为了赚钱，妈妈不得不四处打工，想等将来有钱了，风风光光地去看你。没承想，这一等就等了十几年，也把自己送进了监狱。想到自己快要走了，却还有心愿未了，自己还有一个心爱的女儿没见到，而我的女儿还不知道，她还有一个亲生的母亲。妈妈不想让你这一辈子都不知道事情的真相，妈妈认为你已经过了十八岁了，是个成年人了，有权利知道自己的身世。你爸爸不告诉你，他也是为你好，他不想让他心爱的女儿受到一点儿伤害，这些妈妈能理解。可是，他也要为我想想啊！你是我十月怀胎，历尽辛苦从自己身上掉下的一块肉啊！！！妈妈想你啊，这么多年来从没有停止过。妈妈无时无刻不在幻想着，我们母女将来有一天相认时的场面。可以说什么样的场面妈妈都想到了，想到了你会骂我，会打我，会不理我；也想到了你会扑到妈妈怀里，含着眼泪叫一声妈。每当妈妈想到这些时，都会大哭一场。可是，妈妈万万没想到，我们母女的见面会是这样的场面！妈妈第一眼见到你时，心都要碎了。妈妈真想当时就抱住你，大声告诉你，红红，红红，我是你的亲妈呀！我却没有这个勇气。我不知道该不该让你知道你有一个蹲监狱的妈妈。但是在我的心里，我真想让你叫我一声妈妈。我等这一天，等了很久了。失去了这次机会，今生不会再看见你了。所以，在你走出门的一刹那，我知道我不能错过机会，也不能让你这一生把外人认做你的生母，你有权利知道这一切。这就是为什么我要突然喊你，叫你，大声告诉你，红红，红红，我是你妈，我是你亲妈！你还有一个妹妹，叫容容！妈妈的这些话你听清了吗？你记住了吗？红红，我亲爱的女儿，妈妈告诉你这些，就是想跟你说，红红，妈妈爱你，姥姥爱你，妹妹爱你，舅舅和舅妈也爱你，我们大家都爱你。并不是因为不爱你而抛弃你，而是因为大人们之间的感情问题，具体地说都是因为妈妈的错。妈妈不想你知道身世之后有什么心理负担。妈妈这一生，对不起你们姐妹的太多了。妈妈生下你的妹妹后就没怎么在她身边，而且后来她也没有了父亲。应该说她吃的苦比你多。可她很乐观，还时常写信安慰我，鼓励我。妈妈希望你们姐妹俩不要因为妈妈的事情自卑。要知道妈妈第一眼看到你，就从心里自豪，你是妈妈的骄傲。妈妈这一生，唯一的成就就是生了你们姐妹俩。红红，你妹妹叫容容，属鸡的，过了年就十七岁了，比你小三岁。她也是个懂事的孩子。是王管教带着她和姥姥先去看的你，说好了不能认你。当她听王管教说要跟从未见过面的姐姐见面时，她特别高兴。姥姥当时身上没钱给你买礼物，妹妹就把二姑给她买的新棉衣拿出来，送给你做个见面礼。她是真心喜欢你呀！你那天看到有一老一少来家里，说是你爸战友的亲戚，其实那就是你的妹妹和姥姥。这都是好心的王管教安排的。她是咱家的大恩人，看守所的领导都是咱家的大恩人，你和妹妹要永远记住。红红，纵然妈妈有千错万错，姥姥、舅舅、妹妹他们没有错。姥姥年纪大了，最近又患上了很重的病，她一直都在想你。她是你的亲姥姥呀，有时间去看看她吧！妈求你了，回去看看吧，好吗？

红红，妈妈最后再和你说一句最想说的，也是最应该说的话，原谅我吧！原谅你这个不争气的妈妈，好吗？原谅因为妈妈的冲动给你和妹妹造成的伤害吧！

妈妈

2009年1月12日深夜

信写完了，梁月一遍遍念，一遍遍哭。当天发亮时，她又给张成写了一封信。同样的，她不知道这封信能不能到他手里，但她还是要写——

成，你好！见信如面。

春节快要来到了，祝你在新的一年里事业、婚姻双丰收。

也许你看了我的信会不屑一顾，又或是根本就不想看。请不要着急，耐着性子看完它。今生我不知道你我还有没有再见面的机会，所以有些话，我想对你说，这也是我想了很久想要对你说的话。如果再不说，就怕以后没有机会对你说了。

成，我知道今生是我负了你。我欠了你太多太多，这辈子是无法偿还了。下辈子就算是做马牛，我也要还。但是，你不能因为我背叛了你，就不相信所有的女人吧。这世上还是好人多，你再次结束婚姻的事我也听说了，我很难过。这一切的一切都是因我而起的。我知道没资格对你说什么，可是我还是想说一句，放下吧！成，放下你心里的包袱！我知道，这么多年因为我，你背了太多的包袱，致使你的生活不快乐，不能敞开心扉去接纳别人。而我也受到了上天给我的最严厉的惩罚，它让我满腹遗憾两手空空地结束人生，这就是我随随便便把自己生命中最珍贵的东西抛弃了所得到的下场！看到这一切，你应该相信好人自有好报。你善良，相信老天一定会给你一个完美的女人，一个完整的家。放下吧！好吗？成，放下所有的恩恩怨怨，轻装上阵，去找寻本应属于你的快乐生活！！！

前不久，和我同监的一个女人被执行枪决了。她走时说她没有什么心愿了，也没有什么遗憾了。我的二审判决还没有下来，不知结果会如何。可是，我却有心愿，我不想带着你的恨离开这世界，原谅我好吗？让我没有遗憾地离开吧！可以吗？原谅我吧！原谅我，对你与我，都是一种解脱，试试吧！！！

说句心里话，你老实，你善良，你为我而受了苦。我爱你，尽管我知道自己不配。我知道世上没有后悔药，但是，我还想说，我爱你。我今天看到了你，看到了红红，我走了，也没有什么遗憾了。

成，如果你肯原谅我，请在春节前给我送一双红袜子。真要走的那天，让我穿着它走……

前妻 月
2009 年 1 月 13 日凌晨

梁月把信写好后，交给了王晶。

她说，王管教，我所有的心愿，你和所领导都帮我完成了。大女儿现在已经上班了，能自食其力了；二女儿也在学校念平面设计了。我死无遗憾。看守所对我、对所有在押人员都太好了，我一直在想用什么方式表达我的感谢呢？说什么写什么，都不足以表达我的心情、我的感谢。现在我想好了，我要写一份遗体捐献书,自愿把我的遗体无偿捐献给国家,捐献给那些有用的人。虽说世上没有后悔药,可我想用这种方式来表达我的悔恨,也表达我的感谢。我是一个死刑犯,我自己都不待见自己,可是所里的领导、干警们谁都没有放弃我,连我的身后事都安排好了,让我没有遗憾地走。在我走了的那天,我会在地下为你、为所里的领导、为全体管教祈祷,祈祷好人一生平安!

王晶说,月啊,谢谢你!但是,你要放宽心,你要坚信法律。你有委屈,你不是蓄谋杀人。我们等二审吧。有希望,有希望!

但是,二审没有采纳梁月的上诉。

2008年11月18日,二审驳回上诉,维持原判。依法报请最高人民法院核准。如不服判决,可在十日内上诉。

梁月面对"维持原判"很坦然,她早已做好死的准备。宣判完了,她就表示同意二审意见,自愿撤诉。法院来了人,梁月就交了撤诉书。她不想活了,她想死。

这时,王晶正好去北京开会了,管教张辉立刻打电话给她,说二审维持原判,梁月自己撤诉了。王晶听了很生气,也很着急。她从北京赶回来,连家都没顾得回,立即来到看守所。她对梁月说,人家给你时间和机会,让你重新争取,你为什么自己撤了诉?你知道为了帮你讨回公道,全所上下有多少人在为你奔波吗?梁月哭着说,王管教,我对不起你!对不起大家!

王晶安慰了梁月几句,就去找法院,想要回撤诉书。但是,人家不给。王晶又帮助梁月写了一份坚决要求上诉的材料,结果这个材料连送都没有机会送上去。由于梁月自动撤诉,二审很快就批下来了，维持死刑！

二审下来的当天，王晶和梁月抱头痛哭。

梁月边哭边说，王管教，谢谢你！我该死。我要是走了，一了百了，大家都不会再为我麻烦了！

王晶说，你胡说什么？你不该死！你要写申诉材料，向最高法申诉！

戴所了解了情况，也特别找梁月谈话，鼓励她申诉。戴所说，你要是有困难，所里请律师帮助你！

梁月终于鼓起勇气，提笔还原案情真相——

尊敬的最高法领导，我是丹东市看守所在押人员，我叫梁月。为了各位领导明察我的案情，现将案情重述并补充细节，提供贵院参考。

我之所以现在才把一些事情讲出来，是因为我以前一直考虑面子问题，不愿意把个人隐私讲出来。同时，我想，反正我杀了人，杀人偿命自古就是这个理。我杀了马明这个坏东西，我解了恨，死也值了。说什么都没必要，死就死吧。因此我不但没讲清实情，还编了瞎话，说现场留下的那把刀是我从家里带去的，是蓄谋要杀死被害人。我这样做为的是加重罪行，以求速死。我的做法，干扰了办案，也害了自己。我很后悔，对不起办案人员。现在，事情既然已经到了这个地步，也迫使我不得不把案情经过讲讲清楚。

2007年年初，弟弟帮我在丹东市振华中学附近开了一个小饭馆，马明前来应召厨师。他说他是单身，媳妇跑了，自己领着孩子过。我就收下了他。想不到，他在我这儿干了不长时间，看我是单身，就开始对我动手动脚。他说他要娶我。我发现这个人心术不正，而且还特别喜欢喝大酒，喝完酒以后，只要饭馆里没人，他就搓搓我，我真有点儿受不了。我想到自己有过两次失败的婚姻，特别是第二次，丈夫动不动就打人，教训很深。我对马明的纠缠明确表示不同意，他就跟我翻脸，说他离婚十来年了，刚从监狱里出来，什么都不怕。我要是不同意，他就先弄死我，再对我妈妈和弟弟下手。他吓唬了我，又去吓唬我妈，说梁月要是不同意，我就弄死她。我妈听了心惊胆战。之后，他又去逼我弟弟。看他这样凶神恶煞的，我想这个饭馆开不下去了，还是关张吧。他知道了，就打电话给我。他在电话里骂起来，说不管你干不干饭馆，都得跟我结婚。如果不跟我结婚，我就把你们全家都给杀了。我说咱们好好谈谈，好来好散，别动不动就你死我活的。我本来的想法是，跟他好好说说，稳住他，然后我们想办法离开这里，惹不起躲得起。他说，好，你明天晚上到我家来。

　　第二天，也就是2007年5月17日晚上，我就到了他家。他买了一瓶五粮液、两瓶啤酒。我去他家前的确有准备，随身携带了二十片安定。我为什么要带安定？是因为我怕见他，怕和他单独在一起。每次只要单独和他在一起，他都会对我纠缠不休，并且还要我和他办那种事。可是，他又不是一个真正的男人，他身体有缺陷,阳痿,自己办不了那种事,就会折磨我,对我采用各种下流手段,极尽凌辱,只为满足他的兽欲。对于我的身体、我的感情根本不管不顾,简直就是个恶魔。我对他又怕又恨。为了这次谈话,我几乎一宿没睡,脑子里不停闪现他以前是怎样采取下流手段折磨我、羞辱我的,我真的是好怕呀!最后,我想了一个办法,买了安定,准备和他谈完话后,偷偷放到酒里,让他喝下去,等他睡着了,我就可以逃离他的魔掌。不然,他一定不会放过我,一定会折磨我到天亮。

那天晚上,他看我来了,炒了四个菜,端上桌。他自己喝白酒,我喝啤酒。酒喝得差不多的时候,他就跟我说:"咱俩干一下吧!"我听了吓得浑身一哆嗦。我说:"别啦,家里孩子还等着呢!"他说:"你先等会儿,我去个厕所。"他出去后,我觉得该把药给放上了,不然他回来我就要倒霉。我把几片药碾碎了放在他酒杯里。他回来的时候,袖子里好像有一样东西。我问他:"你袖子里是什么?"他说:"让你看看!"就从袖子里拿出来一把剔骨刀。我问他:"你怎么个意思,想杀我吗?"他说:"不,我不想杀你!你把衣服脱了,我想和你干一次!"然后,他就拿刀逼着我把衣服脱了。他爬到我身上,自己根本不行,就又开始对我使用那些下三滥的手段,把我下身都抠出血来了,而且还不停地骂臭婊子、我整死你等下流的语言,以此满足他扭曲的欲望。他一边儿骂,一边儿还咬我的乳头。我害怕极了，也气极了，就一把把他从我身上推下去。这时候，他嘴里还在骂脏话，我顺手抓起一个枕头，按在他的嘴上。我只是想让他那张臭嘴闭上，并没有想杀他。但是，想不到他就这么死了。我看他不动了，还以为药劲儿上来了，就穿上衣服跑回家了。后来，我听说他死了，我也没有跑。这就是我的命。我除了恶人解了恨，被抓住枪毙了也值了。

没过几天，警察就到家把我带走了。

以上就是案情发生的经过。以前对于这些细节，我始终保持沉默。我认为死者为大，不管自己出于什么动机，毕竟杀了人。人都死了就不要再把他的那些丑事抖出来。可是经过这三年的教育，我明白了，我应该把事实真相讲出来，协助公安机关办案，也请求法院能给我一个公正的判决。

1. 现场遗留的那把刀，是一把厨师专用的剔骨刀，一般人家不会有。这把刀是死者用来威胁我的凶器，我是在威胁下被迫答应与他发生关系的。他的行为，应视为强迫妇女意志的强奸行为。

2. 死者在持刀威胁我的同时，采用下流手段，折磨我以满足兽欲。特别是咬我的乳头，我急了才把他推下去，他嘴里还骂下流话伤害我，所以我才用枕头捂住他的嘴。我并不想杀害他，但想不到他就这么死了。他的死，应视为一个被欺凌的女子面对强奸行为防卫过当。

3. 办案人员已向我说明，死者女儿认出现场遗留的刀是她家的。死者本人是厨师,这把他经常用来剔骨的刀,应视为逼我就范的凶器。

以上陈述,请法院明察,给我这样一个受尽凌辱的女子一条活路!

丹东市看守所在押人员梁月
2009 年 8 月 26 日

2009 年 10 月 22 日,最高人民法院依法组成合议庭,对梁月杀人案进行了复核,认为被告人梁月故意非法剥夺他人生命的行为已构成故意杀人罪,应依法重罚。但鉴于本案系因感情纠纷引发,案发后梁月的亲属积极筹款赔偿,对梁月判处死刑,可不立即执行。第一审判决、第二审裁定认定的事实清楚,证据确凿、充分,定罪准确。审判程序合法。但量刑不当。依照《中华人民共和国刑事诉讼法》第一百九十九条和《最高人民法院关于复核死刑案件若干问题的规定》第四条的规定,裁定如下:

一、不核准以故意杀人罪判处被告人梁月死刑、剥夺政治权利终身的刑事裁定。

二、撤销以故意杀人罪判处被告人梁月死刑、剥夺政治权利终身的刑事裁定。

三、发回当地法院重新审判。

2011 年 1 月 11 日,法院重新审判,判处梁月死刑,缓期两年执行。

穿蓝马甲的女人

梁月脱掉了蓝马甲,活着走出了丹东看守所。
她要前往沈阳大北女子监狱服刑。
新的生活在向她招手。
她抱住王晶号啕大哭。
看守所的管教们,在押人员们,也都哭成一片……

最后一片落叶

院里的芙蓉开花了,粉嘟嘟的让人爱怜。

林荣得了个女儿,起名儿叫蓉蓉。整天心肝儿宝贝,抱着亲不够。

小院热闹,一家欢笑。

这是林荣的第一次婚姻。

说起来林荣的婚姻很曲折。四十来岁,结了三次婚。

第一次结婚,老婆生了蓉蓉。他喜欢女孩儿,白天夜里当糖含着。想不到蓉蓉七岁多,老婆害病死了。林荣有两个姐姐,大姐本来自己有孩子,但是看弟弟拖个尾巴可怜,就把蓉蓉接走,说我带一个也是带,两个也是养。不久,经人介绍,林荣二次成亲，婚后添了个胖小子，起名壮壮，图的是老婆、儿子都壮。儿子倒是壮了，牛犊儿似的，抱一会儿能把胳膊压断。可老婆却因为心肌梗死没了。壮壮当时才两岁。二姐对林荣说，你大男人的成天抱个孩子不是事儿，放我这儿吧。

第三个女人是林荣自己找的，叫早霞，小他八岁。听名字就知道是早上生的，天儿也错不了。早霞嘛。

早霞主意大，爱不爱林荣？爱。结不结婚？不结。

为啥？他命硬，尅老婆，我还想多活几年呢！

不办手续不领证，两个人就这么搬一块儿了。

这第三次算不算结婚？不管，反正过上了。

一过就八年。林荣有两间老房，里间住人，外间开了麻将馆。他朋友多，你来我往，生意不错。干脆又贷款买了一套两居，把老房全腾出来打麻将。地方宽了，钱好挣了，本来可以还了贷款，正巧大姐要买房，林荣就提了几十万过去，自己照样按月还贷。

钱是人挣的，有人就行。

日子如磨，边推边过。过着，过着，林荣有念想了。

想什么？想孩子！

跟早霞八年，没孩子，林荣想孩子。去大姐那儿看看蓉蓉，留下钱也留下了心；去二姐那儿看看壮壮，同样！

回到家，还是想孩子，一心挂八肠。特别是想蓉蓉。

蓉蓉已经十六岁了，粉嘟嘟的就是一朵芙蓉花。

早霞懂事，要不，把蓉蓉接回来？

真的？

真的！

林荣喜出望外。大姐听了一百个不放心。行吗？你们没领证，日子一长，再为孩子闹别扭！林荣说，姐你放心，还是早霞提出来的呢！她说二姐没孩子，壮壮就留给她，说你带蓉蓉受够了罪，欠你的情几辈子都还不了。

大姐抹开了泪。林荣也心酸了。姐，你要想蓉蓉了，就过来看看。

院里的芙蓉又开花了，漂亮的蓉蓉回来了。

一家三口，天伦之乐。日子如磨，越推越乐。

但是，想不到的事情发生了——

一天中午，蓉蓉放学刚进家门，突然大叫一声，摔倒在地。口吐白沫，牙关紧咬，全身抽得像过了电。早霞吓掉魂，扑上去紧紧抱住。蓉蓉！蓉蓉！

蓉蓉听不见，蓉蓉不回答。狂风暴雨，一朵花儿没了样儿。

林荣得信儿，疯了一样往家跑。跑到家，蓉蓉已经缓过来了，气若游丝，脸如纸白。早霞抱着她，像抱着死人。林荣扑通一声跪地上，发出人间最悲惨的叫声：

老天爷！可怜可怜我的孩子吧——

蓉蓉得的是癫痫。

她妈妈就死于癫痫！

癫痫，又称羊角风。这种病在任何年龄段都可能发生。先天后天，原因难查。青少年患病多在十四至十七岁之间，分为大发作、小发作、局限发作和精神运动性发作。蓉蓉属典型的大发作，也叫全身性强直阵挛性发作。发作时突然眩晕幻视，意识丧失，倒地后仰，肢体强直，吼叫如"羊羔"；继而瞳孔放大，呼吸暂停，全身肌肉节律性抽动，两眼上翻，口吐白沫，伴有大小便失禁。一般要数十分钟才能清醒。清醒后疼痛无力，记忆不清。个别的还会突发狂躁，乱跑乱叫，打人毁物。

这种病令人恐惧。初期间隔长，一个月一次或一个半月犯一次；中晚期发作频率加快，有时甚至一天两三次。只要治疗及时，用药精准，一般都能治愈。但也有厉害的，因抗癫痫药物无效而丧生。

蓉蓉的妈妈就是这样走的。

现在，蓉蓉又得了同样的病，林荣怎能不悲痛欲绝？

日子如磨，眼泪多多。风里雨里，跋山涉水，林荣带着孩子到处求医问药。如果手指是药，他能砍断自己的全部指头！

慈父的心感动了上苍，蓉蓉的病见好。医生说，只要坚持吃药，有希望断根儿。林荣高兴得跪下就给医生磕头，拦都拦不住。

但是，看病要钱，买药要钱，还贷要钱。麻将馆太小了。为了找钱，林荣干上了黑彩，也就是地下彩票，时间不长就翻了船。

2008年3月26日，林荣因赌博罪被送进看守所。

这个日子，管教魏红召连想都不用想就能说出来。

他从部队转业到看守所任管教至今五年，管过的在押人员多得数不清。可你随意提到个林荣，他就能说出进所的日子，这就叫功夫！

林荣进了看守所，像掉进井里，一下跟家里断了音信。他后悔走错道儿，悔得肠子都青了。他想蓉蓉，想到骨头里。蓉蓉怎么样了？家里快没钱了，拿什么看病？万一停了药会不会恶化？想起这些，心如刀割。白天不出声，晚上躲在被窝里哭。

同室人看他偷着哭,就透给魏红召。魏红召想,一个大男人,不到伤心不落泪。夜里偷着哭,更是伤心到极处。为什么呢?他就找林荣谈心。一连几天,林荣都不开口。魏红召不急不火,一双大眼热乎乎地看着他,是不是家里有什么困难?是不是亲人有什么事?咱俩年岁差不多,我看你是个实在人,你能不能把我当成朋友,让我分担你的难过?你离开家来到这儿,这儿就是你的家,我就是你的家人。你有什么话,别闷在心里,跟我说说,也许能帮上你?林荣掉了泪,把孩子的事说了,魏管教,我没别的想法,壮壮我不担心,有二姐;就是担心蓉蓉,就是想听到蓉蓉的消息。她怎么样?她好不好?你能不能帮着打听打听,告诉我?我想蓉蓉,我为蓉蓉活着!蓉蓉要是没了,我也不活了!……

林荣的哭声越来越大,颤抖着,蜷缩成一团儿。

魏红召也难过起来。罪归罪,罚归罚,但作为一个父亲,这样疼爱患病的孩子,实在叫人心酸。可是,林荣的案子还在审理中,按规定,法院判下来之前,管教是不能随意跟在押人员亲属联系的。

不能联系,怎么知道蓉蓉的情况?只有去求戴所。

魏红召找到戴所,仔仔细细讲了林荣的心愿。

戴所听了,脸拉得老长,半天不言语。

魏红召一看,没戏!还得另起炉灶。

正要转身离开,戴所突然说,你去联系吧!

啊?魏红召眼睛睁得老大。

规定要不要遵守?答案明摆着。但规定不是铁板一块,我们也不是教条主义。林荣情况特殊,他天天哭不是办法,想不开就容易走极端。他也没要求别的,就是不放心孩子,想知道孩子的近况。他孩子得了要命的病,搁谁身上谁不急?都是人!合情合理的事,我们要是能办而不给办,那就叫没人性。你去联系吧!

说话干脆,办事利索。行就行,不行就不行!这就是戴所。

魏红召脸上麻酥酥的,不知说什么好。

戴所又说,小魏,林荣这件事,看起来简单,实际不简单。你要用心去办。要知道,孩子是他心中最后一片落叶!

魏红召抓抓脑壳儿,最后一片落叶?

戴所笑了,美国有个小说家,叫欧·亨利,你把他的书找来看看。

魏红召回家就跟妻子说,帮我去买一本欧·亨利的小说。

妻子问,谁要看?

魏红召说,我!

妻子笑了,你还有时间看小说?要中文的还是英文的?

甲骨文的!

那就别买了,我给你刻一套吧!

你看看这小两口。

为了了解蓉蓉,魏红召跟林荣要了早霞的电话。

一打就通了。

自我介绍后他就迫不及待地问,蓉蓉怎么样?

……挺好的。

真的?

真的……

林荣想孩子想得不行,就想知道她现在的情况。

你告诉他,孩子挺好的,让他别惦记。

好,谢谢你,你辛苦啦!

魏红召放下电话,赶快告诉林荣,你放心吧,蓉蓉挺好的。

真的?

真的!

林荣笑了,我进来的时候她就见好……

看见林荣笑了,魏红召也笑了。

过了十来天,林荣眼里又充满了乞求,魏红召又给早霞打电话。

蓉蓉怎么样?

挺好的……

真的?

……真的。

林荣听到消息,放心了。医生都说有希望断根儿……

看到林荣放心了,魏红召也放心了。

又过了十来天,林荣又不行了,魏红召又去给早霞打电话。

蓉蓉怎么样?

想不到电话里哇的一声大哭起来!

魏红召急了。早霞,早霞,蓉蓉怎么啦?

……魏管教,你是好人!你照顾林荣,你惦记孩子,你是菩萨。我对不起你!从第一次打电话,我就没跟你说实话,就怕林荣在里边受不了……呜呜……他受不了……

早霞,早霞,你别哭,蓉蓉怎么啦?

蓉蓉,蓉蓉她不好……病得特别厉害。你不知道啊,我太难啦!林荣走的时候,什么钱也没留下,就留下个麻将馆。他出事了，玩麻将的都不来了，麻将馆干脆成了空壳儿。蓉蓉看病要钱，拿药要钱，我哪儿有钱啊？房贷还不上，银行来人要房子，没办法我又搬回老屋。蓉蓉一次比一次犯得勤……我眼泪都哭干了。我找谁去啊？两个姐姐都不相信，认为林荣给我留了钱。我知道，她们觉得我没领结婚证，处处防着我。我把心掏出来也不行。大姐买房子是林荣给垫的钱，几十万。现在大姐夫生意好了，有钱了，我这边急等钱给孩子看病，可我哪儿敢开口啊？怕她们说我惦记林荣的钱。后来，林荣他妈妈看蓉蓉厉害了，就把蓉蓉接走了。接走没几天，伺候不了又送回来。蓉蓉一犯病，又拉又尿，人事不省……魏管教，我怎么办啊，我太难了。我活着真受罪！叫天不应，叫地不响。你打电话问我蓉蓉怎么样，我怎么敢跟你说？现在我跟你说实话，蓉蓉这孩子，现在已经傻了！她爸爸过去有辆汽车，是白的。现在她在街上只要一看见白汽车，就追着喊爸爸，爸爸，爸爸……

早霞说不下去了，哭成泪人。

魏红召像被人打了一闷棍，嗡嗡嗡，嗡嗡嗡。

想安慰早霞，叫她别哭了。还没张嘴，自己先流了泪。

他不知道该说什么。

他什么也说不出来。

他失魂落魄。

放下电话，魏红召不敢回监室，林荣还等消息呢，他怕见林荣，怕那双眼睛。蓉蓉成了这样，怎么跟他说？跟他说什么？

下班后，魏红召刚进家，妻子就塞给他一本书。拿着，你的甲骨文！丹东大小书店翻了个底儿掉，都没这本书，人家特意从沈阳进的。

他连看一眼书名的心都没了，随手扔在床头。

天黑了，魏红召在床上翻来覆去睡不着。

早霞的哭声揪着心，林荣的眼睛追得紧。

躲得了今天，躲不了明天。明天上班见了林荣说什么？

太忙没打电话？不好使。打了没通？也不好使。

实话实说？他怎么受得了！

别说他了，我也受不了。

魏红召睡不着，索性打开床头灯。

柔和的灯光照亮枕边的书——

《欧·亨利短篇小说选》。

他拿起书，随手翻开目录，眼睛忽然一亮，哦，最后一片落叶！

戴所，原来你说的是一篇小说啊。

魏红召来了情绪，数着页码，打开这篇小说。

在这不眠之夜，在这温柔如水的灯光下，欧·亨利以催人泪下的文笔，叙述了一个发生在深秋的凄美绝伦的故事——

身患重病的少女琼珊，奄奄一息地躺在床上。两眼望着窗外，嘴里轻声数着，十、九、八……

窗外是阴霾四布的黄昏和空荡忧郁的院子，松动残缺的砖墙上依附着一棵常春藤。那藤已经老得不能再老了，枯枝在寒风中瑟瑟发抖。一片又一片的叶子被吹落下来，看上去已经没几片了。

七、六、五……琼珊数着还没落的叶子。三天前，差不多还有一百片。可是现在，落了一片，又落了一片，只剩下四片了。

等最后一片叶子落下来,我就要死了。琼珊自言自语着。

一个准备走上神秘遥远的死亡之路的心,是世界上最寂寞、最悲凉的。琼珊与尘世和亲情之间的联系全靠这些残留的叶子了。她一片一片地数,一片一片地等。终于,天黑了,风雨来了。风怒吼着要掀翻房子,雨从屋檐上倾泻。枯枝上还剩下最后一片叶子。琼珊看不见了。但是,她不死心。她一定要等叶子全落光才离开这个世界。风雨多大啊,这最后一片叶子无论如何等不到天亮。明天一早,叶子全落光了,我就死了。琼珊这样想着,安心地睡了。

可是,万万没想到,第二天一早,当她在晨曦中睁开眼睛,那最后一片叶子依旧在枯枝上傲然高悬。漫漫长夜,风吹雨打,不离不弃,不屈不挠!琼珊感动了。哦,你这勇敢的叶子!有你,就有我。你不落,我就不死!

奇迹就这样出现了。最后一片叶子一直没落,琼珊的病却一天天好起来。当她恢复健康走出院子的时候,才发现这片叶子竟然是画在墙上的!直到这时,朋友才告诉琼珊,住在她家地下室的老画家贝尔曼知道她在数着落叶等死时,就在那个狂风暴雨的深夜,把梯子支上院墙,站在上面,紧挨着枯枝画了一片永远不落的叶子。

这片叶子挽救了琼珊,可贝尔曼却因那晚上着凉得肺炎死了……

欧·亨利笔下凄美的故事,让魏红召感动得两眼发潮。他仿佛听见琼珊为老贝尔曼之死发出的哭声。

不,那是早霞的哭声,那是林荣的哭声。

……我想蓉蓉,我为蓉蓉活着!蓉蓉要是没了,我也不活了!……

戴所,你说得对,孩子是林荣心中最后一片落叶!

第二天一早,魏红召来到监室,望眼欲穿的林荣立刻迎上乞怜的目光。魏红召脸上挤出笑,你放心,孩子……挺好的。

真的?林荣睁大血红的眼。

真的。魏红召心惊肉跳。

林荣笑了,愁云散尽。

魏红召也笑了,愁云满天。

回到办公室,他千方百计找到林荣大姐的电话。大姐啊,我是林荣的管教,你弟弟在里边儿挺好的,就是想蓉蓉。一想起来就难过,半夜就哭。现在蓉蓉情况不好,我都不敢跟他说,怕他受不了。我想跟你商量商量,你能不能帮帮你弟弟,出点儿钱给孩子治病?

电话那头没吱声。

魏红召不灰心。过了几天,又打。大姐,我问过你弟弟,他走的时候没给家里留钱,就有那个麻将馆。他一走,生意没了,早霞现在很困难,没钱给孩子看病。再拖下去,蓉蓉万一有个好歹,你弟弟可怎么受得了啊!……

电话那头还是没吱声。

魏红召仍旧不灰心,石头抱在怀里也能热。过了两天,他又继续打。大姐,我知道你有想法,我也理解。你弟弟跟早霞没领证,你担心给了钱花不到孩子身上。大姐,你听我说,早霞不是那样的人!她小你弟弟八岁,又没领证,又没钱,你弟弟出了事,连买的房子也没了,她图什么呢?可是,她没走!

她带着个病孩子，吃了上顿愁下顿，她多难啊！孩子也不是她的，她为什么啊？孩子病重了，她不跟我说实话，她又是为什么啊？还不都是为了你弟弟？怕你弟弟知道了受不了？大姐，咱们将心比心，你能帮就帮帮她，算我求你了，行不？……

电话那头照样没吱声。

魏红召心里压了块大石头。

他又给早霞打电话。早霞一听是他，就哭得不行。

不用再问了，没有好消息。

回到监室，林荣又两眼巴望着。可怜的人！

魏红召赶快装出了笑，你放心吧，蓉蓉挺好的。

真的？

真的！

林荣笑了。

魏红召心比黄连苦。

但是，第二天，他得到了好消息，早霞主动打电话来，魏管教，老天睁眼啦！林荣他大姐送钱来了！不知道她怎么忽然发了善心，说啦，以后每月都给三千块！蓉蓉有救啦！蓉蓉有救啦！

魏红召从心里发出了笑，好啊，好！人心都是肉长的。

打这以后，每隔半个月，林荣总能从魏红召那儿听到蓉蓉一天比一天好的消息。他很高兴、很安心。魏红召也很高兴、很安心。

日子如磨，有苦有乐。谁苦？谁乐？

转眼一年过去了，2009年4月19日，魏红召按约好的时间，正要给早霞打电话，忽然电话响了。一看，是早霞打进来的。

不是说好你等我电话吗？你怎么打过来了？有急事吗？

……没有，就是想问问……林荣好吗？

他好啊！蓉蓉怎么样？

……挺好的。

大姐按时给钱吗？

……给，给。

这几天我怎么总睡不好觉？怎么总感到有什么事？早霞，蓉蓉究竟怎么样？你一定要跟我讲实话。你放心，我会处理好！蓉蓉是不是不太好？医生怎么说？是不是要转到大医院去看看？

早霞那边不说话了。

早霞，你听得见吗？你怎么不说话？

又沉静了一会儿，突然，电话里爆发出撕心裂肺的哭声。

魏管教啊，蓉蓉，蓉蓉，蓉蓉她……早没啦！

啊?！

……从大姐第一次给钱以后，我就没跟你说实话！魏管教，你原谅我，原谅我！你是好人，我怕你听了受不了……我拿上钱带蓉蓉去医院，医生把我拉到一边儿说，认命吧，这孩子治不好了！她想吃什么、想穿什么就随着她，让她活一天高兴一天吧……听医生这么说，连我都不想活了！可我要是没了，蓉蓉怎么办？她爸怎么办？我得活着！我不认命，带着蓉蓉走遍大小医院。可是，到哪儿人家都摇头。这孩子真惨啊，犯一回死一回，犯一回死一回！……我一个人实在弄不了，一分钟不敢离开她。大姐、二姐，林荣他妈都轮流过来照顾，可谁都弄不了，生怕她一口气上不来。送医院人家说没床不收，后来，后来，就送敬老院了……

啊？送哪儿了?！

……魏管教,你别怪我,我实在没办法,春节前就把孩子送敬老院了。敬老院有床,有人,也有医生,犯起病来比在家好,就是钱多点儿。大姐说钱她给出。想不到,才送去两个多月,一天下午,敬老院就来电话给我,说你快过来看看吧,孩子不行了!我一听急了,跑过去一看,蓉蓉正抽得不像人样,舌头都咬掉了,满嘴是血。吓得大家谁也不敢动,就这么眼看着她活活抽死了。活活抽死了啊!我苦命的蓉蓉唉……

早霞的哭声忽然断了。电话那头乱起来,有人叫着,来人啊,快来人,早霞昏过去了!……

魏红召两手抱着头,使劲儿抱着。

可怜的蓉蓉,她看见白汽车就喊爸爸,可到死也没见到爸爸。

可怜的林荣,他为孩子活着,可从头至尾没听到过一句真话。

这一切,太残酷了!

没过多久,法院判下来了,六年。

林荣接过判决书,苦笑笑,对魏红召说,魏管教,你放心,我想得通,犯了法就该罚。我还有四年多,一定听你的话,到了监狱好好改造,争取早点儿出来。我想好了,等我出来以后,就在农村给蓉蓉找个老实点儿的人,给她买个房子,让她结了婚好好过。只要蓉蓉过好了,我就没白来人世。

魏红召忍住心里的泪。

法院判了,家属就可以来看守所会见林荣了。

早霞来了,个子不高也不漂亮,但是耐看。干净,利索,憔悴掩不住坚强和智慧。

会见前，魏红召小声问，你告诉他吗？

早霞使劲儿看着魏红召，你说呢？

我想给你讲个故事……

最后一片落叶？

啊？！

有一回，我打你手机，你忘家里了。是你爱人接的，她跟我说了这个故事……

噢。

魏管教，你放心，我不会告诉他。他还有四年多呢，我怕他一个人在监狱里受不了！将来……将来等他出来，有家，有我！我跟他一起分担，一起坚强面对。相信他会渡过这一关，像琼珊一样自己恢复健康，走出院子，去发现老贝尔曼的善心。

早霞，你真好！我本来还想劝你……

劝我别离开林荣？

魏红召笑了，笑得可爱。

魏管教，你放心，就凭我和林荣都碰上了你！

……

2009年7月17日，林荣离开丹东看守所，去沈阳大北监狱服刑。

他满怀希望，他目光闪亮，像一棵生机勃勃的树，迎着灿烂的早霞。

日子如磨，风雨走过。当院里的芙蓉又一次开花的时候，早霞接到监狱的来信。她锁上老屋的门，踏上探望亲人的路。

芙蓉花开得粉嘟嘟的，让人爱怜。

小院静悄悄。人去，屋空。

警官王快乐的故事

请仙容易送仙难

　　老周死了老伴儿,有人给介绍了个家住江阴的女人凤仙,听着像民国的人,比老周还小六岁。老周一看,又凤又仙,王八绿豆对上了眼儿。儿子听说这女的好赌,死活不同意。老周到底没听儿子的。婚后半年,家里钱就不够用了,两人大闹天宫。老周悔青了肠子,离婚!谁知,请仙容易送仙难,凤仙要分房产。老周很生气,后果很严重,把门锁起来跑外边住去了。凤仙进不去就回江阴了。
　　这天,儿子在街上看见了蓬头垢面的老周,心疼地拽回家。好事的邻居马上通报给凤仙。凤仙风风火火赶来,一进门就跟老周吵。儿子一气,扭头就走,半道碰见一个人,谁呀?鸭梨脸王快乐。他听小周念叨,心想,坏了,别吵急了再抄家伙!

王快乐脚下生风。赶到周家一看,两人已打得一塌糊涂。老周耳朵被咬,疼得鬼叫。凤仙呢,躺在地上哎哟喂,说脚被踹断了。王快乐赶紧把一对冤家送医院。

凤仙的牙快,咬得老周不轻,鉴定下来凤仙要吃官司。

老周说,严惩!看她还分不分房?

王快乐说,你光想严惩她了,就没想到你足下功夫了得?

老周问怎么啦?

王快乐说踹断她脚啦!

老周傻了,真的?

王快乐说,这回凤仙再仙也飞不起来了。没听你说在哪儿练过啊?老周吓哆嗦了。王快乐乘胜追问,你俩谁罪过大?

老周说,别考我啦,我收回严惩行不?

王快乐说,一日夫妻百日恩,你俩都半年了,恩到南天门去了,忘了你瞧上人家的时候啦?

老周说,谁让她分我房!

王快乐说,大葱卷煎饼,一码是一码。你耳朵破了,她脚断了,说吧,先抓你们俩谁?

老周说,谁都不抓行不?我给她治脚……

王快乐笑了,你原谅她了?老周说,我原谅了,不知道她干不干?

凤仙当然不干,要让法院判老周赔钱。

王快乐问,赔多少?

凤仙说,最少二十万!我问过中介了,那房也就值四十万。

王快乐笑了,这等于跟他分房产啊!

凤仙说，谁让他踹断我脚？摊上了！

王快乐说，房是房，脚是脚！

凤仙问，那你说怎么办？

王快乐说，当然有办法。你先回答我一个问题。

凤仙一歪脖儿，说吧！

王快乐说，听题，你这脚是第几次断啦？

凤仙一下子成了呆瓜。她哪里知道，王快乐不是省油的灯，私下从大夫那里了解到，凤仙的脚骨断裂是陈旧伤。老底被揭，凤仙哭起来，承认因为交通事故撞断过脚。

凤仙，你别哭了，老周请你原谅他，他要为你治脚。你呢，咬伤他耳朵，论罪可以判刑，但老周念你们夫妻一场，请求不追究你的责任。你们夫妻一场，百年修得同船渡，千年修得共枕眠。我说了，你别不爱听，老周是因为你爱赌才来气，孩子也为这个。家有金山都扛不住赌，别说你家没金山了。听我劝，往后别赌了。十赌九输，好好过日子吧！

凤仙一边哭，一边点头……

要脑袋给你一个

社区有个王家村。这天,小王把桌子横在老王的杂货店前,躺在上面晒太阳。这是演的哪一出啊?原来,老王手头吃紧,没跟老婆商量,就把店卖给了小王,说好八十万,小王先给了十万定金。有好事者说,这么好的店卖成豆腐价。我要是帮你卖,怎么也卖一百万!老王悔断肠,老婆满地滚。小王看出老王想变卦,就把桌子横在店前。老王也不弱,喊来七八人。

剑拔弩张时刻,王快乐闻讯现身。

他对老王说,房子不是鸡鸭鹅,你收了定金,不能说不卖就不卖。这事儿从根儿上讲是你不对。

小王也跳起来,泼出的水别想收回!

王快乐转向他,你横桌子挡店门也不对。房子没过户,就不是你的。如果老王打了你,你找谁说理?

小王说老天快下雪吧,我比窦娥还冤!

老王说,我也没办法,老婆要出人命!

小王说,你少来!合同上写明了,反悔要赔双倍定金,少一分也不行!

老王说,要钱没有,要脑袋给你一个!

小王说,我自己有脑袋,多一个没地方安!

王快乐吼起来,你们再吵我就不管了!乡里乡亲的,往后还要一起过,对不对?两个人都不吭声了。老王,你的生意先停两天。小王,你也把桌子抬回去。你俩消消气儿,给我点儿时间。

下来后,王快乐先找老王谈,说你要么把房子卖给小王,要么退回定金加违约金,就算到法院也是这个理儿。

老王说,定金肯定退,违约金开口就十万,我受不了。

王快乐问,那你说多少合适?

老王说,五万。

王快乐说,少了点儿吧?

老王说,顶多六万!不要就算了,爱告哪儿告哪儿去!

王快乐笑了,你不是手头紧吗?怎么还能拿六万?

老王到底老实,说王警官你是好人,当初我的营业执照办不下来,还是你帮着跑的。跟你实说吧,有人能帮我卖一百万。我赔小王六万,再给中间人两万,我还多得十二万呢,这事儿你可别说出去啊!

从老王家出来,王快乐心里有了底。

可是，小王却吃了秤砣铁了心，说白纸黑字，少了十万不行！

王快乐说，他真拿不出来你能咬死他？

小王说，再硌了我牙！又狡猾一笑，我知道他又换大东家了，就是赌这口气！

得，老王的篮子里有几个蛋，小王早数过来啦。怎么办？

王快乐又去找了一个人。谁呀？小王的叔叔，退下来的老村长。

王快乐知道这叔侄俩情同父子，特来求救。

老村长说，小王哪儿都好，就是争强好胜。要我说，让老王赔五万就到头啦！这还是因为他又卖了高价，否则一分也不赔！

王快乐说，老王能拿六万。

老村长沉思片刻，好吧，息事宁人，赔偿合同还是写十万，给小王个满意。老王拿六万，剩下的我补。王警官，你千万别告诉小王啊！

王快乐鼻子一酸。心说怎么能不告诉小王呢？也许他会回心转意呢！

想不到，小王听王快乐说了，半天没吭声。

王快乐又打起鼓来，后悔自己嘴太快。

就在这时，小王说，算了，就让老王拿五万吧！

一脚一只羊

回民马老汉开的拉面馆,味道正宗服务好,成了社区一乐。

这天中午,马老汉像往常一样边做拉面边招呼客人,一辆宝马炫着红光停在路边,一个女人扭着腰下来。喂,她冲马老汉喊道,给我来一碗,多放肉!说着,一屁股坐下。

马老汉应声龙飞凤舞,细长的面条水似的在两手间流淌。

女人忽然叫起来,妈耶,你的手怎么这样脏啊!

马老汉笑笑,是黑,不是脏!

女人说,你怎么不戴手套啊?

马老汉又笑笑,没听说拉面戴手套的,全凭手感呢!

一旁吃面的都笑起来。

女人一下翻了脸，起身就走，我不要了！

马老汉上前拦住，都做好了，咋能不要呢？

女人叫起来，不要就不要！

马老汉不动窝儿，你不能不讲理啊？

女人突然横起来，我就不讲理了，怎么着？好狗不挡道儿！

说着，抬腿踢了马老汉一脚。

这一踢不要紧，吃面的人都站起来，指着她七嘴八舌，哪儿来的疯婆娘，跑这儿撒野来了！

不知谁打了电话，说有人欺负马老汉。好家伙，呼啦啦！社区内外的回民弟兄都跑过来，拳头举得树林子似的。耍横的女人哪儿见过这个，吓成面团儿筛成糠。有人叫着，把她的车掀了，看她还牛不？群情激愤，说话要掀车。

王快乐闻讯赶来，乡亲们，有话好好说，掀车多费力啊！

大家这才住了手。

王快乐上前安慰马老汉，您消消气儿，咱们先上医院。

马老汉说，这么多人等着吃面，耽误不起。医院不去了，叫她赔我！

众人喊道，对，叫她赔！

王快乐说，无理踢人，该赔！

人们都鼓起掌来。

王快乐扭头问女人，你愿意赔偿老人吗？

女人点头如鸡啄米，愿意，愿意。

王快乐反倒抓起脑壳，心想，踢一脚该怎么赔呢？

这时，有人站出来说，按我们回民的规矩，打人要阿訇处理，打一拳赔半只羊，踢一脚赔一只羊！

马老汉说，对，她踢了我一脚，要赔我一只羊！

众人又乱起来，让她赔，一脚一只羊！

女人拉拉王快乐的衣袖说，一只羊就一只羊。

王快乐小算盘一打，按当下市价，一只羊没两千块下不来。这代价太大了，走到哪儿也说不过去。

他冲回民弟兄们笑着说，好吧，就按阿訇处理，一脚一只羊。你们说，我能不能当个阿訇啊？

听他这样问，人们又乱了，王警官你好是好，可你当不了阿訇！

王快乐问为什么？

大伙儿都笑了，你不是回民啊，再说你也不通熟《古兰经》！

王快乐点点头，噢，既然我不配当阿訇，那处理事情就要比阿訇低一格，对不对？

大家都说对着呢，要低一格。

王快乐说，这样吧，要我说，让她给马老汉道个歉，再赔三百块，行不？

马老汉带头说，行！

事情解决了。第二天，马老汉用三百块买了两条烟送给王快乐，说我不缺这个钱，要的是这个理儿！王快乐痛快地收下。又过了几天，马老汉的小孙子过满月，王快乐包了个红包送去，也是三百块。

储存感情

社区外来户老金为办社保,腿都跑断了,饭量见长,事儿没办成。他硬着头皮来找王快乐,鹅知道,这事儿呢不该你管,可鹅实在没法子!

老金是陕西人,出来多年了,还管"我"叫"鹅"。

王快乐安慰他几句,接下了活儿。

老金走后,协警小吴直嘟囔,办社保也来找!

王快乐说,人家来找,就是有难,谁吃饱了撑的找警察玩?躲都躲不开!人家本来就难,咱再推,没劲!咱脱下这身官衣也是草民一个,就没难办的事了?照样!

王快乐亲自上阵。尽管穿着官衣,见到的脸还跟生茄子似的，紫黑发青。办事员有话不讲清楚，叽里咕噜，害得他为一个手续来回跑几趟，连看门儿的都认识他了，大爷，你又来了，你是推销盒饭的吧？

王快乐说，有警察推销盒饭的吗？

看门儿的说，那可没准儿，谁知道你是真警察还是假的？

王快乐气得半死，鸭梨脸也成了生茄子。

老金的社保好歹办下来了，笑得菜花似的。他尝到了甜头儿，儿子娶媳妇办公证，需要派出所盖章，他又找王快乐来了。鹅，鹅，他话还没说完，王快乐就把材料接过来了。一看，要公证的东西区里已经盖了章，但是格式不对，人家公证处有公证处的格式要求。

王快乐说，老金，你也别来回跑了，在我这儿坐一会儿，我帮你重新打一份儿。

说完，他按格式打好公证内容，又骑着摩托到派出所，先填好公安这边儿的，把章盖上，又拿回来递到老金手里，你再去补盖一个区里的章，就可以去公证处公证了。

老金感动得说不出话，鹅，鹅，眼泪直打转儿。

事情就这么凑巧，过了些日子，另外一个社区因为选举引起纠纷，老百姓认为现任村官有贪腐行为，要罢免他重新选举，为此聚集在村委会，场面混乱，急需警力维持秩序。王快乐也被抽去参加了。警察去了以后，被老百姓团团围住，误认为是来为现任村官撑腰的。领队的教导员解释说，乡亲们，我们是从社会安全角度来的，不是帮哪一方的，也不是来干涉选举的！那也不行，围住不许走。再怎么掰开揉碎地说，也没用，还出现了推搡。再僵持下去，后果难料。

就在这时,一个村民忽然站出来,走上前,拉住王快乐的手说,大家听鹅的,他是好人!是为鹅们老百姓办事的!大家都闪开,让他走,让这些警察都走,有什么事找鹅好了!

不用看,听声音就是陕西人老金。

原来,老金的老婆是这个村里的,他常来村里,因为豪爽仗义,在当地很有威信。他这样一喊,老百姓都让开了。警察平安撤出。后来,村里的选举也顺利进行了,老百姓推翻了贪官,莺歌燕舞。

协警小吴万分感慨,哎呀,真绝了!

王快乐笑道,警民关系跟存款一样,平时不存,到时候你就想取,行吗?

一鼓作气再而衰

小朱和小吴是社区惠山酒店的服务员。小朱很瘦,人称瘦猪。小吴很胖,人称胖吴。

这天,客人不多,服务员扎堆儿开玩笑。

小朱说,小吴今年的目标是减肉十斤,到年底了,上秤一称,离目标就差三十多斤了!

大家笑得泪奔。

胖吴撑不住了,喊了声猪,拿个烟灰缸丢过去。小朱一躲没砸着,也撑不住了,拿个盘子飞过去,正打在眼眉上,哗地冒了血。

老板娘吓坏了,赶快送医院。小朱趁乱跑了。

还好，美眉美眉，只伤了眉，大夫缝了几针没事了。

胖吴没事了，她老公却很生气，找到王快乐，要小朱拿三万块，不然白刀子进红刀子出。

王快乐一看，这位牛鼻马眼，说不定真能干出蠢事，就安慰他，这事交给我好了！

接下来，王快乐到处找小朱。问破嘴，跑细腿，总算找到了。

小朱说，我哪儿有三万啊？真想把自己卖了，谁给三万就卖给谁。

王快乐说，你挺棒的小伙儿，三万太便宜了！

小朱说，我连三百都没有，拿什么赔？

王快乐心想，胖吴的老公是不是要得太高了？

他来到医院了解伤情。大夫说，噢，那个胖姑娘啊，肉厚着呢，就是表皮伤。

王快乐又问，破不破相？

大夫说，小针细线，破不了！

王快乐一听，石头落了地。

时间是最好的药。冷冷再处理，效果会更好。

王快乐故意拖了几天，才去找胖吴的老公，问胖吴的伤好了没有？

胖吴的老公说，好了。跟着就问，三万块呢？

听口气已经不那么强硬了。

王快乐说，人还没找到。你也想想，他一个打工的哪儿来的三万块呢？再说，事出有因，本来开玩笑的，胖吴先急了。

胖吴的老公说，那就赔两万。

王快乐一听，他主动降下一万，有门儿！

好，我再去找人!

当然，王快乐用不着找，每天都要见小朱。

小朱说，我要有两万，马上就给他了。

王快乐问，那你能赔多少?

小朱说，我有两个月工资没领，五千块，再多没了。

王快乐一听，差距虽然很大，但他毕竟还有钱能赔，这就好办。

王快乐又拖了几天。这真是，一鼓作气再而衰。当胖吴的老公忍不住来找王快乐时，劲头儿小多了。

王快乐说，人还是没找到。你看，胖吴的伤也好了，你是不是再少要点儿?

胖吴的老公说，好吧，一万五，不能再少了。

王快乐说，这样吧，你真想拿到赔偿，就再让一半，七千五!

胖吴的老公说那不行，太少了!

王快乐说，我跟你明说吧，他人躲起来了，一下子很难找到。我了解了，老板娘那儿有他五千块工资，最起码这五千块我能给你拿到。余下的他要是拿不出来，我先给你怎么样?

胖吴的老公抓抓脑壳，王警官，我怎么能要你的钱?算了，五千就五千!

王快乐说，这就对了，总比一分钱拿不到好!

最终，双方签了调解协议。

小朱重回酒店工作，胖吴另外找了个工作走了。

老板娘说，也好，她太胖了，弄得不好，客人还以为我们店做菜不放味精放激素呢!

小城刑警探案故事

种瓜得豆

　　江南小城公安局刑警队接线报，有毒贩要在高速公路加油站进行交易。刑警队队长凌峰遂布置队员着便衣蹲守，连刑事技术员晨丽都成了加油站的开票员。而凌峰自己则换上交警的行头，带着化装成协警的新队员小高，开着巡逻车在公路上巡逻观察。一小时后，又接线报，毒贩交易改期。这是常有的事，就当演练吧。凌峰在巡逻车上下令收兵。

　　这时候，他看见一辆大众轿车停在应急车道上，车里的人好像很累，东倒西歪的。曾经干过交警的凌峰眉头一皱，应急车道是不能随便停车的，除非车辆发生故障或事故。停下后，一要打双跳灯，二要在后放置警示三角牌。可是，这辆车，双跳灯没打,三角牌也没放。啥情况?

凌峰停下巡逻车,走了过去,给驾驶员敬个礼,请出示驾驶证、行驶证!一切都那么标准。开车的小胡子把两证递出来,凌峰接过一看,没毛病。再朝车里一探头,有问题!几个人好像都不大对劲儿,有的靠着,有的趴着,还有一个手上缠了纱布,很明显受了伤。

什么伤?怎么伤的?

凌峰动了心,脸上却没露。

他问,停这儿有事吗?

小胡子说,车坏了。

为什么不打双跳灯?

忘了。

三角牌呢?

丢了。

你们准备交罚款吧。我通知清障车,把车拖出去。后备箱里有什么东西,先拿出来放在车后挡一下!

凌峰说着,不等小胡子回答,上去就把后备箱掀起来。

这一掀,来情况了——

后备箱很脏,堆得破破烂烂。在这些破烂中,一个漂亮的塑料整理箱分外打眼,像乞丐群中坐着个白马王子。这样好的整理箱,一般都是放在家里的。就是放在后备箱,也是有模有样的好车。

凌峰随手打开整理箱,哎哟妈,里面全是名烟名酒,还有一个装在包里的笔记本电脑。他把电脑抽出来,不料带出一本护照。凌峰眼毒,立马看到护照的主人叫孙越。按正常情况,护照放在包里,电脑就应该是这个人的。凌峰没说什么,把护照塞回包,顺手打开电脑。哎哟,有密码,打不开。

兄弟,这电脑是你们谁的?打开我看看!

凌峰这样发问。

四个人都装聋作哑。

怎么啦,谁也打不开?这电脑是你们的吗?

这时,有个黑胖子急忙起身,这电脑是我一个大哥的,他拿来赌球。现在人没在,到广州玩去了。

凌峰点点头,认同他的瞎话,又把电脑塞回包里。

就在这时,他眼前一亮,只见整理箱后散放着一些零件。

这不是一般的零件,组装起来就是撬车工具,专门用来撬轿车后备箱。

这伙人是贼!

整理箱连同里面的东西都是他们偷的!

呵呵,我今天有意外收获啊!

怎么办?

他们四个,我们两个,小高又是新手。虽说我带了枪,也不一定能吓住他们。一旦炸了窝,他们在高速公路上乱跑,那可不好收拾。车来车往的,追都没法儿追。弄不好还会造成重大交通事故。

凌峰这样想着,拿眼四下一扫,发现这一地段的高速公路正在修整中,光秃秃的,没有防护网。这伙贼轻易就能跑出公路,钻进山林。

不行,先稳住他们。

凌峰脸上堆着笑,假装摆弄手机,你们等一下,我这就叫清障车来。哎哟喂,手机没电了,我去借协警的!

说完,他快步跑向巡逻车。来到车里,对小高说,这是一伙贼,你把手机给我,我拖住他们。你赶快呼叫增援!

交代完毕,凌峰又跑回去,当着这伙贼的面,用小高的手机叫清障车。动作不慌,话也不急。

这时,黑胖子拿出烟来,兄弟,来一支!

凌峰接过点上,一抽,嗯,不错,是真的。

黑胖子说,我大哥赌球赢了大钱,抽的都是好烟。车里这些东西全是他的。你要喜欢,就来两条中华?

凌峰借坡下驴,那好啊,今天也不罚你们了,咱们交个朋友,以后有什么需要帮忙的,尽管找我。

黑胖子说谢谢啦,随即打开后备箱,取出两条中华递给凌峰。

凌峰说,我就不客气啦!

黑胖子说,客气就不是兄弟了。

凌峰有一搭无一搭地问,你大哥贵姓啊?说不定我还认识。

黑胖子说,我大哥……姓孙!

哦,他还真对过护照了。凌峰假装思索,是不是孙二爷?

黑胖子笑了,差一横,我大哥是孙越孙三爷!

凌峰心说,跟我抖这个激灵,有用吗?

就这样,一边等清障车,一边瞎聊。嘴里有一句没一句,心里那叫一个急。兄弟们,你们怎么还不来啊!

正急得火上房,清障车来了。你猜怎么着,车里全是刑警队的便衣,一下来就亮家伙,把四个贼死死按住。紧跟着,大批警力赶到,一水儿的荷枪实弹。

四个家伙还叫呢,你们凭什么乱抓人?我们怎么了?

凌峰说，你们怎么了！水沟里是什么？

啊？现场的人们一愣。

哪儿来的水沟啊？

在高速公路的路基下，当真有一条沟，是修整时取土留下的。沟里有水，可能是雨水，也可能是施工用水。当凌峰借故跑去跟小高借手机时，顺势把周围的地势扫了一眼，发现了路基下的这条水沟。当时，沟里的水是平静的，里面什么东西也没有。可是，当他借了手机跑回来时，无意中又往沟里扫了一眼，你猜怎么着，里面多了一样东西！因为水不深，这东西只露出一个小角儿，但凌峰一眼就看准了，那是一个手包！好啊，我没闲着，你们也没闲着，想甩赃啊！且放他一马，好饭不怕晚！

现在，贼们喊冤，凌峰就说，水沟里是什么？

他这样一说，八双眼往沟里看。

小高马上跳下去，把手包捞了上来。

当众打开一看，传奇啊，包里除了银行卡，居然还有一张身份证，谁的？孙越！

凌峰从后备箱里取出护照，展示给这伙贼，说说吧，这是怎么回事？你们怎么把大哥扔沟里了！

种瓜得豆，凌峰擒贼。

这些贼流窜作案，昼伏夜出，专盗高档轿车后备箱。

夜里干累了，在高速上开着开着直犯迷糊。刚停下来打个盹儿，就被抓了个正着。

失主孙越发现轿车被盗，正要报案，想不到已人赃俱获。

他都蒙了，啊？秒杀啊！

水落尸出

毒贩徐周被抓后要求见凌峰,说要检举揭发立功。
凌峰给他倒了杯水,你揭发什么?
我认识的刘祥把他女朋友杀了。
什么时候杀的?
……有七八年了。
他女朋友叫什么?
好像叫萌萌。
他为什么要杀她?
不知道。
你怎么知道他杀了人?

他喝醉了告诉我的。他女朋友我见过，后来不见了。我问哪儿去了？他说被他杀了。还说杀了埋到他家井里了。好像女孩儿家的人，不是妈妈就是姐姐，还在电视里寻过人，具体哪一年播的记不清了。
　　你说的是真话吗？
　　骗你马上把我枪毙！
　　徐周的揭发就这么简单。再问还有什么？没了。
　　晨丽一查，本市确有刘祥这个人。
　　凌峰说，有的嫌疑人为了逃避打击，说要立功，会编一些假情况让你去查，你查到查不到跟他没有一毛钱关系。徐周揭发的确有其人，他卖的毒品不多，量刑也不会重，吃饱了撑的骗我们？我认为他的揭发很可能是真的。我们马上开展工作！
　　侦查员先去电视台查。电视台说你们提供的情况太少了，寻人启事又太多太多，哪儿能对得上呢？没法儿查！
　　凌峰抓抓脑壳，毕竟时间长了，外围很难突破。干脆！
　　他把刘祥请到了所属派出所。在这个阶段，对刘祥来说，只是询问，从法律上讲叫询问证人。人家的举报涉及到你了，公安找你了解一下情况，这个很正常。
　　你现在做什么？家庭情况怎么样？什么时候结的婚？
　　凌峰的提问很简单。
　　刘祥的回答很自然。
　　在结婚之前，你谈了几个女朋友？
　　回答也很自然，一二三四。
　　凌峰说，你要如实回答，想瞒也瞒不了。
　　刘祥说，我没隐瞒。

刘祥家现在住的地方跟城市没什么差距了,高楼大厦。而七八年以前,就是农村,大家好像都一家人,不分彼此。吃晚饭都要走几家,到隔壁看看,你家吃的什么菜?哎哟喂,红烧肉啊!就夹一大块。农村有农村的特点。第一家是谁?张三家。第五家是谁?李四家。大家都很清楚。问起来,可以把门牌号从第一个报到最后一个,哪家哪家。不像现在,住在高楼里,门一关,老死不相往来。

凌峰说,不错,你现在住进了高楼,可别忘了很多邻居都是原来村里的人。你谈过几个女朋友,他们都知道。

刘祥只好说,还谈过一个,叫孙毛毛。

哎哟,这不就是徐周说的萌萌吗?

那你为什么没跟孙毛毛结婚呢?

她跟我闹矛盾,离家出走了。

到哪里去了?

不知道。

调查很快回来,孙毛毛是安徽人,有一个姐姐现住邻市。事不宜迟,连夜派人去寻找。同时,让晨丽去找刘祥的母亲,重点了解家里那口井。因为拆迁,井早没了,要通过了解掌握更多有关井的线索。

去邻市的人很快找到了毛毛的姐姐。她说,我妹妹突然失踪了,一直到现在杳无音信。她失踪前跟刘祥处过朋友,刘祥还跟她回过一次老家,为我的老父亲祝寿。应该说,他们的关系已经处到一定程度了,不然不会在这种场合出现。可是,后来突然就没了。妹妹失踪后,我来找过,可刘祥家的房子已经拆了,变成一个商业区。我找不到妹妹,也找不到刘祥,就在电视台做了寻人启事,也没结果。

再说说晨丽。她找到刘祥的母亲，老人很不配合。晨丽反而不急了，越不配合，越说明她心里有鬼。晨丽又找到村里的老邻居，他们都说，刘祥家原来的确有口井，一直使用着。后来井里突然流出黑水，井一下子就臭了，他家就把井封掉了。晨丽心想，井水变异是有的，但不会是突然的，而是逐步逐步的。刘祥家的井封得不正常。

两方面情况到手后，凌峰马上提刘祥。刘祥还以为要放他回家呢。

你别想回家了，对你的询问现在改为审讯嫌疑人了。说吧，毛毛失踪是怎么回事？

刘祥一下子愣住了，我不知道。说完，闭了嘴。

凌峰不再追问，突然改了个话题，你家不是有口井吗？

……是啊，是有口井。

干什么用的？

煮饭，洗衣服。

后来为什么不使了？

拆迁啦。

是吗？

是。

要不要听听你母亲的录音？

凌峰从抽屉里取出录音机，放在桌子上。

你跟你母亲到底是谁在说谎？

凌峰伸手要按开关。

别……别听了，我说……

凌峰把录音机收起来。其实，让他放他也不会放。里头录的是马三立的相声:《逗你玩》。他喜欢这段相声,百听不厌。明明知道马三立说到最后,解痒痒的秘方就是"挠挠"二字,他还是会哈哈大笑。一听见他傻笑,弟兄们就说,队长又挠挠了。

好,你说吧,井为什么后来不使了?

后来……臭了,就封掉了。

凌峰突然一拍桌子,为什么突然臭了?啊!你把什么扔里头了?

刘祥没了退路。

原来,跟毛毛处朋友后,刘祥的父母不喜欢这个女孩子。为什么?嫌她没有正当职业。毛毛确实没有正当职业,就是在歌厅里陪客人喝酒唱歌。父母不喜欢,刘祥却喜欢,就跟毛毛到外面租房子住。日子一长,毛毛就跟他说,你不跟我结婚,就给我补偿费,要么你就跟我结婚,老这样算什么事儿啊?为此,两个人吵过、闹过、打过。甚至,毛毛还叫了社会上的人到刘祥家里去要补偿,把刘祥的父母吓得到处躲。终于,刘祥起了杀心。这天,他跟毛毛说,我爸妈同意咱们好了。毛毛听了很高兴,两个人滚作一团。刘祥趁机掐死了她。尸体在床下放了两天,实在想不出好办法。一天晚上,刘祥把尸体拖出来,用塑料布包好,扛起来扔进井里。那扑通一声水响,多少次出现在噩梦里,惊出他一身冷汗。没过两天,井水就臭了,被刘祥封死。

按照刘祥的指认,凌峰带人找到了这口井的准确位置。撬开,把水抽干,井底惊现一具尸体。尸体包在塑料布里,只剩一堆骨头了。

DNA一检测,正是孙毛毛。

沉尸井底八年,害她的人最终被戴上手铐。

揭发者徐周,得到宽大。

你可听见阿妹叫阿哥

这个命案潜逃者叫张伟,湖南人。

当凌峰得到线索时,他已潜逃八年。

凌峰带队赶到他的老家张家湾,想不到面对一片凄惨。案发后,母亲天天哭,直到哭瞎了眼。一天,哭得不省人事,倒在烤火的火盆里,被活活烧死。父亲失去老伴儿,悲痛欲绝,一年后也抑郁而终。父母双亡,张伟都没敢露面。

尽管凌峰反复做工作,张伟的亲戚都咬死说跟他没联系。不但没联系,提起来还牙根儿疼,说他害死了父母。

凌峰抓抓脑壳。

晨丽端来一碗汤圆,凌峰张嘴刚要吃,被夺下勺,烫!

可不，汤圆才出锅，一嘴下去能烫成个猪。

心急吃不了热汤圆。晨丽说，你还没看出来？他们家族保护意识很强，光在面上谈不行。我昨天跟他三婶一起磨糯米包汤圆，摸到一条线索。

什么？

看你急的，吃了再说。

晨丽的线索非常重要——

张伟的云南籍女友王萍曾在张家湾住过！

这就要从张伟犯案说起。王萍与张伟在江南小城工地上相识相爱，未婚先孕。工地上一个姓吴的贵州人，不知为什么欺负王萍，张伟火起动了刀。杀人后他吓坏了，把王萍带回老家，交代给父母就逃了。王萍没脸回云南，只好住在张家，生下孩子。后来，张伟的父母双亡，亲戚对她没了好脸。王萍过不下去，带孩子回了老家。

凌峰一瞪眼，这么说，王萍现在云南？

晨丽说，没错！王萍应该是她的真名，如果能找到她，很可能牵出张伟。毕竟，他跟王萍相爱，孩子又是亲骨肉，他们不会断了联系。

推理成立！

你又来了！

于是，寻找王萍成为案件突破口。当然，不能惊动张伟老家的人。凌峰带人撤出张家湾，住进县城。一方面让留队的弟兄设法找当年跟张伟一起打工的人，了解王萍老家的地址，另一方面上云南公安网查找。结果，两方都不顺。打工的找到了，一问三不知；公安网上叫王萍的多如牛毛！

凌峰正郁闷，见晨丽笑眯眯走来，心里突然一亮，叫了起来，你先别说啊，我喊，一——二！

暂住证！

两人异口同声。

王萍在张家湾住了不短的日子，应该在派出所办了暂住证。暂住证上不就有她老家的地址吗？

谢天谢地！到派出所一查，王萍果然办了暂住证。只是老家地址缺了关键的字，"云南省什么良县"，接下来是"河边乡毛竹村"。哎妈，云南叫"什么良"的县不止一个！只好求助云南警方。多亏后面有乡名村名，三个条件相加，最终锁定"彝良县河边乡毛竹村"。

"彝"字难写，登记人就跨栏啦！

地点锁定，问题又来了。当地查不到王萍，只有黄萍。

局长对凌峰说，不管什么萍，你们飞云南！

在飞机上，晨丽说，王萍是抱着孩子回来的，孩子肯定要上户口。按一般规矩，孩子随父亲姓张，母亲名字里再有个萍字，那这个母亲就是我们要找的人。像局长说的，不管什么萍，就她了！

晨丽的推论在当地派出所落实了。

黄萍，就是王萍！

云南口音"王"、"黄"不分。王萍本名黄萍，她在工地一开口，人家听成王萍，她将错就错。后来在张家湾登记暂住证也写王萍。当时管得松，没要身份证。要也没有，早被偷了。

派出所老民警告诉凌峰，黄萍的户籍里没有丈夫，只有孩子。听说她丈夫死了。

凌峰问，老黄家有没有外来人口？

老民警说，他家姑娘多，听说有一个上门女婿，还没上户口。

叫什么？哪儿的人？

叫普平，湖南人。能吃苦，会木工，在这边已经生活好几年了。

凌峰摇摇头，湖南姓普的少，倒是云南很多，怕是到这儿改的吧！说着，拿出张伟的照片。

老民警一看，是他！长得像，牙也白！我们这儿的男人抽烟叶喝酽茶，牙都是黑的。眼下，这个人正在为自己盖房子，准备从老黄家搬出来。

是时候收网了。

凌峰租了辆破面包车，拉着人朝盖房子的工地开去。工地就在路边上，远远看去像停工的样子。这时，外围兄弟传来消息，说普平去一个叫石根脚的地方跟人家谈木料。还好，车里有当地民警带路，掉个头，很快开到了石根脚。远看，有几幢两层楼的房子。

车声惊动了房子里的人，有人从二楼窗户往外探头。

凌峰一眼认出，正是张伟！

车里的人一下子冲出去。包围，敲门，守窗户。

从后门逃跑的张伟迎面碰上凌峰。

凌峰突然愣住了——

张伟怀里抱着一个不满周岁的孩子。

瘦弱的，惊恐的。

凌峰说，当心摔着孩子！

张伟站在那儿一动不动。

这是你的孩子吗?

张伟点点头。

你有几个孩子?

两个。大的那个……我跟黄萍帮人家干活儿顾不过来,掉水塘里淹死了……

凌峰心里一沉。

哇!怀里的孩子哭起来。

可怜的,惊心的。

这时,屋里走出一个女人。沧桑的脸,含泪的眼。她一声不吭地走到张伟身边,接过孩子。

张伟的双手空了,颤抖地伸向凌峰。

凌峰把手铐塞回裤兜儿,走吧!

抱着孩子的女人,腾出一只手,抹去脸上的泪。

她看着张伟说,你在里面好好的,我等你!

张伟捂着脸哭出了声。

这哭声,一直没停下来。他坐进车里,回头张望。

黄萍抱着孩子的单薄身影早已看不见。

张伟说,我这辈子可能再也回不来了……

在哭声中,他断断续续讲起他跟黄萍——

我俩是打工时认识的。那天,我正在楼下粉刷墙面,楼上忽然倒水下来,泼了我一头。我刚要骂,她从窗口探出头,冲我一笑。她的笑,真甜。我呢,抹抹脸,也笑了。她跑下来拿口香糖给我,说对不起,我擦玻璃没看见你!后来,我们就爱上了。她怀了孕。我想,完了工,领了钱,就带她回老家结婚。一天中午,我俩打扫二楼，饿了，就泡方便面吃。那个贵州工头儿从楼下看见了，说你们这些家伙没干完就吃上了？猪！我回了一句嘴，他就不干了，捡起一块木头从窗口扔进来，我捡起来顺手扔下去。他一下子叫起来，你还敢砸我！跑上来要打我，黄萍伸手拦他，他明知道黄萍肚子大了，上去就踹。我急眼了，桌上正好有把水果刀，我拿起来就捅。黄萍叫我放手，我没放，一口气捅了好几刀，看他不出声了，这才后悔了……唉，后悔也晚了。可怜她们娘儿俩，孩子太小了，怎么过啊……

张伟的哭诉，让车里很沉闷。

车窗外，谁家的音响放着一支凄婉的云南山歌——

哥啊，哥啊，你可听见阿妹叫阿哥……

时隔不久，彝良地震了。

刑警队的人不约而同地说，不知道黄萍娘儿俩怎么样……

跋　李迪为什么能

李国强

一、生活是口井，找到井，有水喝

自从其创作的长篇纪实文学《丹东看守所的故事》相继在数家报刊发表并由群众出版社出版后，李迪这老头儿这几年越来越火了。

李迪不是一个喜欢出风头的人，但总有一些会需要他去参加，总有一些活动需要他去出席，还要接受媒体采访什么的，推脱不掉，就要去，就要讲上几句，说上两语。每次讲时，他总是很认真、很诚恳，言之切切，发出呼吁。发出什么样的呼吁呢？四个字：深入生活！对此，他形象地比喻说，生活是口井，找到井，有水喝！

谈起创作《丹东看守所的故事》的体悟，李迪讲得最多的主要有两点：一个是深入生活，一个是要用心去写作。在接受央视记者采访时他是这样讲的，在人民大会堂举办的纪念毛泽东同志《在延安文艺座谈会上的讲话》发表七十周年的大会上，他代表作家们发言时也是这样讲的。这也是他创作《丹东看守所的故事》获得成功的重要因由。

最近，我时常在想这样一个问题，作为一个已经六十过五的老作家，李迪为什么能？我们能不能？如果我们不能，我们为什么不能？窃以为，这不是能力问题，也不是行动问题，最主要的还是态度问题和认识问题，说到底，就是如何正确认识"深入生活"的问题。

显然，对于"深入生活"这个问题的认识，李迪要比许多当代作家的认识深刻得多，并且较早地付出了行动。尽管他在深入生活时吃了不少苦头，但同时也尝到了深入生活的甜头。

三十多年前，李迪在《啄木鸟》杂志发表的蜚声海内外的侦探推理小说《傍晚敲门的女人》就是通过长期蹲点深入生活创作出来的，并一举奠定了他在当代中国文坛的地位。

2009年11月，李迪应邀参加了中国作协、公安部监所管理局组织的"中国作家走进公安监管场所"活动，第一次来到了全国公安监管战线先进单位丹东看守所，从此他便与丹东看守所结下了不解之缘。2010年，李迪又被中国作协遴选为第一批定点深入生活的作家。在近两年的时间内，李迪先后七赴丹东，在丹东看守所度过了二百多个日日夜夜，其间连续两个春节都是与丹东看守所的干警和在押人员一起度过的。在这里,他与干警们同吃同住同值班。全所干警没有不认识他的,也没有他不认识的。在朝夕相处中,李迪与他们结下了深厚的友情,同时被他们的吃苦奉献精神和他们对在押人员实行的人性化管理所深深感动。在这里,他整天与一群在押人员,甚至是死刑犯打交道,与他们用同一个脸池,上同一个厕所,还经常在放风时与他们一起晒太阳、聊天儿。久而久之,他与这些人中的许多人也成了熟人、朋友。他理解他们的苦恼与忧愁,同时也给予他们应有的安慰和尊重。李迪以他的仁心热肠,也赢得了所里在押人员的信任和敬重,他们不再把他看成一个来这里体验生活的作家,而是把他看成一个能说知心话的老大哥,什么话都愿意给他说,给他谈,甚至连隐藏在心中多年的秘密和心事都会给他讲出来。

后来,为了不给看守所添麻烦,也为了更便于接触、采访在押人员,李迪找到所领导,要求直接搬到监管区去住。所领导对他说:"老李啊,你都六十多的人啦,住在那儿可有些危险啊!"李迪说:"没事儿,我不怕!"就这样,李迪搬到了与在押人员仅有一墙之隔的一个阴暗潮湿的小房子里住了下来,并且一住就是许多天,从而也在此"捞"到了更多生动、感人的创作素材。

在丹东看守所,我还听到了这样一个既有点儿惊险,又使人感到温暖的关于李迪的小故事。

李迪初来丹东看守所采访时,守卫看守所的武警哨兵还不认识他。有一天晚上,他与在押人员一直交谈到深夜。当他从谈话室出来,沿着高墙猫着腰走回他住的监管区的房间时,武警哨兵突然发现一条黑影走过来,立即用探照灯的强光对准了他,并警惕地大声喊道:"谁?站住!"李迪一听此话,也急忙对着哨兵高叫道:"别开枪,我是好人!"随着李迪来看守所的次数和时间的增多,哨兵们也都慢慢地认识了这个经常走夜路的老头儿。每当看到李迪在黑夜里走来,哨兵们还是要打探照灯,只不过不再是出于警惕和防范,而是要为李迪照亮前行的道路。

这个故事听来真是令人感动。我想,这是哨兵们在用一种特殊的方式向他致礼、向他表达敬意啊!

在这样艰苦甚至有点儿危险的地方,这样地深入生活,做这样的采访、体验,对于许多作家来说,三天五天可以,但要坚持一个月、两个月,甚至坚持七八个月,如今有几个作家能真正做得到?

关于《丹东看守所的故事》在文学创作上的收获及其引发的现实意义,许多著名作家、评论家已给出了非常中肯的评价,已不需要我再多言说什么。比如,中国作协书记处书记、原《文艺报》总编辑阎晶明评论此书道:"这部作品之所以成功,可以说作家深入生活的程度造就了作品的本色。""这本书是我多年来看到的,作家通过定点深入生活写出的最有分量、最扎实、最文学的一部作品。"

《光明日报》文艺部主任彭程在评论此书时说道:"阅读这部作品,让我们看到了作家强烈的社会责任心和使命意识。这部作品的成功也再次佐证了一点:优秀的文学作品,是拥抱生活的产物,是作者爱心的凝结。文学必须从生活的深井中挖掘,才真正具有生命力,才能够迸发出打动人心的力量。"

北京大学著名学者孔庆东教授称《丹东看守所的故事》是一本叫人"读不下去的书"。为什么呢？因为"每一篇读到一半儿，就得克制自己的眼泪"！他说，《丹东看守所的故事》写出了"人性之美、人生之苦、人间之爱"。为此，多年来甚少向他人推荐阅读当代文学作品的孔庆东在自己的微博上写道："推荐全体国人阅读李迪《丹东看守所的故事》，真挚真实真切，十人读了九人下泪。"

在一次文学圈儿的聚会上，众人无意间谈到作家深入生活的话题，孔庆东先生又道："不要说现在很少再有像李迪这样深入生活的作家，即使有，也未必能写出李迪这样的好作品。"这又是为何呢？孔庆东先生一语中的："用心不够，用情更不够！"

孔庆东先生此语又使我想到了李迪多次提到的"要用心去写作"的话。李迪在这里所讲的"用心"二字，我的理解是不是一般意义上的"留心"、"上心"，甚至"认真"，而是要用"真心"、动"真情"，带着"真心"、"真情"去采风、去写作。

二、只有深入生活，才能创作出无愧于我们这个伟大时代的优秀作品

去年12月下旬，全国公安文艺工作座谈会在北京召开。李迪作为特邀代表参加了这次座谈会并作了典型发言。他十分动情地说，虽然我不是警察，但我爱警察；虽然我不是公安，但我爱公安！作为一个编外"警察"，作为一个作家，我就是要坚持写警察，写我们的好警察，好好写我们的人民警察，讲好人民警察的故事！此话一出，会场自然是掌声一片，一片掌声。那天，李迪的穿衣打扮，自然还是那身他格外喜爱的标志性的

老行头：红上衣，白裤子，鼻梁上依旧还是架着那副墨镜。我问他，迪兄，你怎么老是这身打扮呀？他笑呵呵地说，红，代表着赤胆忠诚，一身正气；白，代表着一清二白，公正廉洁；至于戴墨镜嘛，倒没有那么多讲究，我只是想让人们看上去显得我更精神一些，或者说显得我像是一个警察，一个便衣警察。他的笑声依旧是那么爽朗，笑容依然是那么灿烂！

不算早年当兵时发表的军旅文学作品，从1984年在《啄木鸟》杂志发表《傍晚敲门的女人》至今，三十多年来，李迪先后发表、出版了十多部、100多篇公安文学作品，其中有中长篇小说、中长篇报告文学（纪实文学），也有短篇小说、小小说等。尤其是近年相继发表、出版的《丹东看守所的故事》、《枫桥枫叶红愈红》、《铁军·亲人》、《警官王快乐》、《社区民警是怎样炼成的》等作品，故事真实感人，人物鲜活生动，塑造了一个又一个有血有肉、忠诚为民、可亲可爱的人民警察形象，同时也增强了作品的感染力、吸引力。但是，有多少人知道这些故事是如何"捞"上来的呢？有多少人知道这些作品是如何创作出来的呢？他创作成功的秘诀又是什么呢？用李迪自己的话说就是八个字：深入生活，用情用心！你们看，从延安时期赵树理的《小二黑结婚》到贺敬之的《白毛女》，从新中国成立后柳青的《创业史》到路遥的《平凡的世界》，哪个不是深入生活、用心创作的结晶！

为了创作《丹东看守所的故事》，李迪曾七下丹东。为了创作反映新时期亲民为民的浙江枫桥经验发扬光大的故事，李迪曾三下绍兴、诸暨和枫桥镇，亲自跟着民警巡逻办案，排解民忧，化解邻里纠纷。新近出版的长篇报告文学《铁军·亲人》、

《社区民警是怎样炼成的》和系列小小说作品集《警官王快乐》，同样也是李迪六下无锡、三下扬州，深入生活，深入公安基层一线体验、采访后撰写的反映基层公安民警亲民爱民故事和日常工作、生活的优秀作品。其中多篇作品曾在《人民日报》、《光明日报》、《文艺报》、《北京日报》、《人民公安报》、《啄木鸟》杂志等多家报刊发表，深受广大读者好评。

习近平总书记在《在文艺工作座谈会上的讲话》中深刻指出："人民是文艺创作的源头活水"，"文艺创作方法有一百条、一千条，但最根本、最关键、最牢靠的办法是扎根人民、扎根生活。"最近，习近平总书记在中国文联十大、中国作协九大开幕式上的讲话中又强调指出："走入生活、贴近人民，是艺术创作的基本态度。""歌唱祖国、礼赞英雄从来都是文艺创作的永恒主题，也是最动人的篇章。""对中华民族的英雄，要心怀崇敬，浓墨重彩记录英雄、塑造英雄，让英雄在文艺作品中得到传扬。"从《丹东看守所的故事》到《枫桥红叶红愈红》，从《铁军·亲人》到《社区民警是怎样炼成的》，李迪通过坚持不懈地深入生活，采写了多个警察英模和基层普通民警亲民爱民的感人肺腑的故事，弘扬了正能量，唱响了主旋律。李迪的创作之路再次证明，作家只有深入生活，扎根生活，贴近基层，贴近群众，才能创作出无愧于我们这个伟大时代的优秀作品。李迪也同时用他多年来持之以恒的实际行动，并通过他的作品向我们证明，只有这样通过深入生活，用"心"写出来的作品，只有这样的有泥土味儿、带露珠儿、接地气的作品，才能真正地温暖人、鼓舞人、启迪人。

三、李迪的创作道路，给当代作家提供了一个现实的样本和可以借鉴的启示

从《傍晚敲门的女人》到《丹东看守所的故事》，从《枫桥枫叶红愈红》到《铁军·亲人》，从《警官王快乐》到《社区民警是怎样炼成的》，这些年来，仔细看了、耐心读了李迪这么多公安题材文学作品，再到这本《听李迪讲中国警察故事》，这么多关于当代中国警察故事的作品，我不得不说、不得不承认，李迪是个讲故事的高手，是个煽情催泪的高手，是个熟练驾驭汉语言文字的高手！他能把小题材写出大情怀，把小故事写出人间大爱。什么大情怀？家国情怀。什么人间大爱？爱党爱国爱人民，爱家爱岗爱事业，爱亲人爱战友爱奉献！诚如中国作家协会副主席高洪波在谈到李迪近年来创作的公安文学作品时所言："李迪的确擅长讲叙中国故事，描写人间百态。在底层故事中展现人性的温暖与关怀，题材无关大小，文字须带体温。李迪正是用自己的笔证实了这一点。"另外，我们还有必要注意并探讨一下李迪文学作品的独特的语言文字构成形式和由此产生的独特的艺术魅力。他在作品中爱使用对仗式、排比式、拟人化的语句，爱使用精炼的短语和富有节奏感、动感、形象感的短句、重叠句、颠倒句等，因此在一定程度上使他的作品成了诗化的语言，或可称作语言的诗化，也营造了他的作品的独具特色独具风格的美的语言、美的句式和美的阅读氛围、阅读体验，使读者情不自禁地跟着他的故事、他的人物、他的语言、他的文字而欢乐、高兴、激动，或痛苦、悲伤、烦恼……总之，在他不显山不露水，看似不经意的娓娓道来的文字中，

他能让你跟着他欢歌，也能让你跟着他流泪！他能让你跟着他拍案而起，也能让你跟着他击节叫好！这就是李迪的文学功夫！这才是李迪的高明之处！这也是李迪享誉当代中国文坛的独门绝技！当然，这一切的一切，都源于他长期坚持深入生活、扎根生活，他这些鲜活的故事、鲜活的人物、鲜活的语言，都是他从生活中一点一点、一个一个捞出来、挖掘出来的。从这个角度这个意义上来说，李迪的成功，李迪的创作道路，也给当代作家提供了一个现实的样本和标杆，提供了一个可以学习、借鉴的启示，那就是要想创作出无愧于我们这个时代的优秀作品，就必须不怕苦不怕累，淡泊名利，甘于寂寞，坚持深入生活、扎根生活，唯其如此，别无他途！因此，感谢生活！感谢李迪！

　　文学艺术圈儿的人都知道，"深入生活"是一个老话题，也是一个延安时期的命题。延安的命题应当而且必须给出当代的回答。李迪正是以他的《丹东看守所的故事》，以及他近年来写作发表的湖州、扬州、无锡、徐州等诸多当代中国警察的故事，给了我们一个掷地有声、非常精彩的回答。

（本跋作者系中国人民公安出版社副总编辑）